やり直し令嬢は竜帝陛下を攻略中3

永瀬さらさ

22583

角川ビーンズ文庫

c o n t e n t s

やり直し令嬢は竜帝陛下を攻略中
3
ラーヴェ
竜神。
魔力が強い者でないと姿を見られない
ハディス・テオス・ラーヴェ
ラーヴェ帝国の若き皇帝。
竜神ラーヴェの生まれ変わりで“竜帝”とよばれる
ロー
竜の王。
ジルが育てている
ジル・サーヴェル
クレイトス王国サーヴェル辺境伯の令嬢。
２度目の人生をやり直し中

ジェラルド・デア・クレイトス

クレイトス王国の王太子。
本来の時間軸では、ジルの婚約者だった

フェイリス・デア・クレイトス

クレイトス王国第一王女。
ジェラルドの妹

エリンツィア・テオス・ラーヴェ

ラーヴェ帝国第一皇女。ハディスの異母姉。
ノイトラール領の竜騎士団長を務める

リステアード・テオス・ラーヴェ

ラーヴェ帝国第二皇子。
ハディスの異母兄

カミラ（本名はカミロ）

竜妃の騎士。弓の名手

ジーク

竜妃の騎士。大剣を使う

～プラティ大陸の伝説～

愛と大地の女神・クレイトスと、理《ことわり》と天空の竜神・ラーヴェが、それぞれ加護をさずけた大地。

女神の力をわけ与えられたクレイトス王国と、竜神の力をわけ与えられたラーヴェ帝国は、長きにわたる争いを続けていた——

本文イラスト／藤未都也

序章

「十一歳の誕生日おめでとう、ジル」

執務《しつむ》机に差し出されたのは、黒い絹のリボンだった。

てっきり仕事の話だと思っていたジルは驚《おどろ》いて、婚約者《こんやくしゃ》を見る。眼鏡《めがね》のブリッジを人差し指で押しあげて、婚約者は視線を少しそらした。

「……士官学校でも、髪《かみ》をくくる紐《ひも》くらいならば許可されている」

「はっはい！　嬉《うれ》しいです、ありがとうございますジェラルド様……！」

おそるおそる手に取ると、手触《てざわ》りのいいリボンが手から滑《すべ》り落ちそうになった。つい握《にぎ》りしめてしまったが、しわにはなっていない。胸をなでおろしてから、改めてリボンを見る。

（士官学校でも使えるように……気を遣《つか》ってくださったんだ）

もうすぐジルはジェラルドが手がけた士官学校へ入学することになっている。王太子妃《ひ》教育を切り上げるとジェラルドが告げたとき、ジルの刺繍《ししゅう》や詩の出来の悪さに愛想《あいそ》をつかされたのかと思ったが、頼《たの》まれたことは違《ちが》った。

君は軍人のほうが向いている。いずれくるだろうラーヴェ帝国《ていこく》との開戦に向けて王太子直属の遊撃《ゆうげき》隊の隊長となってくれないか――向き不向きという点でジェラルドの判断は正しい。戦《せん》闘《とう》民族と呼ばれるサーヴェル家では老若男女《ろうにゃくなんにょ》問わず戦い方を覚える。ラーヴェ帝国と国境を接している故《ゆえ》のことだ。魔力《まりょく》を焼き払《はら》う竜《りゅう》を倒《たお》せるようになってやっと一人前である。

ジェラルドの内々の頼みを喜んでジルは受け入れた。軍功をあげれば君を王太子妃にすることにとやかく言う人間も黙《だま》るだろう、と言ってくれたのが嬉しかった。

「誕生日会も開けないこんな状況《じょうきょう》では、気休めにもならないだろうが」

「気になさらないでください。内密にとはいえ、かのラーヴェ帝国の第二皇女から婚約の打診《だしん》がきている最中です。婚約を断るにせよ受け入れるにせよ、今、わたしを婚約者として立てることはラーヴェ帝国への挑発行為《ちょうはつこうい》になります」

本来ならば十一歳の誕生日、ジルはジェラルドの婚約者として正式にお披露目《ひろめ》される予定だった。だがつい先日、突如《とつじょ》ラーヴェ帝国から第二皇女との婚約の打診が入り、しかも本人が訪問するというのでいったん取りやめになったのだ。

長年争っている仮想敵国からの申し出を手放しでは喜べない。現在、ラーヴェ帝国では偽帝《ぎてい》騒《さわ》ぎが起こっている。若き皇帝ハディス・テオス・ラーヴェが持つ天剣《てんけん》が偽物《にせもの》であると彼の叔《お》父《じ》にあたるラーデア大公——ゲオルグ・テオス・ラーヴェが新皇帝の名乗りをあげたのだ。

ジェラルドにラーヴェ帝国第二皇女ナターリエ・テオス・ラーヴェとの婚約を打診してきたのは、新皇帝を名乗るゲオルグのほうだ。クレイトスの援助《えんじょ》を目当てにした打診だと、政治にうといジルにでもわかる。慎重《しんちょう》に判断せねば、ラーヴェ帝国の内紛《ないふん》に巻きこまれてしまう。

「ラーヴェ帝国の状況はどうなっていますか」

「ラーデア大公は帝都を占拠《せんきょ》し諸侯《しょこう》を説き伏《ふ》せているが、肝心《かんじん》のハディス・テオス・ラーヴェの行方《ゆくえ》がわからず、膠着《こうちゃく》状態だ。決着はもう少し時間がかかるだろう。それまでナターリエ皇女との婚約はのらりくらりかわすしかない」

「ジェラルド様は行方不明の皇帝と昨年の誕生会で挨拶《あいさつ》されているのですよね？　どのような方でしたか。ただの皇帝ではなく竜神の生まれ変わり、竜帝だというのは本当でしょうか」

「ハディス・テオス・ラーヴェは竜帝だ。一目見ればわかる、あの覇気《はき》。あれが本物の竜帝だとわからない奴《やつ》らの目はただの節穴か、それでも認められない理由があるだけだろう」

　嘲笑《ちょうしょう》するジェラルドに、ジルはまばたく。ハディス・テオス・ラーヴェといえば呪《のろ》われた皇帝と噂《うわさ》され、つい最近水上都市ベイルブルグで起こった事件に対して苛烈《かれつ》な粛清《しゅくせい》を行い、帝国だけでなくクレイトス王国も震《ふる》え上がらせたばかりだ。帝国内の反発は大きく、クレイトス王国内でも危険視されている。

　だが、そちらこそ本物の竜帝だとジェラルドは言う。

「では、ラーデア大公――ゲオルグのほうこそ、偽帝なのですね」

「そうだ。私は夏までに負けるだろうと見ている。討《う》たれるのか、件《くだん》の皇帝の呪いが再発でもするのか、負け方はわからない。だが、いずれにせよ他国のこと。我が国としては、皇女との婚約をやりすごすのが最善だ。……そのせいで君には迷惑《めいわく》をかける。フェイリスにも怒《おこ》られてしまった。婚約早々、不安にさせるなと」

「い、いいえ。わたしこそ……その、花嫁修業《はなよめしゅぎょう》がちっとも進まず申し訳なく……」

「ラーヴェ帝国の件がいつ片づくかはっきりしない以上、婚約者としての正式な披露目は来年以降になってしまうだろうが、王太子妃になるのは君だ。私がそう決めた」

　そう告げられて、ジルは赤くなった頬《ほお》で頷《うなず》き返そうとする。そのときだった。

「ジェラルド様、よろしいですか。ナターリエ皇女が行方不明になりました」

　軽い叩扉《こうひ》ひとつで、返事も待たずに執務室に入ってきて用件を告げた人物に、ジェラルドは目を細める。咎《とが》められないのは、彼が信頼《しんらい》されているからだ。ジルも副官候補として紹介《しょうかい》されている有能な人物だった。

「どういうことだ、ロレンス」

「ナターリエ皇女を運ぶ馬車がサーヴェル辺境領を越《こ》えたあたりで何者かに襲撃《しゅうげき》され、皇女が連れ去られました。サーヴェル家と護衛を交替《こうたい》したところを狙《ねら》われたようです」

「犯人の目星は？」

「クレイトスの人間ではないことを願いたいですね。それよりも、犯人たちが皇女をつれて逃《に》げた方角が問題です。目的が次期国王のあなたへの嫌《いや》がらせならお約束の場所ですが――南国王の後宮に皇女を運ぼうとしているのではないかと」

　だん、とジェラルドが拳《こぶし》で執務机を叩《たた》いた。だが一度深呼吸しただけで、その憤《いきどお》りも苛立《いらだ》ちも内側に抑《おさ》えこんでしまう。黒いその目にだけ、ぎらぎらした実父への憎《にく》しみをのせて。

「至急、ナターリエ皇女の捜索《そうさく》と救出にあたれ。決してラーヴェ帝国につけこまれる隙《すき》を見せるな。私は私でラーヴェ帝国の出方をさぐる」

「ジェラルド様、あの、よければわたしも実家に戻《もど》って捜索に向かいます！」

他国の皇女が自国で誘拐《ゆうかい》された。背景にある政治的な思惑《おもわく》はともかく、無事ナターリエ皇女が戻らないとややこしいことになる。

(考えたくないが、もしクレイトス国内で死体で発見されたら、最悪開戦……！)

だがジェラルドの返事は、今までにないほど厳しい声だった。

「だめだ、君は何もするな！　あの南国王が君に気づいたら何をするかわからない！」

その剣幕にジルが目を丸くしている間に、ジェラルドはロレンスに指示を飛ばす。

「既《すで》に手遅《ておく》れの可能性もある。姉の件で逸《はや》ってしくじるなよ、ロレンス」

「それはお互《たが》い様では？」

「私がそんなヘマをすると思うか？　憎しみで殺せるならとっくに殺している。──フェイリスの様子を見てくる」

厳しい横顔で出ていく婚約者を複雑な気持ちで見送ると、ロレンスに軽く肩《かた》を叩かれた。

「ここはまかせてくれればいいよ」

「でも……ジェラルド様が困っておられるのに、わたしが何もしないわけには」

ジェラルドは実父である国王を父上と呼ばない。公的な場では国王陛下と呼び、内々の場では南国王と呼び捨てる。執務の大半をジェラルドに丸投げし、クレイトス南方の王家直轄《ちょっかつ》地に後宮を建て淫蕩《いんとう》に耽《ふけ》っている父親だ。嫌悪《けんお》は当然だろう。冷え切っているなんて生やさしい家族関係ではないのは理解していた。

（フェイリス様としか共有できない家族の問題なのかもしれないが……）

まだ半年程度とはいえ、ジルはジェラルドの婚約者だ。少しくらい力になりたい。

「ジェラルド殿下《でんか》は君を危険にさらしたくないんだよ。相手が南国王なだけにね」

「でもわたしは戦えます。ジェラルド殿下のためなら」

「たのもしいね。なら、婚約者を危険な目に遭《あ》わせたくないという男の矜持《きょうじ》も守ってあげたらどうかな？　ジェラルド殿下だって好きな女性には格好つけたいだろう」

一拍《いっぱく》あけて、ジルはぼんと頭から火を噴《ふ》いた。

（そ、そうか。そういうことなのか。むずかしいな、恋愛《れんあい》って）

正直、婚約を了承《りょうしょう》したのは生まれて初めてのお姫様扱《ひめさまあつか》いと王子様に舞《ま》い上がっての勢いだった。日に日にジェラルドへの尊敬は増しているし、これが初恋《はつこい》なのだとうっすらとした自覚もあるが、いかんせんその手のことにうとい。いつも正解がわからずに戸惑《とまど》ってしまう。

――だからその先の未来、軍神令嬢《れいじょう》と呼ばれ結婚《けっこん》間近の十六歳になっても、ジェラルドに騙《だま》されたと思うことに、あまり抵抗《ていこう》はなかった。恋愛にうとい自覚があったからこそ、自分は間違《ちが》ったのだとあっさり認められた。

ジェラルドが本当に愛していたのは実妹《じつまい》のフェイリスで、自分は禁断の関係を隠《かく》すため利用された道化《どうけ》だったのだと。

（だってジェラルド様に処刑《しょけい》されたんだぞ、わたしは。今更《いまさら》、疑問を持つなんて馬鹿《ばか》げてる）

――お兄さまだってあなたを必要として、愛していたのに？

寝《ね》ぼけ眼《まなこ》をこすりながら、ジルは起き上がった。天蓋《てんがい》付きの広々とした寝台《しんだい》にうららかな朝の日差しが差しこんでいる。ここは故郷の自室でも、王城で与《あた》えられた部屋でもない。

まだ見慣れない隣国《りんごく》の天井《てんじょう》と、寝台だ。

誰《だれ》もおらず静かだが、今日もいい天気だ。だというのに溜《た》め息が出そうになり、慌《あわ》ててぱんと両手でほっぺたを軽く叩く。

二度目の十一歳の頬は、まだぷにぷにと柔《やわ》らかい。

それを確認《かくにん》して、深呼吸し、口に出した。

「気にしない、気にしない！　今のわたしはジェラルド殿下の婚約者じゃなくて、竜妃《りゅうひ》。竜帝ハディス・テオス・ラーヴェの妻だ！」

そしてここは偽帝騒乱《ぎていそうらん》を収めたばかりの帝都ラーエルムの帝城。ラーヴェ皇帝の寝室だ。

かつてあった『苛烈な粛清で帝国内の内乱を加速させたベイルブルグの無理心中』も『ラーデア大公の変死で呪われた皇帝への恐怖《きょうふ》がいっそう増した偽帝騒乱』も起こっていない。ジェラルドとの婚約を回避《かいひ》し、ジルが違う人生をやり直している世界だ。

ひとりで洗顔へ向かい、身支度《みじたく》をする。鏡を見て、黒いリボンがないことを確認した。未練はないことも。

かわりにあるのは、寝台の下の籠《かご》で寝ている立派な軍鶏と、棚上《たなうえ》に置かれた可愛《かわい》いくまのぬいぐるみだ。両方ともハディスからもらったものである。

「ソテー。お前、鶏《にわとり》なのに朝に起きないってどういうことだ？」

「コケー……」

「くま陛下を頼《たの》んだぞ」

立派なマントと王冠《おうかん》をつけたくまのぬいぐるみをソテーと同じ籠に入れる。

そしてジルは寝室から出ようと扉に手をかけたところで、少したらってしまった。

(夢に見るなんて……不安なのかな。陛下とうまくやっていけるかどうか)

ジェラルドは優秀《ゆうしゅう》な王太子だった。妹への溺愛《できあい》がすぎる以外、ほぼ完璧《かんぺき》な王子様だったと言い切れる。気遣《きづか》いはもちろん、文武両道で神童と名高く、南国王と呼ばれた父親にも手を焼きつつ押さえこんでいた。部下からの信頼も厚く、民《たみ》からの人望もあった。

だからジルは思うところはあれど、まかせていればよかった。

——それにくらべて。

「あ、おはようジル。朝ご飯できてるよ」

寝室を出ると、途端《とたん》にいい匂《にお》いがした。厨房《ちゅうぼう》と一体化させたという広い応接間から漂《ただよ》う匂いだ。テラスの近くに置かれた食卓《しょくたく》には、優《やさ》しい色をしたオムレツと焼いたベーコン、昨夜の残りで作られた野菜のコンソメスープが用意されている。中央にはライ麦のパンやベーグルが籠に並べられていた。エプロン姿の皇帝の手料理である。フライパンからうつしているトマトソースは、今朝、裏庭の小さな畑で収穫《しゅうかく》したトマトを使ったものだろう。

「どうしたの、じっと見て。あ、君の好きないちごミルクもあるよ」

反乱が終わったばかりで帝城には人手がないだとか、毒殺を警戒《けいかい》するくらいなら自分で作ったほうが早いと思っただとか、そういう諸々《もろもろ》の事情はわかっているけれど。

「陛下。今って朝の会議の時間じゃないですか？」

ジルの質問に、きょとんとハディスが見返す。

エプロン姿でも、彼はラーヴェ帝国の皇帝で竜神ラーヴェの生まれ変わり、竜帝である。現在魔力《まりょく》を半分ほど封《ふう》じられているが、そんじょそこらの兵士よりはるかに強いし、本人も鍛《きた》えている。辺境で育ったせいか情緒《じょうちょ》は育っていないが、意外に物知りで聡明《そうめい》だ。

決してジェラルドに劣《おと》っていない。いや勝《まさ》っている。だがしかし。

「でも僕が出席するとみんな突然《とつぜん》具合が悪くなって欠席するか無視するし、時間の無駄《むだ》なんだよね。リステアード兄上が怒鳴《どな》りこんできたら出席するよ」

「やっぱり会議なんじゃないですか！　なのにそんな呑気《のんき》な……陛下は皇帝なんですよ！」

「今更だよ。それよりお嫁《よめ》さんの朝ご飯のほうが僕は大事！」

がっくりとジルは両肩を落とす。

食べるのが大好きな自分としては、不満はない。不満はないが、不安はある。

だって帝都で朝から料理にいそしみ、畑でトマトを収穫する皇帝ってどうなのだろう。

「……帝都に戻れば、せめてエプロンくらい脱《ぬ》ぐと思ったのに……！」

「え、似合わないかな」

「似合うから困ってるんです！　陛下、ほんとに大丈夫《だいじょうぶ》なんですか？　帝都に戻ってきてから会議に出るとかそういう、皇帝っぽい陛下を見たことないんですけど！」

「大丈夫大丈夫。リステアード兄上とエリンツィア姉上にはちゃんと話してるから」

そう言われると、ジルは何も言えなくなる。というか。

（わたしはなんにも聞いてないぞ！　そりゃわたしは今、対外的には陛下の婚約者でもなんでもない赤の他人だけど！）

言葉にすると困らせてしまうので、心の内でだけすねてみる。

帝都にきてから思い知ったことだ。ジルは竜神ラーヴェの祝福を受けてハディスの妻・竜妃になったが、それはあくまで竜の世界での話。人間の世界ではジルは周囲の承認をまったく得ていないので、ハディスの婚約者ですらない。最低限の形式が整うまでなるべく人目につくなと言われて、何もさせてもらえないのだ。ハディスが宮殿《きゅうでん》から出て何をしているのかも、一切《いっさい》耳に入ってこない。

この男をしあわせにする、ひとりにしない、ついでにこの男の子どもを十人産むとまで宣言したのに――果たしてジルのその決意を、ちゃんとハディスは受け止めているのだろうか。

問いただしたいが、どう問いただせばいいのかジルにはよくわからないのだ。

「そういえば、十一歳の誕生日のプレゼントは決まった？」

食卓について黙《だま》っていちごミルクを飲んでいたジルに、エプロンをはずしたハディスが切り出した。

先日、ジルは十一歳になったが、その日ハディスは敵に囚《とら》われて護送中だったので、祝っている場合ではなかった。あとでそれを知って嘆《なげ》いたハディスに、後日改めて誕生日パーティーを盛大に開くということでいったん話はついたのだが、ハディスはジルの望むものを贈《おく》りたいらしく、ここ数日ずっと尋《たず》ねられていたのだ。

「なんでもいいよ。料理は僕が用意するから、それ以外でね。ドレスでも宝石でも花でもお城でも！　なんならぬいぐるみでもいいよ。ハディスぐまに続くハディスうさぎとか！」

「なんでもって、わたし直属の軍隊ほしいって言ったらだめって言いましたよね」

「だめだよ。だってそれは君がほしいものじゃなくて、必要だと思ってるものでしょ」

さらりと指摘《してき》されてびっくりする。正面の席についたハディスがにっこり笑った。

「必要じゃなくたってほしいものを君にあげたいんだ、僕は」

「む、難しいこと言いますね……」

つい食事をとる手を止めて唸《うな》ってしまう。

(何か妻としてできることがほしいけど、それは違うだろうし……恋愛って難しい。でもわたしがちゃんとしないとだめだ、陛下は——ジェラルド様と違って)

無意識でそう考えてしまって、ぶるぶる首を横に振《ふ》った。なんだか調子がおかしい。

ハディスはにこにこ待っている。その背中からそっと出ていく、翼《つばさ》の生えた白い蛇《へび》——竜神ラーヴェの姿が見えた。厨房でさましているタルトを狙《ねら》っている。あ、とひらめきが宿る。

必要じゃないけど、ほしいもの。

「そうだ陛下、じゃあわたし、自分の竜がほし——」

「竜妃————————！」

ものすごい大音響《だいおんきょう》がテラスから強風と一緒《いっしょ》に入りこんできた。ひっくり返りそうになったテーブルを慌てて押さえると、目をやったハディスが暴風を結界で弾《はじ》いてくれる。

無理矢理《むりやり》テラスに顔を突《つ》っこんできたのは紫目《むらさきめ》の黒竜だ。竜の階級はまず鱗《うろこ》の色で決まり、同色竜の中では金目が上位、紫目が下位となる。黒竜は竜神ラーヴェに次ぐ最上位の竜で、現在紫目の雌《めす》の一頭しかいない。つまり彼女は竜の女王だ。

その威厳《いげん》のかけらもない、慌てふためいた姿にジルはまばたいた。

「どうしたんですか、いきなり。いったん竜の巣に戻《もど》ったんじゃ」

「竜妃！　生まれた！　なんか生まれてたのだ、巣に戻ったら！　我《われ》の番《つがい》が！」

興奮して叫《さけ》ぶ紫目の黒竜の頭から、丸くて黒い塊《かたまり》が落っこちてきた。ごろごろと転がったそれは、ジルの靴先《くつさき》にぶつかって止まる。大きさは人間の赤ん坊《ぼう》より一回り大きいくらいだろうか。

もぞもぞとうごめいた黒い塊は、まず小さな翼を出した。そしてぶるぶるっと全身を震《ふる》わせて、顔を出す。ジルを見てぱあっと顔を輝《かがや》かせたように見えたのは、気のせいだろうか。

まだ柔らかそうな鱗の色は、綺麗《きれい》な黒。そしてジルを見あげる丸い目は、金。

「金目の黒竜……」

「うっきゅう！」

つぶやいたジルに可愛らしい声で、小さな竜の王が元気いっぱいに返事をした。

第一章 ⚜ 黒竜陛下、養育最前線

小さな金目の黒竜は、とてとてと歩いてはころんころんとよく転ぶ。自分でも何が起こっているのかよくわからないのか、そのたびに目をぱちぱちさせてきょろきょろしていた。

「やだ可愛《かわい》いじゃない〜……！」

「きゅ？」

「おい、そっちはあぶないぞ」

「っきゅう！」

何に興味を引かれたのかあちこちへ歩くうしろ姿を、竜妃《りゅうひ》の騎士《きし》たち——ジルの部下であるカミラとジークが追いかける。それを見つめながら、紫目の黒竜は言った。

「まだ飛べぬのだ。竜は生まれて一日か二日もすれば飛べるものなのだが……」

「今、生後何日くらいなんですか？」

「あの姿でいるのを巣で発見してから、もう七日はたっている」

ということは、普通《ふつう》なら飛んでいるのか。

黒竜は目立つし何より狭《せま》いので、テラスから裏庭へ出たジルは、楽しそうにぽてぽてジークから逃《に》げている金目の黒竜を見る。翼は小さい気がするが、まるまると健康そうな体つきだ。

動き回っていることからも、体に問題があるようには見えない。

「……金目の黒竜って、陛下の心に応じて育つんですっけ」

「そうだ、竜帝《りゅうてい》の心を栄養分に育つ。いわば、竜帝の心そのものだ」

それは、つまり。

紫目の黒竜とジルの目が自然と原因へ向かう。テラスの戸に背を預けてこちらを見ていたハディスが、目を細めた。

「何？　僕は関係ないよ、あんなボールみたいな竜と」

「……確かによく転んでますけど」

とジルが言った瞬間《しゅんかん》に、小さな黒竜が石に蹴躓《けつまず》いて派手に転んだ。あげく、勢いよくごろごろ転がって、木に激突《げきとつ》する。はらはらと緑葉が何枚か落ちてきた。

「だっ大丈夫か、我が番」

おろおろした紫目の黒竜に尋ねられ、みるみるうちに金色の目に涙《なみだ》が浮《う》いた。

「ぴぎゃあぁぁぁぁぁぁ！」

「ああぁ、痛かったか！　どこだ、どこが痛い。なめてやろう。ほーら痛くない」

「もう、だからあんまり走ったら駄目《だめ》って言ったのよ陛下」

「よしよし泣くな泣くな。痛くない痛くない。大丈夫だぞ陛下」

「そのころころ転がるのは僕じゃないぞ⁉」

ハディスが叫んでいる間に紫目の黒竜にべろんと舐《な》められた金目の黒竜は、しゃくりあげながらぼてぼてジルの足元までやってきた。

「うっきゅ」

うるうる潤《うる》んだ瞳《ひとみ》で抱《だ》っこをせがまれて、ジルはよっこいせと持ちあげた。

その光景を見たハディスが頬《ほお》を引きつらせた。

「おまっお前！　あざとく甘えるな！　僕が誤解されるだろう！」

「陛下だわー」

「陛下だよな」

「僕はこんなんじゃない！　そうだよなラーヴェ!?」

「お前だよ」

育ての親であるラーヴェにまで言い切られて、ハディスが膝《ひざ》から崩《くず》れ落ちる。だがすぐに顔をあげてジルにすがりついてきた。

「ジルはそんなふうに思わないよね!?　僕、こんなんじゃないよね!?　お前ジルにべったりくっつくな、これは僕のお嫁《よめ》さん！　お前のはあっちだろう、離《はな》れろ！」

「うっぎゅヴ――――！」

「痛ッ嚙《か》んだ！　嚙んだこいつ！　痛いよジル！」

「喧嘩《けんか》はだめですよ、えーっと……そうだ名前！　まずはこの子の名前を決めましょう！」

でないとややこしい。おごそかに紫目の黒竜が言う。

「よかろう。だが、ステーキは却下《きゃっか》だ」、

「だめですか」

「なぜいけると思った。念のため言っておくが、我もステーキではないからな！」

「あっ大丈夫《だいじょうぶ》です、あなたには別のを考えました！　よく考えたら女の子だし、綺麗な響《ひび》きのほうがいいかなって思い直して……レアっていうんです。どうですか？」

ぱちりと紫の目をまばたいたあと、黒竜が口の中で名前を繰《く》り返す。

「レア……レアか。いいな。ステーキよりはるかにいい！　よし、我は今日からレアだ！」

「よかった！　わたし、金目の黒竜にも、ステーキ以外に考えてあるんです。生まれるのをとっても楽しみにしてたので」

きゅるんと金色の目がジルを見あげる。その目を見つめ返し、ジルはゆっくり言った。

「ローっていうのはどうだ？」

「きゅー……」

たぶん口の中で繰り返したのだろう。そのあと、小さな翼を動かしてこくこくと頷《うなず》く。レアが翻訳《ほんやく》してくれた。

「それでいいそうだ」

「よかった！　陛下もそれでいいですか」

「えっ？　ど、どうだろう……その、まさかと思うけど、意味は焼き加減……？」

「うぎゅ!?」

愕然《がくぜん》としたローを、ハディスの腕《うで》に押しつける。ハディスは驚《おどろ》いたようだがとても自然にローを抱っこしてみせた。その姿に、ジルは満足する。

「これでそろいましたね！」

「何が!?　まさか食材と料理人が!?　これ、僕の心だよジル!?」

「うぎゅうぎゅ！」

「それで、ローを見せにわざわざここまできてくれたんですか？」

ハディスとローを無視してレアに振《ふ》り向くと、レアは眉間《みけん》にしわを作った。

「それもあるが、このまま巣で育てるのは危険だ。巣は飛べることを前提に作られているからな。小川に足を滑《すべ》らせて頭から落ち、流されていったときは本当に肝《きも》が冷えた……りゅ、竜の王がよりによって小川で溺死《できし》！　末代までの恥《はじ》だ、わかるか!?」

「そ、それは……はい。え、じゃあ、ひょっとしてローをわたしに預けにきたんですか？」

レアが不安そうな眼差《まなざ》しで、だがはっきり頷き返した。

「そうだ、飛べるようになるまで世話を頼《たの》みたい。竜妃がいるのも何かの縁《えん》だろう」

「うっぎゅ――――――!?」

「そう言うな、ロー。我もつらいのだ。だが、我だとお前を甘やかしてしまう。それではいかんのだ……あと何より外の世界が楽しくて！」

ああ、とジルは頷いた。

「二十年くらいずっと卵を守って引きこもってたんですもんね、レア」

「そうなのだ！　いやあ、久しぶりに羽を伸《の》ばすと楽しくてな。三百歳になろうというのに恥《は》ずかしながらはしゃいでしまっている」

「全然恥ずかしくないですよ、いいことです！　それにわたしも、最近やることなくて手持ち無沙汰《ぶさた》でしたし……」

ちょうどよく降ってわいた仕事ではなかろうか。しかも竜の王を預かるのだ。

（竜妃――陛下の妻っぽい仕事だ！）

張り切ってジルは頷き返した。

「わかりました！　ローはわたしが預かりますので、レアは休暇《きゅうか》を楽しんできてください」

「おお、助かる！　頼んだぞ竜妃よ。ローが飛べるようになったら迎《むか》えにこよう」

「うっきゅう⁉」

「さらばだ、我が夫！　妻は忙《いそが》しい！」

大きな翼《つばさ》を広げてあっという間に空に上がったレアは、ぐるんと綺麗《きれい》な一回転をして雲の向こうに飛んでいってしまった。

手を振って見送ったジルの背後で、しみじみラーヴェがつぶやく。

「番《つがい》に放《ほう》り出される金目の黒竜なんて初めて見たぞ、俺……」

「な……なんかひどくないか、僕の心の扱《あつか》い……お嫁さんから放置……」

「うっぎゅう……」

「落ちこんでる暇《ひま》はありませんよ。まず飛行訓練です！　びしびしいきますからね」

振り向いたジルに、ハディスがローを抱きこむようにしてあとずさった。まさか自分の心を守っているつもりなのだろうか。

「ひ、飛行訓練って、ジル、竜にそんなに詳《くわ》しかったっけ?」

「うきゅうきゅ」

ローもローで、ハディスにしがみついている。

「知りませんけど、ラーヴェ様に聞けばいいのでは?」

「あ、俺もう今日は疲《つか》れたからハディスの中にいるわおやすみー」

「ラーヴェ面倒《めんどう》だからって逃《に》げるな卑怯《ひきょう》だぞ! い、いや……ジル、ラーヴェはいなくなったし、ここはエリンツィア姉上にまかせて……いっそリステアード兄上のほうが安全か!?」

また姉と兄か。仲がいいのは結構だが、ジルは知らずむっとしてしまう。

「だめです、わたしがこの子の面倒をみます!」

「でも、その……そうだ、今日の夕飯は何にしようか! 買い出しとかお願いできない!?」

「誤魔化《ごまか》そうとしてもだめです、レアからこの子をまかされたのはわたしです! わたしにまかせてもらいます」

胸を張ると、ハディスとローがそろって脅《おび》えた顔をした。失礼だ。

「あぶないことはしませんよ。まずはちょっと投げてみましょう。勢いで飛ぶかも」

「十分あぶないよ、僕の心を投げないで!」

「あと筋肉をつけさせないと! 大切です、筋肉!」

「それはどういう意味で!? おいしくなるって意味で!? おいお前、逃げ——あ」

「うきゅぅ……」

　気づいたらローが目を回してたりとのびていた。あらとカミラが頬に手を当てる。

「飛行訓練の想像だけで気絶しちゃったのかしら」

「心も体も弱いんだろうな、陛下だし」

　言い返せないのか、ハディスが黙《だま》って震《ふる》えている。ローなど関係ないと投げ捨てたい気持ちと、大事にしてほしい気持ちで葛藤《かっとう》しているのだろう。

「でもやればできる子のはずですよ、陛下と同じで。わたし、一生懸命《いっしょうけんめい》育てます！」

「なんでだろう、いたたまれない……君に育てられるって……」

　うなだれるハディスの腕の中で、ローも眉間に大きなしわをつくってうぎゅうぎゅと魘《うな》されている。なんだか可愛《かわい》い。

「陛下、わたしがこの子の面倒をみます。いいですよね？」

「で、でも……竜の子どもを育てるなんて、君ひとりじゃ大変だよ。他《ほか》にも助けを」

「わたしは竜妃《りゅうひ》ですよ！　ちゃんとできます」

　両腕をのばすと、ハディスは少し眉《まゆ》をひそめたが、結局ローを渡《わた》してくれた。ジルはぎゅっとローを抱きしめる。

　これはハディスの心だ。預けてもらえるのが何よりの信頼《しんらい》の証《あかし》で、嬉《うれ》しい。

「絶対、飛べるようにしてやるからな！」

「やめてジル、嫌《いや》な予感がする……」

失礼なハディスの言い分を肯定《こうてい》するように、ローのまぶたがぴくぴくと痙攣《けいれん》していた。

「ということで、わたし黒竜を育てることになりました！　宜《よろ》しくお願いします」

「馬鹿《ばか》なのかハディスは――――――――――！」

本日も元気よく執務室《しつむ》でハディスの兄リステアードが叫《さけ》んだ。勢いよく執務机に身を乗り出したせいで、積み上げられた書類がひらひら舞《ま》う。

「金目の黒竜だぞ⁉　竜の王だぞ⁉　この世界のどこに、竜妃とはいえ十一歳の少女に育てさせる馬鹿がいる！　どこの馬鹿だ！」

「竜の女王と、リステアード殿下《でんか》の弟です！」

元気よく答えたジルに、リステアードが執務机に顔面から突《つ》っ伏《ぷ》した。痛そうだ。

「朝の定例会議すらまともな形にならず、高官も大勢逃げ出して指揮系統はめちゃくちゃ、帝《てい》国《こく》軍も将軍含め半数以上が行方《ゆくえ》不明で瓦解《がかい》状態、残ったのはどこにも逃げ場がなかった下っ端《ぱ》の者たちばかりで実情がさっぱりわからず、あまりの人手のなさに皇族たる僕が経理をしなければ帝都の復《ふく》興計画も立てられず、とどめに十一歳の少女が竜の王を育てる……我が祖国はここまで……ここまで落ちぶれたかッ……！」

「そう嘆《なげ》くな、リステアード。竜の女王のご指名とあらばしかたないだろう。ジルはしっかりしてるし……それにしても……」

ハディスとリステアードの姉であるエリンツィアが机から落ちた書類を拾い、ジルが背負った鞄《かばん》へと目を向けた。そこには顔だけ出し、ぷうぷうと鼻から音を立てて熟睡《じゅくすい》中のローが入っている。

「……ずいぶん可愛いな？　とても竜の王とは思えない威厳《いげん》のなさだ」

「でしょう。陛下そっくりなんですよ。飛べなくて歩く姿もどんくさくて可愛いです！」

「やめてくれ、僕がいたたまれない……！」

顔を覆《おお》ってリステアードが嘆き始めたので、焦《あせ》ったエリンツィアが話を変える。

「とりあえず、飛べるようにしないとな。普通《ふつう》、竜は竜から学ぶものだし、帝都にある竜の舎に寝床《ねどこ》を作ってやって、見て覚えさせるのはどうだ？」

「それなんですけど、さっき連れて行ったらこの子、泣いて逃げ出しちゃったんです」

「まさか、黒竜相手にブリュンヒルデたちが何か悪さをしたとでも？」

愛竜の名前を出したリステアードに、ジルは慌《あわ》てて首を横に振る。

「いえ、びっくりしちゃったみたいで、この子が一方的に。他の竜が苦手なのか、まだよくわからないですけど……」

ぽかんと口をあけたあと、焦ってばたばた走り回りあちこちぶつかってごろんごろん転がり最後は泣きわめく黒竜に、他の竜もあたふたして大変だった。ローは竜たちにとって竜神ラーヴェに次ぐ王だ。守ろう助けようの大混乱、その混乱を受けてまたローが泣き出す悪循環《あくじゅんかん》である。なお、そのあたりでハディスは「直視できない、あとはまかせる……」とふらふらしながら退散した。

　リステアードが両腕《りょううで》を組んで考えこむ。

「となると帝城内か……本来ならきちんと宮殿《きゅうでん》のひとつでも建てたうえ、世話係を用意して迎えるべきなんだが……国庫が……国庫が……！」

「リ、リステアード。しっかりするんだ。気絶しても予算は増えないぞ！」

「そんなもん建てたりひとを雇《やと》ってる場合じゃないわよねえ」

　ここぞとばかりに執務室の出入り口で見張りをしているカミラが声をあげた。

「アタシたち、まだ給料もらってないわよージルちゃん」

「寝床と食い物を用意されただけましだろ。服も武器も現物支給されたし、今は偽帝騒《ぎていさわ》ぎでガタガタの状況《じょうきょう》をなんとかするほうが先だ。食う寝るに困らないだけいいだろうが」

　カミラをなだめているジークの言葉が、微妙《びみょう》にジルの主君としての心をえぐる。おそるおそる、尋《たず》ねてみた。

「あ、あの……そんなに、国庫はまずいんです……？」

　ああ、と深刻に頷《うなず》いたのはエリンツィアだ。

「この間の騒ぎで帝城から逃げた連中が、宝物庫から色々持ち逃げしてな……今、人手不足で出費が少ないのが有り難《がた》いくらいだ。君とハディスとの婚約《こんやく》式が延期になってしまったのもそのせいだ。君が竜妃として胸を張って帝城を歩けない理由が資金難だなんて……」

　しょげるエリンツィアに、ジルは慌てて首を横に振《ふ》る。

「だ、大丈夫《だいじょうぶ》です。わたしも婚約式より先に部下の給料を払《はら》えるようになりたいので……！」

「資金難以上に、帝国軍が半壊《はんかい》状態で帝都の守りがあやういのも痛い。せめて逃げ出した帝国軍――サウス将軍たちの行方がわかれば、対策も打てるんだが」

両腕を組んで考えこむエリンツィアに、気を取り直したリステアードが答える。

「足取りが見事に消えてます。地道にやるしかない」

「その辺を飛んでる竜から情報をもらうとかって、できないんですか？」

「上位竜でなければ、普通の人間を個で識別したり細かい見分けができないんだ。そもそものあたりの事情はサウス将軍も承知だ。もし逃げた帝国軍の目撃《もくげき》情報を竜から得た場合は、十中八九囮《おとり》だと考えたほうがいい」

「でも、結構な人数で動いてたんですよね？　移動を誤魔化すならまだしも、どこかに潜《ひそ》んでいるなら必ず痕跡《こんせき》が出てくると思うんですが」

ジルの疑問に、エリンツィアが肩《かた》をすくめる。

「そのとおり。おそらくかくまっている奴《やつ》がいるんだろう」

「フェアラート公でしょうか」

ラーヴェ帝国では三公と呼ばれる三大公爵《こうしゃく》家が帝室を古くから支えている。軍港都市を持つフェアラート公、交易都市を持つレールザッツ公、城塞《じょうさい》都市を持つノイトラール公。ラーヴェ皇帝は三公の姫《ひめ》を妃《きさき》にもらうのが慣例なので、ラーヴェ皇族とは姻戚《いんせき》関係でもある。かく言うリステアードの祖父がレールザッツ公、エリンツィアの伯父《おじ》がノイトラール公であり、ふたりの後ろ盾《だて》になっている。そして偽帝騒乱《そうらん》の首謀者《しゅぼうしゃ》だったゲオルグはフェアラート公を後ろ盾に持っていた。

普通に考えれば、フェアラート公とその関係者が一番警戒《けいかい》すべき人物だ。

だが、リステアードは頬杖《ほおづえ》をついて嘆息《たんそく》する。

「フェアラート公は、叔父上《おじうえ》の件は関与《かんよ》を否定して知らぬ存ぜぬだ。実際、逃《に》げた帝国兵たちがフェアラートの領地に向かった形跡《けいせき》もない」

「では逃げた帝国兵たちはどこに……」

「他にあり得るとしたら、自由都市ラーデアだろう。叔父上が大公として代理で治めていた領地だ。だがラーデアの補佐官《ほさかん》からは異状なしと報告がきている。本当かはわからないが」

リステアードの報告に、ジルは肩を落とす。その横でエリンツィアが言った。

「私は逃げた帝国兵がばらばらにならず、集団で動いている理由が気になる」

「まさか、ただ処分を恐《おそ》れて逃げたのではなく、ゲオルグ様の弔《とむら》い合戦《がっせん》を考えて……？」

「可能性は高いだろう。叔父上は帝国兵に人望があってな。サウス将軍はその先鋒《せんぽう》だ」

「やめてください、姉上。今の状況でまた反乱なんて起こったら、僕が過労死します」

ぼやくリステアードについ目を向けてしまう。以前ジルが十一歳だったときにラーヴェ帝国で起こった反乱はゲオルグが起こしたものと、目の前のリステアードが起こしたものだ。

だが、リステアードが今更《いまさら》ハディスを裏切るとは思えない。

(他にこの時期、大きな蜂起《ほうき》はなかったはずだが……クレイトスとの開戦はまだ先だし)

考えこむジルの肩を、ぽんとエリンツィアが叩《たた》く。

「言っておいてなんだが、悩《なや》んでもしかたない。今のラーヴェ皇族と竜帝《りゅうてい》ハディスにまったく血のつながりがないという公表に動揺《どうよう》して三公も今はおとなしいが、それもいつどう爆発《ばくはつ》するかわからないんだ。ずっと気をはっていては疲《つか》れてしまう。何、なんとかなるさ」

「なんとかするのはラーヴェ皇族の僕たちですよ、姉上」

呆《あき》れるリステアードも笑うエリンツィアも、ハディスと血がつながっていない。それでもハディスの兄と姉でいると決めてくれたふたりだ。

「おふたりとも陛下と同じこと言うんですね。さすが兄姉《きょうだい》です」

ぽかんとしたふたりに、ジルは笑う。

「陛下が言ってましたよ。姉上と兄上は死にたくないだろうからなんとかしてくれるって」

「脅《おど》しか!? しかも丸投げか、あの馬鹿《ばか》」

「まあまあ、リステアード。兄と姉を名乗るならそれくらいやれ、という激励《げきれい》だろう」

「わたしに何かお手伝いできること、ありませんか?」

尋ねたジルに、リステアードが首を横に振った。

「申し出は有り難いが、できない。君は今、公的には竜妃《りゅうひ》どころかハディスの婚約者ですらないんだ。よくて客人、悪くて間諜《かんちょう》。おとなしくしているのが最善だ」

「でもわたしは竜妃で、ラーヴェ様の祝福も受けてます。何かしたいです」

左手の薬指に視線を落とす。偽帝騒乱で使われた偽《にせ》の天剣《てんけん》で封《ふう》じられた魔力《まりょく》はまだ戻《もど》っていないが、確かにここには金の指輪があった。それは竜妃の証《あかし》だと言われたのだが。

「君は竜妃だが、それは竜の理屈《りくつ》だ。人間の理屈ではまだ違《ちが》う」

「だがジルに手伝ってもらえれば助かるぞ。いっそ正式な客人として扱《あつか》って押し切ったらどうだ、リステアード。そうすれば私の下で働かせるくらいはできるんじゃないか？」

エリンツィアは今、帝国軍をとりまとめるため臨時で軍務卿《きょう》と将軍職を兼任《けんにん》している。顔を輝《かがや》かせて賛成しようとしたジルより早く、リステアードが言葉をかぶせた。

「だめですよ、姉上。本当に竜妃になりたいなら、きちんと手順に則《のっと》るべきだ」

「お前は相変わらず真面目《まじめ》で手厳しいな」

「何も根拠《こんきょ》もなく言っているわけじゃありませんよ。……ジル嬢《じょう》」

名前を呼ばれて、ジルは顔をあげた。まっすぐリステアードは告げる。

「僕は君を認めているがそれは僕個人の話。姉上も同様だ。焦る気持ちはわかるが、ただでさえ君はクレイトス出身で、痛くもない腹をさぐられる立場だ。周囲の承認《しょうにん》なしに強引《ごういん》にことを進めれば、必ずあとでひずみが出る。だからハディスだって婚約式を強行しないんだ。君の今後のために」

思いがけない説明にジルはぱちぱちまばたいたあとで、なんだか恥《は》ずかしくなった。

（そ、そうか。陛下も色々、考えてくれてるんだ……）

エリンツィアが苦笑い気味に続ける。

「確かによく我慢《がまん》しているな、ハディスは」

「今はその黒竜の世話に集中したまえ。くれぐれも人目につかせないように」

「えっ」

思いがけない指示にジルはまばたく。リステアードが顔をしかめた。

「当然だろう。金目の黒竜、竜の王だ。変な輩《やから》に目をつけられたらどうする。しかも、飛べないときている。今は帝城のどこにハディスの敵がいるかわからないんだぞ」

「それはわかりますけど、でも、飛行訓練……」

「ハディスの宮殿は広いだろう。庭に小川も小舟《こぶね》を浮《う》かべて遊ぶ池もある。何より、ハディスの心だというなら、そいつは絶対に心の弱い引きこもりだ」

言いがかりだと反論したいができない。エリンツィアもそっと目をそらしている。

「まあ……ハディスはちょっと人見知りだからな、うん……」

「可愛《かわい》げがある言い方で誤魔化《ごまか》さないでください、姉上。そういうことだ。君は余計なことに気を回さず、その黒竜の面倒《めんどう》をみてくれ。本物の竜妃なのだから」

目が合ったリステアードに静かに頷き返され、ジルは反射で敬礼を返す。

「わかりました！　必ずわたしが、この子を立派な黒竜に育ててあげてみせます！」

「結構。何か必要なものがあれば言ってくれ。僕はそろそろ会議の時間でね」

懐中時計《かいちゅうどけい》を確認して、リステアードが立ちあがった。エリンツィアも嘆息する。

「私もそろそろ戻らないと。残っている帝国軍を少しでも鍛《きた》えないとな」

「お人好《ひとよ》しを発揮して間諜を見逃《みのが》さないでくださいよ、姉上。僕はこれ以上フォローできませんからね。ただでさえ小賢《こざか》しいことを企《たくら》む輩があちこちにいて頭が痛い」

「はは、ハディスもお前をいちばん頼《たよ》りにしているだろうよ。……皮肉なものだな。皇帝の名よりも、ノイトラール公やレールザッツ公の名のほうが強いとは」

「使えるものは使うだけだ」

凜《りん》として答えたリステアードの背中をエリンツィアが叩く。

ハディスは皇帝でありながら、後ろ盾を持たない。持っているのは、竜神と天剣という証だけだ。それを補う兄姉がいてくれて、きっと心強いだろう。

「きゅ」

ふたりを見送ったジルの背中で、目をさましたローが小さく鳴いた。勘《かん》がいいなとジルは苦《く》笑《しょう》する。やっぱりハディスにそっくりで、他人の感情の機微《きび》に敏感《びんかん》だ。

「大丈夫だ。ちょっと、陛下の役に立ってるのが羨《うらや》ましいなって思っただけで……」

「隊長は十分、陛下の役に立ってるだろ。今までどれだけ苦労してきたんだよ」

しかめっ面《つら》でジークが言う。そうよとカミラも笑った。

「適材適所ってだけでしょ。ちょっとくらい休憩《きゅうけい》しなきゃ。それにジルちゃん、この子の面倒みるって仕事があるじゃない」

「わかってます。でも、わたしは強欲《ごうよく》なので……せっかくだから、お前にも色んなものを見せてやりたいのになあ」

鞄《かばん》から出したローの両脇《りょうわき》に手を差しこんで、じっと見る。くるんと大きな目がジルを見ていた。信頼《しんらい》しきっている眼差《まなざ》しだ。だからこそジルは応《こた》えたい。

そこではっと気づいた。

「……そうだ、黒竜じゃなきゃいいんだ！」

「は？　いやどう見ても黒いだろ、その鱗《うろこ》は」

「待ってジルちゃん、嫌《いや》な予感がするんだけど」

「ペンキ……いや絵の具かな、ありますよね⁉」

叫《さけ》んだジルに、竜妃の騎士《きし》たちが頬《ほお》を引きつらせる。ローが、きゅ、と小首をかしげた。


ローが竜神の次、実存する中で最上位の竜だとわかってしまうのは、金目である以上に黒い鱗を持っているせいだ。だから目立つ。

逆に言えば、黒竜に見えなければいい。それなら人目にさらしても問題ないはずだ。

「ほらロー、あれが訓練場だ。広いだろう。帝国軍が訓練してる場所だぞ」

「うっきゅ！」

背中を黒や赤や緑や橙《だいだい》の可愛い水玉模様に塗《ぬ》ってもらってご機嫌《きげん》のローが、目をきらきらさせて答える。うしろからついてきているカミラがやや青ざめた顔でつぶやいた。

「い、いいのかしら……いくら水で落ちるとはいえ、黒竜にこんな……」

「水玉模様にしたのお前だろうが。俺と隊長にはまかせらんねえって」

「あんたやジルちゃんにまかせたらゴミみたいになるじゃない！　アタシはせめて可愛くと思ったただけで……っ大体、金目黒竜なのに鱗の色に対する矜持《きょうじ》とかないの⁉　この国大丈夫《だいじょうぶ》⁉」

「何を今更《いまさら》。ロー坊《ぼう》は竜帝陛下の心だぞ。受け入れろ、これが俺たちの祖国だ」

ジークの断言に、カミラが無表情になった。

「そうね。そうだったわ。竜帝がエプロン着て竜の王が水玉模様の祖国……」

「心の広い祖国で万々歳《ばんばんざい》だろ」

「アタシもまだまだね。ふふ、こうなったら今度はもっと可愛い柄《がら》にしてあげるわよ、ローちゃん。お姉さんにまかせなさい！」

「だって。よかったな、ロー。おしゃれしてお出かけだ！」

ジルの言葉にローがご機嫌で尻尾《しっぽ》を振《ふ》る。嫌がるかと思ったが、ローは最初から絵の具に興味津々《きょうみしんしん》で、自ら前脚《まえあし》を突《つ》っこんで喜んでいた。顔に塗ろうとするのを止めたくらいだ。

最後は鏡を見て自らの背中を確認《かくにん》していた。どうも絵の具で自分の体を彩《いろど》るのが気に入ったらしい。というか、おしゃれが好きなのかもしれない。

「しかしな、これだと斑竜《まだらりゅう》っていうより新種に見えて逆に目立たないか？」

ジークに言われて、ジルは腕《うで》の中にいるローを見おろす。

「確かに顔はそのままですからね……でもこの背中を見て黒竜だとは普通《ふつう》、思いませんよ」

顔と脚の鱗はそのままだが、背中から尻尾にかけては色とりどりの水玉模様だ。よほどお気に入りなのか、視線を集めるたびにローは自慢《じまん》げに鼻を鳴らしている。

「そりゃ竜妃様じゃないと許されない発想と暴挙の代物《しろもの》だからよ、ジルちゃん……」

「誰《だれ》も現実を信じたくないやつな」

「なら大丈夫じゃないですか？　今のところは騒《さわ》がれてないですし」

回廊《かいろう》ですれ違う兵士も立ち止まりはするが、すぐ通りすぎていく。鱗の黒色に驚《おどろ》いても、すぐ斑竜だと思い直すからだろう——きっとそうに違いないと信じる心が大事だ。

「おい、聞いたか。またごっそり減ったらしいぞ、帝国軍。みんなやめたって」

兵舎の陰《かげ》から漏《も》れ聞こえた会話に、ジルは足を止めた。

「またかよ。でもしかたないか。逃《に》げてった奴《やつ》のほうが多いくらいだし……」

「俺もやめよっかなあ。ラーヴェ皇族は皇族じゃないし、かといって竜帝はあれだしな」

「軍議にも参加させてもらえないってな。上は何やってんだか」

「ロー、聞かなくていい……」

下を向いたジルは、ローの目に口を閉《と》ざした。

「でも、俺たちをクビにしないって決めたのも、竜帝なんだろ」

「竜帝はともかく、エリンツィア殿下《でんか》はいい指揮官だよ。帝都《ていと》を頼《たの》むってさ」

「何より、俺たちはもう行くところないだろうが。ここでやってくしかないんだよ」

ローはまっすぐ静かな目で、会話を聞いている。悲しんでいる様子はない。冷静だ。

だから、言葉を変えた。

「……みんな色々あるんだ。でも大丈夫。いいひとはいるし、何よりわたしがいる」

ローは答えるかわりに、ジルを見て頷《うなず》いた。それが嬉《うれ》しい。

(でも……陛下、やっぱり、色々言われてるんだな)

ハディスはジルの朝ご飯を作って昼ご飯の用意もして、リステアードに怒《おこ》られながら執務《しつむ》に向かい、夕方に戻《もど》ってきて夜ご飯を作ってくれる。そのためジルの脳裏《のうり》に浮かぶハディスはほぼエプロン姿なのだが、見えないところでたくさん嫌な思いをしているのは想像がついた。

それでもハディスはいつもにこにこ笑って、ジルにおいしいご飯を作ってくれる。

そのたびに、ジルは思うのだ。このひとは優《やさ》しくて繊細《せんさい》で、強いひとだ、と。

それが周囲になかなか伝わらないのが、もどかしい。

「……お前、早く飛べるようになるんだぞ。わたしの陛下はすごく強くてかっこいいって証明するんだ」

「うぎゅ!?」

ローが仰天《ぎょうてん》したあと、うろたえたように視線を泳がせて、顔を隠《かく》してしまった。どうやら照れているらしい。ジークが呆《あき》れた顔をする。

「こっちも介護《かいご》が必要なやつかよ……」

「それこそ陛下の心でしょ。ほら、しっかり。ローちゃんも水いる?」

ぶるぶると首を横に振ったローは、ジルの腕から飛び降りた。自分で歩くつもりらしい。

おお、とジルは感動する。

「えらいぞ、ロー。ちゃんと自分で歩けるもんな」

「うっきゅん」

「ひょっとして屋根から投げたら飛べるんじゃないか!?」

「うぎゅぎゅ――――!」

びゅんとローが一目散に駆《か》け出してしまった。嫌らしい。あっという間に見えなくなった小さな背中に、ジルは唸《うな》る。

「飛べないくせに逃げ足は速いなんて……さすが、陛下の心……!」

「感心してる場合じゃないでしょジルちゃん、追いかけないと」

そうだった。カミラに言われたジルは我に返って駆け出す。

「分かれてさがしましょう。カミラとジークは別方向から、わたしはこのまま追いかけます」

ふたりと分かれ、ローが駆け出した方向へジルは走り出す。途中《とちゅう》までは足跡《あしあと》があったが、庭の茂《しげ》みに飛びこんだあたりで見えなくなった。

「ロー？　ロー」

呼んでみたが返事はない。人気《ひとけ》のない木々の生える庭をジルはまっすぐ進む。

(裏庭かな？　ここ、どの辺だろう)

とにかく帝城は広いのだ。早く把握《はあく》したいのだが、今は部外者だからと許されない。また少し落ちこみそうになった心を、ぶるぶると振り払《はら》う。

今はローのことが先だ。

「あぶないものには近づかないと思うんだけど……でもどんくさいから」

「うっぎゅ――――――！」

わかりやすく悲鳴が聞こえた。慌《あわ》てて声の方向にジルは駆け出す。茂みを抜《ぬ》けるといきなり視界が開けた。広い池とそれを取り囲む木々。首をめぐらせると、すぐにローは見つかった。

「うきゅ――――！」

どこをどうして登ったのか、大きな木に登っておりられなくなったらしい。池に向かって垂れ下がった枝先に必死にしがみついている。今にも折れそうだ。

駆けよりながらジルは叫ぶ。

「ロー、今なら飛べないか⁉　頑張《がんば》ってみろ！」

「うきゅうきゅ！」

ぶんぶんローが首を横に振る。そのゆれのせいか、ばきっと枝先が折れた。

「あ」

「うっきょおぉぉ――――――！」

変な悲鳴をあげながらローが池に音を立てて落ちた。舌打ちしたジルは、そのまま池に飛びこむ。ローは水面をばしゃばしゃ叩《たた》いて暴れていたが、このままでは沈《しず》んでしまう。

案の定、ジルの手が届く前に、ローはぶくぶく沈んでいった。大きく息を吸って池に潜《もぐ》ったジルは必死に追いかけて、その体をしっかり抱《だ》きこむ。

急いで水面に顔を出して、柔《やわ》らかい鼻先を叩いた。

「おい、ロー！　大丈夫か、ロー⁉」

「うっきゅう……」

答えが返ってきてほっとする。水も飲んでいないようだ。安心した瞬間《しゅんかん》、どっと全身が重たくなった。服を着て飛びこんだのだから当然だ。魔力《まりょく》はまだ半分も戻っていないし、ぐずぐずしていたら体力も体温も失ってしまう。春先の池の水はまだ冷たい。

ローも早く乾《かわ》かしてやってあたためてやらないと、病気になるかもしれない。

(陛下がまかせてくれたのに、この子に何かあったら……わたしは、陛下の妻失格)

ふとわきあがった考えをぶるぶる振り払い、ジルは岸にあがるなりそのまま駆け出した。


「池に落ちたって、大丈夫⁉」

日が暮れるより早く自分の宮殿《きゅうでん》に帰ってきたハディスに、ジルは立ちあがる。足元ではジークが持ってきた木箱の中でカミラにふかふかのクッションをしいてもらったローが、嬉しそうに飛び跳《は》ねていた。

「陛下、仕事は——ってなんでまたエプロンなんですか⁉」

「ちょっと街に買い出しに行ってきた！」

皇帝がエプロン姿で街に買い出し。顔を引きつらせるジルに、ハディスが詰《つ》め寄る。

「そんなことはどうでもいいよ、それより大丈夫だったの？　怪我《けが》は」

「ローは大丈夫です、ご安心ください！」

お湯に入れてあたためてやって、しっかり乾かした。怪我もないし、食欲もあるようだ。はきはき答えたジルに、ハディスが顔をしかめた。

「君もだよ。ちゃんと湯浴《ゆあ》みして、乾かした？　ローのことばっかりやってない？」

「わたしは丈夫《じょうぶ》なので、池に落ちた程度では風邪《かぜ》をひいたりしませんよ」

「そういう問題じゃない」

少し強く言われてびっくりしていると、カミラが横から口を出す。

「もっと言ってやって陛下ー。ジルちゃんたら自分のせいだって、責任感じちゃってるのよ」

「逃げ出したローが悪いのになー。リンゴ食うか。よーしよーし」

「うきゅっ」

「わ、わたし大丈夫ですから、陛下！　ちゃんとローの面倒《めんどう》みられます」

顔をあげると、ハディスがじっと静かな目でジルを見ていた。なんとなく強がりを見透《みす》かされそうで、ジルはそろそろと視線を落とし、小さく言う。

「……ちょっと、育児は苦手かもって気はしましたけど……でも、ほんとに大丈夫です。ちゃんとできます。だからローを取りあげないでくださ――」

懇願《こんがん》する前に、抱きあげられた。そのまま無言で少し離《はな》れたソファまで運ばれる。

ジルを座らせると、ハディスはその前に跪《ひざまず》いた。

「取りあげたりはしない。でも、らしくないね。どうしたの」

「そ、そんなことは……」

「いつもの君なら、苦手な分野で無理をしたりしない。ちゃんと他人にだって頼《たよ》る。でも、ローのことは全部ひとりでやろうとしてない？」

言い返せずに黙《だま》っていると、ハディスの手が膝の上に置かれた。

「何かあった？　あるなら、ちゃんと教えてほしい」

本当に、他人の機微《きび》に聡《さと》いひとだ。気づいてほしくないことまで気づかれる。

自覚がある分、余計に痛い――焦《あせ》ったのだ。あんな夢を見たせいで、余計に。

両手の指を組み合わせたりほどいたりしながら、ジルは小さく答えた。

「……自信が、なくて。今の自分の立場とか、気持ちに……」

「うん。どうしてそうなっちゃったのかな」

ハディスの声も視線も、ちゃんとジルを理解しようとしてくれている。ジルの気持ちを置いてけぼりにしたり、こうあるべきと強《し》いたりしない。だから思い切って口にできる。

「わたし、本当は陛下のこと好きじゃないかもしれないなって……」

目の前のハディスの笑顔《えがお》や背後の部下の空気が凍《こお》り付いたことに、説明にいっぱいいっぱいなジルはまったく気づかなかった。ぽとりとローの手から食べかけのリンゴが落ちて、転がっていくことにも。

「……。…………………えっ!?　え、なんか今の、聞き間違《まちが》い……？」

「わたし、陛下の前に好きなひとがいたんです」

「は…………!?」

「そのひとに好きって気持ちを利用されてることに気づいて、そのひとから逃《に》げるために陛下に求婚《きゅうこん》しました。未練はなかったです。今もないです。陛下に約束したことも本気です。撤回《てっかい》はしません。でも、その『利用されてた』がわたしの勘違《かんちが》いだったかもって、最近知って」

口に出し始めたら止まらない。ぎゅうっと両手を握《にぎ》って不安を吐《は》き出す。

「だったらわたしがいくら陛下のことを好きだって思ってても、勘違いかもって……わ、わたし、恋愛《れんあい》の練度低いから。陛下とのことが勘違いなんて嫌《いや》なのに、でも勘違いだったら陛下とうまくいくわけなくて……っ大体、陛下はよくわかりません！　強いんだか弱いんだか可愛《かわい》いんだかかっこいいんだか！　そりゃ顔はいいし料理はうまいし筋肉も魔力も素敵《すてき》ですけど」

「ま……待って待ってジル！　情報量が多い！　僕の処理が追いつかないから！」

「あ、はいすみません」

ハディスに両腕《りょううで》をつかまれてジルは我に返る。深呼吸をしているハディスに、うしろから気《き》遣《づか》わしげな部下の声がかかった。

「頑張って陛下ー……落ち着いて、大人の対処をみせるのよ」

「まずは情報整理だ、戦略たてろ。自爆《じばく》するなよ」

「えぇ……っと、僕のことは好きって思ってる。なら大丈夫。大丈夫、かな……⁉　ラーヴェうるさい。で、利用……利用って十歳でそんな泥沼《どろぬま》ある？　どういう……お前は突《つ》っこむだけで楽でいいなラーヴェ！　それに、前に好き…………そこはいったん置いておこう！　僕のことがちゃんと好きかわからなくて悩《なや》んでるってことでいい、ひとまずは⁉」

「はい、そうです。あ、でも陛下をなんで好きだって思ったかはわかりますよ」

「だから情報量がさっきから多い！」

「す、すみません！」

顔を覆《おお》って嘆《なげ》かれて、反射的に謝る。だがハディスはすぐに頭を横に振《ふ》った。

「い、いや。僕こそ怒《ど》鳴《な》ってごめん、つい。とにかく聞くから、続けて……」

「ええと、まずそういうところが好きです！」

「は……？」

「わたしの話をちゃんと聞いてくれるところ。どうしたいか確認《かくにん》してくれます。あ、筋肉とか顔は最初から好印象です！　強いの好きだし面食《めんく》いなので。おいしいご飯を作ってくれるところも本当に大好きです！　でも、いちばんはわたしを利用できたのにしなかったことです。女《め》神《がみ》を斃《たお》すためにわたしを囮《おとり》に使えばよかったのに、陛下はしなかったから」

指折り数えるジルの前で、ハディスがもう一度顔を覆った。

「じょ……情報量……情報量が色々、想定外で、心臓……！」

「おいなんの茶番だ、これ？」

「口挟《はさ》まないの、馬に蹴《け》られるわよ」

「……でもそれも、やっぱり前に好きだったひととくらべて好きって思ってるだけなのかもしれません。他《ほか》に基準がないんです。その……前は本当に頼りになるひとで、わたしはなんにも心配しなくてよかった。でも、陛下はそんなに頼りにならないから」

くらべて不安になるなんて、ハディスにも失礼な話だ。自己嫌悪《けんお》で声がすぼむ。背後の部下がうわっと声をそろえて引く気配がした。当然だ。

「だから今度はわたしもちゃんとしなきゃって……でないとまた前みたいに、駄目《だめ》になっちゃうかもしれないじゃないですか。そんなの嫌です。わたし、陛下とはちゃんと恋愛したいし妻になりたいです。でも今わたしにできることがなくて、変に焦ってしまって……」

こうして口にすると私情で動いてしまったことがわかる。自分に呆《あき》れて両肩《りょうかた》を落としたジルの前で、真顔になったハディスが疲《つか》れた声を返す。

「情報量が多すぎて死ぬ」

「も、申し訳ありません。いきなりこんなこと言われても困りますよね……」

「いや、いいよ。逆に冷静になってきた。ええとね、ジル。もう面倒だから僕がわかることだけ言うけど……」

溜《た》め息まじりの前置きに、ジルはごくりと唾《つば》を飲んで身構える。

「わたしの気持ち、陛下はわかりますか」

「うん。君が僕を好きだってことは、よくわかった」

しんと微妙《びみょう》な間を置いたあと、ジルは真っ赤になって怒鳴った。

「そんな話してませんよ⁉」

「そんな話しかしてないよ！　なんか色々聞きたいことは山ほど出てきたけど、結論的にはそういうことしか言ってない。そうだよな、ロー⁉」

「うっきゅ」

力強い同意だ。ローもハディスも確信しているとわかり、うろたえてしまう。

「ま、待ってください。わたしは、ちゃんとできているか、色々自信がなくって」

「うん、聞いたよ。前みたいに失敗したくない、僕との先行きが心配で焦ったんでしょ」

「えっそ、そう、です……？　で、でも陛下への気持ちを何か勘違いしてたらって怖《こわ》くて」

「わかるよ。でも本当に僕のことが好きじゃないなら、勘違いを怖がらない。僕のことが好きだから勘違いが怖いんだ」

なるほど、そうなるのか。驚《おどろ》きの解釈《かいしゃく》だ。

「そもそも、僕とちゃんと恋愛したいとか妻になりたいって願う時点で結論が出てる」

「な、なら……な、なんにも勘違いしてないですか？　わたし、ちゃんと陛下とうまくやっていけますか。ちゃんと本当に、陛下が好き？」

「うん。だから焦らず、そのままで大丈夫《だいじょうぶ》。ちゃんと僕と君は両思いだ」

「そうなんですね！　そっかぁ、ならよかっ――」

ほっと胸をなでおろそうとして、よくないと気づいた。

（ん、んん……？　つまり、わたしは何を陛下に言っ……）

ぼんっと頭から火が噴《ふ》き出た。考えれば考えるほど、なんだかわからなくなってぐるぐる頭も目も回る。よろめいたジルを、慌《あわ》ててハディスが受け止めた。

「あ、わ、わた、何を、わ、わたたたた」

「ジ、ジル、落ち着いて。大丈夫？　まさか風邪」

「わたし、陛下が、そんなに、好き」

途中《とちゅう》でハディスと目が合った。三角巾《さんかくきん》にエプロン、皇帝《こうてい》らしさなど皆無《かいむ》の姿だ。皆《みな》が侮《あなど》るのもわかってしまう。でも、このひとがこの先の理不尽《りふじん》にも困難にも負けず、強さも優《やさ》しさも笑顔《がお》も捨てないままジルだけを愛してくれたら、どれだけ誇《ほこ》らしくしあわせだろう。

今だって、心配そうにまばたく長い睫《まつげ》だとか、名前を呼ぶ薄《うす》い唇《くちびる》の形だとか、何よりジルだけを映した金色の瞳《ひとみ》が、こんなに愛《いと》おしいのに。

ローのことだってそうだ。このひとの心だというあの小さな竜《りゅう》を、育てたかった。誰《だれ》の手も借りず、自分で。それが独占欲《どくせんよく》じゃないならなんなのか。

自覚した瞬間《しゅんかん》に、全身が沸騰《ふっとう》した。

「ギャ――――――――!?」

「うわっ何!?　ちょ、ジル!!」

「陛下、しばらくわたしに近づかないでくださいわたしを見ないでください！　頭を冷やしてきます、もう一回池に飛びこむところからやり直します！」

「なんでよりによってそこから!?」

宮殿《きゅうでん》の扉《とびら》を蹴り開き、全力で走り出す。追いかけてくる気配はなかった。ハディスが追いかけようとしても、気の利《き》くカミラが止めてくれるだろう。そう信じている。

（うう、恥《は》ずかしくて死ぬ！　陛下の顔が見られない！　池をさがそう！）

どこだったか。とりあえず全力疾走《しっそう》で庭をつっきり、よくわからないままどこかの塔《とう》を駆《か》け上がって通路を走り抜《ぬ》き、また階段を駆け下りて走ると、どこかの庭に辿《たど》り着いた。走っている先に、桟橋《さんばし》と小舟《こぶね》が浮《う》いた、夕日できらきら光る大きな池を見つける。ローが落ちた池より小さく見えたが、気にしない。何はともあれ、この羞恥《しゅうち》をおさえるために必要なのは池だ。

地面を蹴り、そのまま指先から池に飛びこんだ。目を閉じてぶくぶく沈《しず》んで、体ごと頭を冷やす。なんなら池をひたすら泳ごうかと考えていたら、突然《とつぜん》、腕を引っ張られた。

「ちょっと、自殺なんて馬鹿《ばか》な真似《まね》はやめなさい！」

怒鳴りつける声に、水面から顔を出すことになったジルはまばたく。池の水面には太い木から伸《の》びたロープが浮いており、木の根元には重たそうなドレスが散乱していた。余計な服を脱《ぬ》いで、命綱《いのちづな》をつけて池に飛びこんだようだ。

ジルの体を支えてくれている両腕は細い。濡《ぬ》れてほどけた黄金色《こがねいろ》の髪《かみ》が、きらきら水面に浮かんでいる。その水面と同じ澄《す》んだ青の目が、ジルをきつくにらんでいた。

「死ぬくらいつらいことがあるなら、その原因を刺《さ》して死になさいよ」

初めて聞く声だ。でも、その顔をジルは知っていた。新聞で、あるいは資料で、彼女の訃報《ふほう》を知ったときに、小さな白黒の写真で見た。

「まぁ第三皇女たる私に助けられたんだから？　簡単にはもう死ねないわね、おあいにく」

「……あなたは……その」

「ぼけてるの？　第二皇女って言ったでしょ。ナターリエ・テオス・ラーヴェ。あなたを助けた皇女の名前よ、有り難《がた》く胸に刻むことね」

ふふんと傲慢《ごうまん》に笑った少女は、ジルの体をつかんだまま、命綱をたぐり寄せ始めた。

「……追いかけたほうがいいと思う？」

背後に尋《たず》ねると、竜妃《りゅうひ》の騎士《きし》が首を横に振《ふ》った。

「時間をあけたほうがいいと思うわ。どう見ても混乱してたから、ジルちゃん」

「だよね……」

カミラの助言に、膝《ひざ》をついたままの体勢でハディスは頷《うなず》く。ジークからも反論がないので、この場合は正しい判断なのだろう。

「正直、僕も混乱というか、衝撃《しょうげき》があちこちに置いてけぼりなんだけど……」

「ああ……なんかこう、いらんことまで告白してたからな、隊長」

「馬鹿、ジーク」

「ああ、僕の前に好きだった奴《やつ》がいるって話か。——なんでふたりとも逃《に》げるのかな？」

ふたりそろって踵《きびす》を返そうとしたので、その背中に声をかけると、ぎこちない言い訳が返ってきた。

「……その、ローに新しいリンゴでも取りに行ってやろうかと」

「そうそう、ねーローちゃん」

「うっきゅう？」

「心配しなくても、相手が誰かはわかってる」

今度はふたりそろってこちらに振り向いた。膝の埃《ほこり》をはらって立ちあがったハディスは、内側から様子をうかがっているラーヴェにも聞こえるように説明した。

「僕と比較《ひかく》できるんだから僕と似た立場にあって、ジルを利用できて、利用されないためにジルがクレイトスを出ないといけなくなるような相手だ。心当たりなんてひとりしかいない」

「陛下、こういうときは頭がよくなるのね……」

「まぁ、隊長を追いかけてきたときからキナ臭《くさ》かったけどな。あの王子様」

「婚約《こんやく》が内定してたらしいよ。僕はそこからジルをかっさらってきたから」

初耳だったのか、ジークがまばたき、カミラが口笛を鳴らす。

「やるじゃなぁい、陛下。駆け落ちってわけ」

「だが、大丈夫なのか？　隊長の実家だっていつまで黙《だま》ってるかわからんだろう」

「そう。だから僕は今すごく忙《いそが》しい。あのときはただ竜妃が欲しいだけだったけど、今はそうじゃないから。ちゃんとジルの立場を作らないと」

両腕《りょううで》を組んで嘆息《たんそく》したハディスに、ジークとカミラが顔を見合わせる。

「君たちはジルを守っててくれればいいよ。あと、僕の心は大事にするように」

「待って待って陛下。やる気になってるのは伝わったけど大丈夫なの？　その、ジルちゃんに好きな男がいたのよ……そいつ、放《ほう》っておいていいの？」

おそるおそる聞いてくるカミラに、ハディスは肩《かた》をすくめる。

「お気の毒に、と思うだけだよ。僕とは格が違《ちが》う」

「おいハディス！　帰ってきたら報告しろと言っているだろう。しかもまたエプロンか！」

ずかずかと開きっぱなしの扉から入ってきたと思ったら、リステアードに首根っこをつかまれ、ずるずると引きずられた。

「リステアード兄上。説明もなく、いきなり何？」

「いいから、今から会議だ。おいお前たち、ジル嬢《じょう》はどうした？」

「ジルちゃんなら頭を冷やすために大運動会中だと思うわ。近づくとあぶないわよ」

「は？　なぜそんなことに……いやこの際、いないほうがいいかもしれん。ややこしい」

「なんだ、どうしたんだよ兄上殿下《でんか》」

ジークの雑な態度に眉《まゆ》をひそめつつ、リステアードは足を止めた。

「……帝都《ていと》周辺の調査に出していた僕の竜騎士《りゅうきし》団から報告がさっき入った。ヴィッセルが帝都に向かって移動中だと」

「兄上が？」

顔を輝《かがや》かせたハディスに、苦い顔を隠《かく》そうともせずリステアードが頷き返す。

「ああ。早ければ明日にでも帝都入りするだろう。ご親切に、人手がたりないだろうとフェアラート公から軍と資金、文官も大勢つれて帰ってきてくれたようだ」

「え、ちょっと。フェアラート公って、ゲオルグって奴の後ろ盾《だて》だった貴族でしょ？」

「忠誠の証《あかし》に資金と軍を提供ってか？　でもほんとに味方なのかよ、そいつら全員」

質問に答えず悔《くや》しそうに拳《こぶし》を握《にぎ》るこの兄を、以前の自分なら面倒《めんどう》だなと思っただろう。でも不思議と今はそんなふうに思わない。むしろ心配になる。

「大丈夫《だいじょうぶ》だよ、リステアード兄上。資金に人手、今の僕たちには有り難い助けじゃないか」

「だが、このままでは宮廷《きゅうてい》を牛耳《ぎゅうじ》られかねないぞ。ただでさえお前は味方がいないのに」

「ヴィッセル兄上は味方だよ。兄弟は仲良くしなきゃ。ね」

ハディスの言葉に誰も返事をしない中で、うっきゅうとローだけが愛らしく同意を返した。

第二章 ⚜ 兄弟姉妹の兵站術

どうもジルが飛びこんだ池は、ナターリエ皇女が住む離宮《りきゅう》の近くにあったらしい。ジルをつれて戻《もど》ったナターリエは、濡れ鼠《ねずみ》の皇女に慌《あわ》てる女官たちにてきぱき指示をし、先にジルに湯《ゆ》浴《あ》みをさせたうえ、服まで貸してくれた。

曰《いわ》く「私はいいけどあなたみたいな子に宮殿《きゅうでん》を汚《よご》されるのは迷惑《めいわく》なのよ、さっさとあったまって早く着替《きが》えなさい。風邪《かぜ》をひかれたらうつるじゃない」ということだ。

(いいひとだ、うん。ちょっとつんつんしてるけど)

確か今の年齢《ねんれい》は十六だったはずだ。かつての記憶《きおく》から彼女の経歴を思い出そうとしていたジルは、黒のワンピースを頭からかぶってから、自分の格好に気づいた。

ふっくらした袖《そで》と、きゅっと腰《こし》で絞《しぼ》る形になっているリボン。ふんわり広がったスカートの裾《すそ》からのぞくレース。一緒《いっしょ》に置いてあるのは、白のエプロンだ。

「あの、この服……ひょっとして侍女《じじょ》のお仕着せ、ですか?」

「何? 文句があるの? あなたくらいの女の子の服なんて使用人の服しかないの。それとも私の小さい頃《ころ》のドレスでも貸せって言うわけ?」

続きの応接間にいるナターリエにじろりとにらまれて、ジルはぶんぶんと首を横に振る。

「いえ、そういうことではありません。ただ、わたしくらいの年齢の子がもうこの宮殿で働いているのかと……」

「何言ってるの。あなた、十四歳未満だからって城に集められた子でしょ？」

聞き覚えのある年齢制限に、片頰《かたほお》が引きつった。それをどう思ったのか、つり上がっていたナターリエの眉尻《まゆじり》がさがる。

「……まぁ、死にたくなるのもわからないでもないわよ。働きにきたのに、実際は幼女趣味《しゅみ》皇帝の慰《なぐさ》み者《もの》候補なんて」

どういうことだ、と叫《さけ》ぶのはどうにかこらえた。

「三公そろってロクデナシよね。後宮の侍女を募集《ぼしゅう》する体《てい》をとってるけれど、実際は皇帝への献上《けんじょう》物なんでしょ。もともと幼女趣味の噂《うわさ》はあったけど、こないだの演説で堂々と十一歳との結婚を公言されたから、あちこちから小さな女の子を集めだして——どうしたの」

「いえ……言葉もなくて……」

あれだけリステアードが財政難を嘆《なげ》いているのだ。侍女の募集なんて、ハディスたちが許すはずがない。だが後宮の皇妃《こうひ》に対する実家からの援助《えんじょ》は、ハディスたちの管轄《かんかつ》外だ。そこにかこつけて、十四歳未満の侍女を帝城に送りこもうとしているのだろう。

（そうか、十四歳未満って条件を陛下が公言してたところに、本当にわたしが竜妃としてやってきたから、いよいよ陛下が本物の幼女趣味だと思われたわけか……）

そもそも十四歳未満の花嫁《はなよめ》は女神《めがみ》対策で、ジルがいる以上もうその条件は無効だとか、突《つ》っこみたいことは山ほどある。だが、ただでさえエプロンの罠《わな》があるのに、幼女趣味というとどめが刺《さ》さってしまった。皇帝の威厳《いげん》などもはや皆無《かいむ》だろう。

どっと疲《つか》れた顔になったジルに、ナターリエが同情したのか椅子《いす》を持ってきてくれる。

「まあ、座りなさいよ。お茶淹《い》れてあげるわ。お菓子《かし》も用意させたから」

「ほんとですか！　ありがとうございます！」

「あなたたち、もういいからさがってちょうだい」

お菓子やお茶の用意を終えた侍女を追い払《はら》い、ジルのすぐ近くの席に腰をおろしたナターリエが小さく尋《たず》ねる。

「どうしてもっていうなら、私が助けてあげてもいいわよ」

つい、ジルの声も小さくなった。

「助ける、ですか？」

「だって寝覚《ねざ》めが悪いじゃない。せっかく助けたのよ？　ここで働かせてあげてもいいわ。ひとりくらいなら、なんとかなるでしょ。私、皇女だもの。後宮にも出入りできるし」

つんと顎《あご》をあげるナターリエに、はあと曖昧《あいまい》に返してから、まだ名前を名乗っていないことに気づいた。ナターリエの中で、ジルは『後宮に働きにきたのに幼女趣味の皇帝にいずれ差し出されると知って、入水《じゅすい》自殺を目論《もくろ》んだ子』になっているのだ。

「あ、あの、ナターリエ皇女殿下。実はわたし――」

「ナターリエ、おねえさま……いい？」

小鳥が鳴くような声に、ついジルは口をつぐんで振《ふ》り向いてしまった。

わずかに開いた扉《とびら》から、小さな女の子がこちらをのぞきこんでいた。ふわふわした金の髪《かみ》にぱっちりとした紫紺《しこん》の瞳《ひとみ》。眉尻《まゆじり》をさげて、腕《うで》に大きなぬいぐるみを抱《だ》いている――尻尾《しっぽ》の長い白虎のぬいぐるみだ。

「フリーダ、どうしたの。入ってきなさいよ」

リステアードが時折出す名前に、ジルはまばたく。確かまだ八歳の第三皇女だ。ハディスを怖《こわ》がって出てこないという、リステアードの実の妹である。

ナターリエに手招きされたフリーダは、ぶるぶる首を振って、小さく答えた。

「しらないひと……」

「あ、わたしですか？」

ジルが尋ね返すと、それだけでぴゃっと扉の向こうにフリーダが隠れてしまった。人見知りが激しいというリステアードの評価は本当らしい。

「大丈夫よ、フリーダ。この子は今度からうちで働く子だから」

「……そう……なの……？」

おずおず見上げられると、違いますとはっきり言いづらい。

「ええと……今はまずお話を聞いている最中です、はい」

「お菓子もあるわよ。いらっしゃい。おどおどしないの、皇女なんだから」

フリーダはきゅっと眉根《まゆね》をよせて、おそるおそる部屋に入ってきた。小動物が肉食動物を警《けい》戒《かい》して移動するような足取りに、ジルも緊張《きんちょう》してしまう。

そろそろと近づき、ジルが座っている椅子から一番遠い席にちょこんとフリーダは腰をおろした。白い虎《とら》のぬいぐるみの長い尻尾が床《ゆか》につかないよう、行儀《ぎょうぎ》良く膝《ひざ》の上に置き直す。

「それで、どうしたの？　わざわざひとりでくるなんて」

「……竜妃《りゅうひ》様との、おちゃかい……おにいさまが、どうかって……ひこうしき、って」

えっとジルは顔をあげた。それに気づかず、ナターリエが素っ気なく答える。

「それは断るって何度も言ってるでしょ。非公式でも却下《きゃっか》よ、却下」

「でも、もう、五回もお願いされて……おにいさま、困ってる……竜妃様と仲良くしてほしいって……なのにいっぱい、仮病《けびょう》も使ったし……」

知らない間にリステアードはジルと皇女たちを会わせようとしてくれていたらしい。

（ぜんぜん、知らなかった……色々考えてもらってたんだな、わたし）

どうも仮病を使って拒《こば》まれているようだが、フリーダの困った顔を見ていると、責める気になれない。逆にナターリエは堂々としている。

「なら私が突然《とつぜん》の持病でも発症《はっしょう》したことにしときなさい。言ったでしょ。今は時期尚早《じきしょうそう》。リステアード兄様は後宮の怖さをぜんっぜんわかってないんだから」

「……でも、エリンツィアおねえさまも、竜妃様は頼《たよ》りになるいいひとだって……」

「十一歳の竜妃がいい子かどうかなんて関係ないのよ、わかってるでしょフリーダ。後宮じゃリステアード兄様の馬鹿《ばか》正直さも、エリンツィア姉様の脳筋ぶりも通じないの！」

クッキーをつまんだナターリエが一息ついたところで、ジルはそうっと声をあげてみる。

「あの……何か、後宮に問題が……？」

「……あなたも覚えておくといいわ。あの幼女趣味のせいで後宮はぴりぴりしてるの」

夫への中傷を訂正《ていせい》したかったが、ひとまずここは置いておくことにした。

「後宮は皇帝《こうてい》の妃《きさき》が管理するものでしょ。でも今、皇帝に妃がいないからかわりに後宮を牛耳《ぎゅうじ》ってるのは父上——前皇帝の妃たち。それが全員、反皇帝派なの」

「……それは昔、皇太子がたくさん亡《な》くなったという呪《のろ》いの関係で、でしょうか」

「基本的にはそう。……私のお兄様もひとり、呪いで死んだわ。もうひとりのお兄様は、皇位継承《けいしょう》権を捨ててお母様と帝城を出ていった。私を置いてね」

そこでジルの記憶がつながった。

（そうだ、思い出した！　ナターリエ皇女の一件を盾《たて》にしてクレイトスに亡命してきた皇子がいた……！　自分には皇位継承権があるからってジェラルド様に助力を求めて……それで本格的に戦争が始まって……そうか、ナターリエ皇女の同母兄だったんだ）

彼女の兄はいずれハディスに弓引くかもしれない。慎重《しんちょう》にジルは尋ねる。

「では、ナターリエ殿下《でんか》のお兄さまやお母さまから今、連絡《れんらく》とかは……？」

「くるわけないじゃない。お母様は呪いを怖がって『息子《むすこ》のかわりに娘《むすめ》が死にますように』って願をかけて、生け贄代《にえ》わりに娘の私をひとり、帝城に残していったのよ」

絶句したジルに、ナターリエは笑い返す。

「しょうがないのよ。お母様の実家はフェアラート公の縁《ゆかり》だけど、実際は余裕《よゆう》のない田舎《いなか》貴族なの。一番上のお兄様に皇太子の座が転がりこんできたときは、尋常じゃない喜び方で……でも呪いのせいで夢破れた。そのうえ二番目のお兄様まで失うのは耐《た》えられなかったのよ」

「ですが、ナターリエ殿下だって同じ子どもで、皇女です。あんまりです……」

「そう？　私はエリンツィア姉様みたいに竜騎士《りゅうきし》団を率いる力があるわけでも、フリーダみたいに魔力《まりょく》の才能や立派な後ろ盾《だて》があるわけでもない。なんにもないのよ、私自身。しかもラーヴェ皇族の血を引いてないなんてね。完全にはずれの皇女になっちゃった」

おどけて言われて、言葉に詰《つ》まってしまった。

「何よ。自分が役立たずだとか、今更《いまさら》、気にしないわ。お母様たちが出て行ったのだってもう三年以上前の、昔の話なんだから」

「まだたった三年じゃないですか。そんな割りきり、しちゃだめです」

つい言い返してしまうと、ナターリエは困った顔になってしまった。フリーダがおずおず口をはさむ。

「ナターリエおねえさまには、わたしがいるから……わたしの、大事なおねえさまだから」

いい子だ。リステアードが溺愛《できあい》する気持ちがわかってしまって、なんだか目頭《めがしら》が熱くなってきてしまった。そんな空気をナターリエは笑って誤魔化《ごまか》す。

「もう、やめて。そんな話じゃなかったでしょ」

「そ、そうでした。差し出がましいことを……」

「私が言いたいのは、そういう考えが当たり前だってこと、後宮では。でも、自分の子を皇帝にしたくて敵対するのに、天剣《てんけん》持ちなんていう反則な皇帝が出たせいで、今は逆に結束しちゃってるの。前皇帝が竜神ラーヴェの血を引いてなかったなんて話が出たから余計ね。さらにそこに、十一歳の竜妃なんてものがきたわけ」

自分の話だと気づいて、ジルは無意識に胸に手を当てる。

「その子が正式に皇帝の妃になると大変なのよ、まだ後宮に残ってるお妃様たちは」

「……正式に皇帝の妃が後宮に入ると、自分たちの立場があやうい、ということですか」

「そう。だから竜妃の動向に過敏《かびん》になってる。今は竜妃も奥に引きこもって表に出てこないから静かだけど、私たちまで竜妃の味方をしようものなら暴れ出して死人が出るわ」

「えっ後宮のお妃さまって意外と腕っ節《ぷし》が強いんですね」

びっくりしたジルに、ナターリエが呆《あき》れた顔をする。

「なんで腕っ節なのよ。毒殺で足の引っ張り合い、事故死で暗殺、濡《ぬ》れ衣《ぎぬ》で処刑《しょけい》でしょ。後宮のお家芸じゃない」

「……。腕っ節を競《きそ》うわけじゃなくて？」

「競うのは皇帝の寵愛《ちょうあい》でしょ。笑顔《えがお》で相手を蹴落《けお》とすのが後宮の醍醐味《だいごみ》よ」

「醍醐味なんですか……怖いところなんですね、後宮って……」

人間不信になりそうだ。ある意味、戦場よりも過酷《かこく》ではないだろうか。

（はー知らなかった……クレイトスにはなかったからな。大丈夫《だいじょうぶ》かな、わたし）

まあ、最終的には殴《なぐ》れば解決するかもしれない。深く考えるのはやめることにした。きちんと竜妃になるほうが先だ。

「逃《に》げた帝国兵もどう出るかわからないんでしょ。今は幼女趣味《しゅみ》皇帝の地盤《じばん》強化が最優先。竜妃を立てる根回しなんて、後宮を刺激《しげき》するような真似《まね》は絶対やめるべきよ。幼女の侍女《じじょ》を用意してるってことは、まだ竜妃をまっとうなやり方で排除《はいじょ》しようとしてるんだから」

「ええと、それは、陛下に十四歳未満の女の子をあてがう作戦で……？」

「そう。なのに私たちまで竜妃と仲良くしてみなさいよ、焦《あせ》った馬鹿がどう動き出すかわかったもんじゃない。非公式のお茶会でもなぜかすぐ知れ渡《わた》るんだから、後宮では」

「でも……竜妃様が、ひとりぼっちで、さみしい、かも……」

ぎゅっとぬいぐるみを抱いて、フリーダがか細く反論する。それ以上にきっぱりとナターリエは言った。

「竜妃のためにもよ。十一歳なんでしょう、まだ。……暗殺されるには、早すぎるわ」

しんみりした空気につられそうになって、ジルは我に返った。

（いや、暗殺されそうになってるのはわたしか！　……なるほど、心配されてるんだ）

仲良くしたら十一歳の竜妃が権力を持つ前に葬《ほうむ》られてしまうのではないかと、心配してくれているのだ。だから関《かか》わらずにすませようとしている。

（うーん、これは……竜妃だって今は名乗らないほうがいいかも……？）

今の状況《じょうきょう》で後宮まで敵に回すのは確かにまずい。ジルは暗殺されない自信があるが、このふたりが狙《ねら》われる展開もあり得る。そうなったら厄介《やっかい》だ。

そう――それこそかつての未来で、ふたりとも暗殺されたとジルは思っている。

第二皇女ナターリエは、クレイトス国内で。

第三皇女フリーダは、ラーヴェ帝国内で。

(フリーダ殿下は偽帝騒乱《ぎていそうらん》のあと行方《ゆくえ》不明になったって話だから、おそらくリステアード殿下の蜂起《ほうき》に関わってる。リステアード殿下への脅《おど》しに使われたとか)

和解する前からリステアードはハディスを竜帝と認めていた。そんな彼が安易に蜂起などするはずがない。きっと妹に何かあったのだ。そこに後宮が絡《から》んでいてもおかしくはない。

(で、ナターリエ殿下を狙ったのは、開戦派の南国王だと言われてたけど……)

南国王とは、政務を王太子に放《ほう》り投げ南の後宮で遊び耽《ふけ》っている現クレイトス国王陛下の蔑《べっ》称《しょう》だ。かつてあったナターリエ皇女の死は解明できずに終わった。ジェラルドでも真相をつかめなかった犯人となると南国王しかいないという消去法だが、実際、ナターリエ皇女の死を契《けい》機《き》にクレイトス王国とラーヴェ帝国は対立を深め、開戦へと突《つ》き進み始めた。

ふたりとも直接争いを引き起こしたわけではない。だが、争いの引き金になっている。

(状況は変わってきてるが、今回だって何かの引き金になる可能性は十分ある)

今も、逃げた帝国軍という火種をハディスは抱《かか》えてる。これに関してはジルも先が読めないのだ――かつての偽帝騒乱ではハディスが帝国軍をすべて処刑し再編制したため、抱えずに済んでいた火種。未来が変わったからこその火種ともいえる。

考えこんでいる間に、クッキーを食べ終えたナターリエが明るく笑った。

「そうは言っても、今のところうちはまだ平和よ。だから安心して働いて」

「……は……えっ」

今、ナターリエ付きの使用人にならないかと勧誘《かんゆう》されていることを思い出した。

「あ、あの、実はわたしですね、竜を育てるっていう仕事があるんです」

「竜？　皇帝への献上品《けんじょうひん》かしら。でも竜の子どもなんてよく見つけてきたわね。親竜が死んだとかはぐれたとか？」

「そう、そんな感じです！　その仕事を放り出すわけにはいかないので……」

ナターリエとフリーダの身辺が気にならないわけではないが、ローのことを放り投げるわけにはいかない。

「なら、ますますちょうどいいじゃない。私、竜には乗れないけど詳《くわ》しいつもりよ」

ぽかんとしたジルに、フリーダがそっと教えてくれる。

「ナターリエおねえさまは……竜の、お勉強してるの……」

「役立たずの皇女だからこそ、専門知識を持っておかないといけないってだけよ」

「ほっほんとですか。じゃあひょっとして飛べない竜の飛行訓練とか、お詳しい……？」

「飛べない？　珍《めずら》しいけど、今までにだって症例《しょうれい》はあったわ。心配ならつれてきなさいよ。看《み》てあげるから。感謝なさい？」

ナターリエの背後に後光が差して見えた。

「お、お願いします！　ちょうど、アドバイスが欲しかったところで……！」

「あなた、竜が好きなのね」

「はい！」

「私もよ」

いいひとだ。そして絶対に、いい皇女だ。

感激したジルは、勢いよく「宜《よろ》しくお願いします」と頭をさげた。


「陛下、陛下！」

「おかえりジル。……ってなんでメイドさんなの⁉　何があったの⁉」

「ローが治るかもしれません！」

ハディスの宮殿《きゅうでん》に息せき切って飛びこむなり、ジルは叫《さけ》んだ。

晩ご飯の支度《したく》をしている最中なのか、ハディスが手を拭《ふ》きながら台所から出てきた。

「治るって……お前、何かの病気だったのか？」

「うきゅう？」

床《ゆか》でソテーとボールを取り合っていたローが首をかしげる。その隙《すき》にボールをソテーに蹴《け》り飛ばされ、慌《あわ》てて追いかけていった。ソテーもそれを追う。仲良く遊んでいるようだ。

「聞いてください、実は――」

勢いこんで話そうとしたジルははっと我に返った。

ついさっき、自分は盛大な告白のいたたまれなさで逃げ出したのではなかったか。

「それより、その格好は？　可愛《かわい》いけど、まさか本当に池に飛びこんで――」

「わかりました、もう一度池から記憶《きおく》を失ってきます！」

「晩ご飯の準備できてるよ」

回れ右したジルはぴたりと足を止める。

「今日のメインは骨付き羊肉のグリル。フルーツサラダに溶《と》き卵を入れたコンソメスープ。つけあわせはまるごと蒸《む》したじゃがいものバター添《ぞ》え」

とても豪勢《ごうせい》だ。ゆっくり振《ふ》り返ると、ハディスがにっこり笑い返した。

「今ならできたてでおいしいよ」

「……そ、そういうことなら、しかたないですよね！」

「そうだよ。僕だって言いたいこと色々あるしね、君に好きな男がいたとか」

「やっぱり池に！」

「ああ、デザートのラスクをオーブンからそろそろ出さなきゃ」

「陛下ずるいです～！」

返事より先におなかが鳴る。顔を覆《おお》ったジルをハディスはひょいと抱《だ》きあげた。

「じゃあ晩ご飯にしよう。話もあるしね」

「意地悪するなら陛下とはお話しませんよ！　でもご飯は食べます！」

「ヴィッセル兄上が帰ってくるんだって」

まばたいたジルを食卓《しょくたく》の席におろし、まずは食事にしようとハディスは言った。


夕飯を終える頃《ころ》には、ローはクッションを敷《し》き詰《つ》めた木箱の中で仰向《あおむ》けに眠《ねむ》っていた。ソテーはまだ運動したりないのか、寝室《しんしつ》のテラスから続く庭にある岩に何度も蹴りを繰《く》り出している。最近、姿形はめっきり鶏《にわとり》になったが、ただの鶏ではない気がしてきた。なぜならソテーが蹴るたびに岩が欠け始めている。そのうち砕《くだ》くんじゃないだろうか。

などと思いながら寝台の脇《わき》に腰《こし》かけていたら、背後に櫛《くし》を持ったハディスが座った。

「ナターリエとフリーダのことは、君の思うようにすればいいよ」

「い、いいんですか？　勝手に交流深めちゃったら、あとで困ったりしません？」

「君が妹たちを気にかけてくれるなら僕も安心できるよ。これから色々、目が届かなくなると思うんだ。帝城にひとが増えるし、僕も今までみたいに自由に動けなくなるから」

湯浴《ゆあ》みを終えたジルの髪《かみ》に櫛をいれながら、ハディスが言う。

「何よりヴィッセル兄上は君を認めないだろうから、それにくらべたら些細《ささい》なことだよ」

あっさりしたハディスに、ちょっと戸惑《とまど》ってしまった。

「は、はっきり言いますね？　認めないって」

「妃選《きさき》びは慎重《しんちょう》に、後ろ盾《だて》をちゃんと考えろって言われてたし。色々あるけど、兄上は僕を大事にしてくれてるからね。特に竜妃《りゅうひ》なんて大事なもの、勝手に決めたの怒《おこ》ってると思う」

「……辺境に追いやられていた陛下を、ずっと呼び戻《もど》そうとしてくれてたんですよね」

「うん、そうだよ。ずっと手紙でやり取りしてくれて。ちょっと過保護なくらい」

話だけ聞いているとまともで、なんだか居心地《いごこち》が悪い。クレイトス王国に情報を横流ししたヴィッセルを知っているからだ。

だがジルは、そもそもヴィッセルとハディスがどんな兄弟だったかを知らない。

「あと、リステアード兄上と仲が悪い」

それは、なんとなくわかる気がする。

「だからもめると思うんだよね。それはもう、派手に」

だが、リステアードに続き、ヴィッセルもハディスの手で処刑《しょけい》されている。ハディスがクレイトス軍と戦うために帝都を離《はな》れている間に帝都を乗っ取り、その咎《とが》で処刑されたのだ。今から確か、三、四年ほど先の未来だった。

卑怯《ひきょう》とは罵《ののし》れない。なぜならそのとき、ハディスの目を引きつけるジェラルドの策で、部下を率いてハディスの軍と戦っていたのは、軍神令嬢《れいじょう》と呼ばれ始めたジルだった。

(でもあの頃はまだ、陛下、そんなにひどくなかったよな)

策ごとなぎ払《はら》う強さに何度も歯ぎしりさせられたが、敵として尊敬できる相手だった。

それがヴィッセルを処刑し、少したってから戦場で再会したときには、もうすべてを滅《ほろ》ぼすだけの残虐《ざんぎゃく》な皇帝になっていたのだ。

（やっぱり……大きいんだろうな、陛下にとって。ヴィッセル殿下《でんか》の存在……）

ちらと目をあげると、櫛を置いたハディスと目が合った。

「何？」

「いっ、いえ。もめるんですね、わかりました。わたし、どうすればいいですか」

「うん、あのね」

内緒話《ないしょばなし》をするようにハディスが声をひそめて、少しだけ顔を近づけた。ついジルも真顔で顔を近づけて真剣《しんけん》になる。

「僕、やっぱり離乳食《りにゅうしょく》は作りたい」

ハディスの言葉を吟味《ぎんみ》するのに、数秒を要した。

「……はい？」

「子育ての話だよ。十人もいるんだから――まさか忘れたの!? 僕の子ども十人産んでくれるって、この間！」

「……え、あ、はい!? 言いました言いました、覚えてます！」

焦《あせ》ったジル以上に焦った顔をしたハディスが、ほっと胸をなでおろして笑顔《えがお》になる。

「よかった。でも、十人ってことは、産むだけで短くても十年はかかるよね。君の体への負担もあるし、できるだけ若いうちに取りかかったほうがいいと思うんだ」

「そ、そうです……ね？」

何の話だったかと思いつつ、ハディスの真剣さに呑《の》まれてひとまず相づちを返す。

「となると、早くて君が十六歳か十七歳くらいになる頃から子育てが始まる計算になる」

「……は、はい……そうなります、ね……」

「で、僕は離乳食を作りたい」

「さっき聞きました……」

「できれば可愛い産着《うぶぎ》も作りたいしおむつだって換えたいしあやしたい」

「い、育児をしたいんですね、陛下は」

似合うだろうしうまいだろうが、完全に話が明後日《あさって》の方向へ向かっている気がする。

(ひょっとしてローの話にいくのか？　実は陛下はローの面倒《めんどう》をみたいとか？)

予測不可能な話の先を考えている間にも、ハディスの決意表明は続く。

「もちろん妊娠《にんしん》中の君の補佐《ほさ》だって僕がする」

「あ、ありがとうございま……す……？　あのでも陛下、話がよく」

「となるとあと五年で、片手間に皇帝《こうてい》の執務《しつむ》が回るようにしないといけない！」

皇帝の計算と結論に、ジルは一拍《いっぱく》あけてから、ぎこちなく頷《うなず》き返した。

「な、なるほど。五年で、片手間に……皇帝が、片手間……」

「そうなんだよ。ってなるともう、国内の安定から対クレイトスまで最速最短最善でぶっちぎらなきゃいけなくて、でも育児のためだから頑張《がんば》るって決めた」

「そんな理由でですか!?」

「え、駄目《だめ》かな？」

どうだろう。真剣に聞き返されると返答に困ってしまう。

(いやでも、復讐《ふくしゅう》のためとかよりは、動機としていいよな。うん)

リステアードあたりが卒倒《そっとう》しそうであるが、ジルは思い切って頷いた。

「わ、わたしはいいと思います、健全で！」

「だからちょっと今から大変だけど、僕を信じてほしいんだ」

胸をまっすぐに、つかれてしまった。寝間着《ねまき》姿のジルにショールをかけ、枕《まくら》を動かして寝る準備をしながら、ハディスが言う。

「まだ魔力《まりょく》は半分も戻ってないし、天剣だって長くは出せない。力尽《ちからず》くも難しいから、色々もどかしいことはあると思う。君との時間だってあんまりとれなくなる」

「へ、陛下とわたしが会えなくなるかもってことですか……」

「たぶん。でも、僕はちゃんと君と結婚《けっこん》するからね。だって僕と君の幸せ家族計画だ」

――不意に、理解した。どうしてローが卵から孵《かえ》ったのか。

(陛下がちゃんと、ほんとの、竜帝になろうとしてるんだ)

まだ飛べない。転がってぶつかってどんくさくて、逃《に》げ足は速くて。でも、ちゃんと自分で立って、歩いて、立ち向かおうとしている。

「僕は君を竜妃にする。形だけでも中身だけでもない。本物の、竜妃に」

だからジルの手を取って誓《ちか》う彼の顔は、凛《りん》としてゆるがない。

「……わたし、陛下が好きです」

気づいたらそう答えていた。ハディスのほうがびっくりした顔でうろたえる。

「えっ、そ、その話に戻ってもいいの……？」

「いいです。好き。大好き。陛下を好きになってよかった」

鼻の奥がつんとしてくる。だってハディスはジルが差し出したものを、ちゃんと受け取ってくれたのだ。いつかは利用されたままで終わったものを、受け止めて、返してくれた。

両腕《りょううで》を伸《の》ばして、体当たりでハディスに抱《だ》きついた。

「わ、わたしも絶対、陛下と結婚します。りゅ、竜妃になります……っうえ、うえぇぇ」

「な、なんでそこで泣くの⁉　ジル、落ち着いて」

「へ、陛下が……陛下がいきなりかっこいいせいじゃないですか‼」

「それは君を大泣きさせるくらい衝撃《しょうげき》的なことなの⁉」

愕然《がくぜん》として見返すハディスの胸を、ジルはぽかぽか殴《なぐ》る。

「そうですよ、惚《ほ》れ直しちゃうじゃないですか馬鹿《ばか》ぁ！　わたしの陛下がかっこいい！　好きです‼　ジェラルド様なんかもうどうでもよくなりましたあぁぁぁ！」

「あ、やっぱりそうなんだ……」

少しさめた声でそう言ったハディスは、わんわん泣き出したジルの背中を困った顔で、でも優《やさ》しくなでてくれた。

どうにか落ち着いて、灯《あか》りを消していつものように一緒《いっしょ》に寝台に入る頃《ころ》には、なんだかとても恥《は》ずかしくなってしまって、ハディスももじもじしていて目を合わせられずにいた。でも離れがたくて、初めて互《たが》いに背中を向けて寝た。

好きなひとの気配を背中に感じるだけでこんなにどきどきするものだと、初めて知った。

ちょっと身じろぎしただけで、ハディスもびくっと体を震《ふる》わせる。でも、何も言わずに息を殺してしまう。そんなことをされたらこちらだって妙《みょう》に意識してしまう。たとえば、ちゃんとジルが大人になって、ハディスが言うような未来がきたらどうしよう、とか。

でも、それはしあわせな恋《こい》の続きだ。安心してジルは目を閉じた。


「ど、どきどきしすぎて一睡《いっすい》もできなかった……」

「おめーはそういうところ相変わらずだな。ま、倒《たお》れないだけ成長してるか？」

ふよふよ浮《う》いている育て親を、ハディスはぎろりとにらむ。

「竜は情緒《じょうちょ》がなさすぎだろう。見てなかったのか、今朝のジルの可愛《かわい》さ！」

「むしろ目をそらしたよ、なんだあの初々《ういうい》しい桃色《ももいろ》空間！　目も合わせられずに指が触《ふ》れた瞬《しゅん》間《かん》に皿を落とすとか、人間の様式美なのか？　やらないといけない理《ことわり》は作ってねぇぞ」

「それだけじゃない！　ジルが……ジルが！　あのジルが！　いってらっしゃいのキスしませんかって、あのジルが、自分から言った！」

おずおず切り出したジルの頰《ほお》はほんのり桃色に染まっていて、その愛らしさにああ今日も世界は平和だなあとハディスは昇天《しょうてん》しかけた。しかも、次の瞬間にはきりっとして「わたし、立派な陛下の妻になります！　だから大人になる前に恋愛戦闘力《れんあいせんとう》をあげねば！」ときた。

あのお嫁《よめ》さんは、実は自分に差し向けられた刺客《しかく》だったりしないだろうか。恋愛戦闘力がなんなのかハディスにもよくわからないが、絶対にいいものだ。

「ジルが大人になるまでに僕は殺されるかもしれない……」

「そうかよ、よかったな」

「最近、寝室《しんしつ》をわけたほうがいい気もしてきて……でもなんかそれってあからさますぎる気もするんだ！　別にそういうんじゃなくて、こう、大人の対応というか……でもまだ一緒に寝てたいっていうか、ずっと一緒に寝てたい！　だめかな⁉　どう思う⁉」

「知るかよ」

「真面目《まじめ》に聞け僕は真剣に相談してるんだ！」

「聞きたくねーんだよ、お前はさっきから誰《だれ》ひとり突《つ》っこまないことにまず気づけ！」

ラーヴェに怒鳴《どな》り返されて、ハディスはうしろにいる竜妃《りゅうひ》の騎士《きし》たちと、前を歩くリステアードに目を向けた。静かな廊下《ろうか》にはさっきからハディスの声と足音しか響《ひび》いていない。

「それはみんなにお前の声が聞こえないからだろう、ラーヴェ」

「ちげーよ誰も突っこみたくないんだよ！」

「気にしなくていい、ハディス。そのまま竜神ラーヴェ様との会話を続けたまえ。竜帝としての大切な時間だ」

珍《めずら》しく穏《おだ》やかな顔でリステアードが言った。そうそうと背後でカミラとジークも頷く。今日はハディスのほうに人手がいるので、ジルが護衛につけてくれたのだ。

「アタシたちのことは気にしなくていいからね、陛下。ラーヴェ様に相談なさい」

「育て親なんだろ。責任は持ってもらわねーと」

「くそっ、全員見えない聞こえないのをいいことに好き勝手言いすぎだろ！　つきあってられるか、俺は寝る、寝るぞ！」

「いいけど、寝てばかりだとますます太るぞ」

「うるせーな体力温存だよ！　いつ必要になるかわかんないだろうが、天剣《てんけん》が」

ハディスは肩《かた》の上におりた竜神の体にそっと触れる。変わらない、馴染《なじ》みのある感触《かんしょく》だ。これを使うときは大体ろくでもないことばかりが多い。だが今は、頼《たの》もしく思う。

竜帝の証《あかし》。自分を竜帝にしてくれるもの。

「うん、頼むよ」

「ハディス、覚悟《かくご》はいいな」

会議室の両開きの扉《とびら》を前にした言葉少ないリステアードの確認《かくにん》に頷く前に、ハディスはうしろにいるカミラとジークに振《ふ》り向く。

「君たちはここまででいいよ。肩書きがややこしくて面倒だし、今はまだ」

「りょーうかい。今はまだね。頑張って、陛下」

「その辺にいるからな。呼べば飛びこんでってやるから」

頼もしい言葉を有り難《がた》く受け取って、ハディスは扉に向き直る。頷くと、リステアードがその扉に手をかけた。

(僕はジルを竜妃にする、必ず)

果たして、この先で待ち構える人間たちは敵か味方か。まずはそこからだ。

「ハディス。ただいま」

穏やかな面差《おもざ》しをした青年が奥にある席から立ちあがる。灰を思わせる色の髪《かみ》は柔《やわ》らかく、雲がかかった月のような薄《うす》い瞳《ひとみ》は涼《すず》やかだ。色合いも顔立ちもあまり自分と似ていないなと思っていたが、先日、異父兄《いふけい》だとわかった。ヴィッセルの耳にも入っているだろう。いや、ゲオルグの娘《むすめ》と婚約していたヴィッセルは、以前から知っていた可能性が高い。

「おかえり、ヴィッセル兄上」

無言でラーヴェがするりと胸のあたりから体の内に入りこむ。その胸を張って、兄と兄が連れてきた兵や文官が居並ぶ会議室へと、ハディスは足を踏《ふ》み出す。

向かって左側の長机には、リステアードとエリンツィアの席がある。右側の席はヴィッセルを中心にしたその他大勢の臣下たちのものだ。そのふたつをつなぐ、いちばん奥の机にたったひとつ、皇帝《こうてい》であるハディスの席がある。

これが今のこの国の勢力図だ。

少し遅《おく》れて扉が閉まり、リステアードがハディスのあとに続く。そのときだった。

会議室の左右から現れたフェアラートの兵が、武器を構えてリステアードを取り囲む。先に会議室にいたエリンツィアが椅子《いす》を蹴《け》って立ちあがった。

「おい、なんの真似《まね》だ!? まさか、フェアラート公が反乱を起こすつもりで」

「早合点《はやがてん》しないでください、エリンツィア様。反乱ではありませんよ。私がつれてきた兵は新しい帝国軍として再編制されるのですから。帝城に残っていた帝国兵はお払《はら》い箱《ばこ》。全員捕《と》らえるか、抵抗《ていこう》するなら処分するよう、既《すで》に命令を出してあります」

「は……？ わ、私は聞いてないぞハディス！」

「僕も初耳だよ」

答えたハディスに愕然とした顔でエリンツィアが唸《うな》る。

「皇帝の許可もなしに帝国軍を再編制するなんて、そんな馬鹿な話が……！」

「一度はハディスに刃向《はむ》かった軍です。どこに間者が潜《ひそ》んでいるかわからないものを、いつまでも皇帝のそばに置いて放置しておくほうがどうかしている」

「こんな状況《じょうきょう》でも残ってくれた軍と考えるべきだ！ 我が国を守るために――っ何より、リステアードに刃を向ける理由にはなっていない！」

叫《さけ》んだエリンツィアからハディスへと、ヴィッセルが向き直る。

「ハディス。まず、残念な報告からしないといけない。ラーデア大公領が元帝国軍――逃《に》げ出した反逆者どもに占拠《せんきょ》された。いずれ、蜂起《ほうき》でもするつもりだろう」

会議室の右側に座っている面々に動揺《どうよう》は見られない。あらかじめ聞いているのだろう。

何も知らされていないのはハディスたちだけだ。

「リステアード・テオス・ラーヴェ第二皇子殿下《でんか》。あなたは彼らのラーデア領占拠に加担している疑いがある」

ひどくさめた瞳で、皇太子が第二皇子に向かって宣告のように言い放った。


ローを詰《つ》めこんだ鞄《かばん》を背負って裏庭を回りながら、ジルは顔をしかめた。

(やっぱり警備が少ない。ほんとに人手が足りてないんだなあ……)

そのおかげというかなんというか、誰にも見とがめられることなく、約束の時間にあっさりナターリエの部屋のテラスに辿《たど》り着いてしまったではないか。お仕着せ姿とはいえ、どう考えたってあやしい道を進んでいるのに。

「おはようございます!」

「あなた、なんでテラスからくるの!?」

「ちょっと警備の確認をしようと思って。大切なことですので」

堂々と答えたジルにナターリエが「そ、そう……?」と首をひねりながらテラスの扉をあけてくれる。部屋にはフリーダもいて、きょとんとジルを見ていた。他《ほか》に使用人はいない。人手不足もあるが、ヴィッセル皇太子の出迎《でむか》えの準備とやらに駆《か》り出されているからだろう。

「で、約束どおり連れてきました、わたしが育ててる竜です!」

今日は可愛い花柄《はながら》模様に背中を彩《いろど》ってもらったローが、ご機嫌《きげん》で挨拶《あいさつ》する。

「うっきゅう!」

「……何その色っていうか模様……新種……？　み、見たことないんだけど⁉」

「斑竜《まだらりゅう》です！　背中が花柄に見えてとっても可愛《かわい》いですよね！」

「うきゅ！」

ジルの断言にローも力強く同意する。なお、背中の花柄は開き直ったカミラの力作だ。

ナターリエは不審《ふしん》いっぱいの顔でローを抱《だ》いてあちこち見ているが、黒竜だとは思わないだろう。いや、絵の具でおしゃれをした金目の黒竜だなんて絶対に思いたくないに違《ちが》いない。

フリーダがそっと近づいてきて、ローをまん丸な目で見あげた。

「……お名前は？」

「ローです！」

「可愛いね。模様も、おしゃれ……」

ローがまばたいたあと「きゅう……」と言いながら照れたように顔を隠《かく》した。背伸《せの》びして手を伸《の》ばしたフリーダに翼《つばさ》を触《さわ》られて、もじもじしている。

心温まる光景にジルもほんわかしていると、小さくナターリエがつぶやいた。

「……人間の言ってることがわかるなんて、ほんとに斑竜なの？」

「そうですよ、見てくださいこの黄色とか茶色とか赤色とかまざった鱗《うろこ》」

じっとりした視線にも堂々と胸を張ってみせる。先に諦《あきら》めたのはナターリエだった。

「……まあいいわ。今日は元気で強気なのね。昨日は自殺未遂《みすい》したくせに、何かいいことでもあったの？」

ナターリエにしたら、ただの世間話のつもりだったのだろう。

だがジルは新たな決意を思い出して、背筋を伸ばしてしまう。

「はい。実は昨夜、愛を確かめ合いました！」

ナターリエの腕《うで》からぽとっとローが落ちた。さらにその上にフリーダが持っていたぬいぐるみも落ちて、ローが目をぱちぱちさせる。

「もう、わたしの夫が最高にかっこよくて！　このひとにふさわしい妻になるべく、いっそう精進《しょうじん》していこうと決意を新たにしたところです！」

「……。夫？　妻？　待って、あなたいくつよ」

「十一歳です！」

「け……結婚《けっこん》、してる……の……？」

「あ、式はまだです。でもいずれは必ず成し遂《と》げてみせます！　盛大な結婚式！」

呆然《ぼうぜん》としていたナターリエが我に返ったように言った。

「け……結婚の約束をしたってことね。ま、まあ、子どもの約束よね」

「ちゃんと責任とってもらいますよ。相手はもうすぐ二十歳《はたち》になる男性ですから」

「そんな幼女趣味《しゅみ》とは今すぐ縁《えん》を切りなさい！」

真っ青になったナターリエの横で、ほわほわっとフリーダがはにかむ。

「おにいさまと同い年……かっこいい……？」

「それはもう！　わたし昨日、完全に惚《ほ》れ直しました……！」

「いいなあ……お嫁《よめ》さん……」

「フリーダ様は可愛いですから、きっといいひとがすぐ現れますよ」

「待ってだめよ完全に騙《だま》されてるわよあなた！　フリーダもだめだからね!?」

「でも、おにいさまは素敵《すてき》だから……おにいさまみたいなひとなら……」

「それは兄妹《きょうだい》でしょ！　結婚は違うの！」

「うっきゅう」

床《ゆか》ではローが恥《は》ずかしそうに顔を覆《おお》い、尻尾《しっぽ》でべしべし床を叩《たた》いている。それに気づいたナターリエがテーブルに手をついて、深呼吸した。

「……あとにしましょ。とりあえずこの子を看《み》るから……」

「あ、はい宜《よろ》しくお願いします！　この子を立派に育てて結婚したいので」

「頭がおかしくなりそうだからその話はやめて。——この子、金目なのね」

自分が注目されていることがわかったのか、ローが爪《つめ》と爪の間から目線をあげる。ナターリエはしゃがんでローの体を触診《しょくしん》しだした。

「なんか全体的に鱗に違和感《いわかん》が……産毛《うぶげ》もごわごわして……ま、まあいいわ。怪我《けが》をしてるってことはなさそうね。翼もちゃんと広げられる？」

尋《たず》ねられたローは、自慢《じまん》げにばさっと小さな翼を広げてみせた。ナターリエが半眼になる。

「……ねえ、この子やっぱり斑竜にしては賢《かしこ》すぎな」

「金目ですから斑竜の中でも賢いんじゃないでしょうか！」

「……。翼膜《よくまく》も大丈夫《だいじょうぶ》。ちょっと翼の大きさと体とのバランスが悪い気もするけど……」

「ど、どこか悪いですか？」

途端《とたん》に心配になってきたジルに、ナターリエが首を横に振《ふ》った。

「気にするほどのことじゃないわよ、まだ仔竜《こりゅう》だし。まあ……強《し》いて言うならば……」

ごくりと唾《つば》を呑《の》むジルに、ナターリエが真顔で言った。

「おしりが大きいわ」

「……。おしりがですか」

「おしり……」

「……きゅっ⁉」

ナターリエに続きジルとフリーダにも凝視《ぎょうし》され、ローが慌《あわ》てて両手をうしろに回す。

「正確には後ろ脚《あし》だけど。でも尻尾もむっちりしてるし、全身ぷりぷりしてるでしょ」

「……確かに、全体的に脂《あぶら》がのってそうですね。よくころころ転がってますし」

「ぎゅ⁉」

「大きくなるわよ、この子」

ナターリエが細腕でローを持ちあげ、テーブルの上にのせる。

「たまにいるのよ、成長が遅《おそ》い……っていうか、飛ぶ必要がないから飛ばないって子。でもそういう子は、ものすごく強い竜に育ったりするのよね。特殊《とくしゅ》な竜だと、普通《ふつう》の竜とは違う育ち方をする傾向《けいこう》があるわ」

「へえ……」

「竜の王である黒竜なんかは、竜帝《りゅうてい》の心を栄養分にするとかいう伝説があるくらいだし」

「へ、へえー！　強くなるって、よかったなロー！」

なんだかばれている気がするが、ローに目を向けて話を誤魔化《ごまか》してみる。ナターリエが素っ気なく言った。

「心配なら、おしりが重くて飛べないとでも思っておけばいいわよ」

「うきゅうっ！」

ローが不満そうに鳴く。そして、尻尾をくいっと持ちあげ、おしりをふりふりし出した。

「うきゅ、うきゅ！」

おそらく、重くないと証明したいのだろう。懸命《けんめい》にふりふりしているが、ただ可愛いだけである。ナターリエも噴《ふ》き出してしまい、フリーダはとろけるように微笑《ほほえ》んだ。

「かわいいねえ……」

「うぎゅ、うぎゅうー！」

「わ、わかった、わかったからロー。大丈夫だ。その……引き締《し》まってるから」

陛下は、と心の中でつぶやいておく。ローが不満そうにジルを見あげた。どうにか笑いを呑みこんだナターリエが言う。

「他に特に問題がないなら、無理に飛行訓練するより、ゆっくり成長を見守ってあげてもいいと思うわ。え、何？」

ローがナターリエに体をこすりつけ始めた。何やら感激しているようだ。

きっと無理に飛ばなくていいと言われたからだ。ジルは呆《あき》れて、両手を腰《こし》に当てる。

「こらロー！　お前、訓練が嫌《いや》なだけだろう」

「うっきゅきゅー」

口笛を吹《ふ》くような態度で今度はテーブルからおりて、フリーダのうしろに隠れる。ハディスそっくりすぎて逆に力が抜《ぬ》けた。だがフリーダは嬉《うれ》しそうににこにこしている。

「ロー、これ、わたしのおともだちなの……いっしょに、クッキー食べる？」

「っきゅー」

白虎のぬいぐるみを紹介《しょうかい》されて、ローが嬉しそうにフリーダのうしろについていく。

（……まあ、いいか。妹との交流だと思えば……陛下、知ったらどんな顔するかな）

あとで妹たちとローが遊んでいたことを教えてあげよう。ハディスは自分は妹たちに怖《こわ》がられていると一線引いているところがあるから、少し安心するかもしれない。

「このクッキーね……最近、気づいたら部屋の扉《とびら》の前に置いてあるの……」

「えっなんですかそれ。あぶなくないですか？」

「おにいさまがだいじょうぶって……ナターリエおねえさまにもきてるの。おいしいのよ」

にこにこしながらフリーダは透明《とうめい》な袋《ふくろ》に可愛くラッピングされたクッキーを取り出す。ナターリエが両腕を組んだ。

「確かにおいしいけど、あやしすぎるでしょ。使用人も誰《だれ》も置いてないっていうし、最初毒か

と思ったわよ。毒だとしたら馬鹿《ば》馬鹿《か》しすぎて警戒《けいかい》するのやめたけど」

「きっと、クッキーの小人さんなの。こんなおいしいクッキー、食べたことないもの」

ローはフリーダからクッキーを受け取って、なぜかふふんと鼻を鳴らしていた。

まさかとジルは視線を泳がせたあと、はっとする。食べたらわかるかもしれない。

「わ、わたしもいただいてもいいですか⁉」

「はい、どうぞ」

フリーダに一枚もらってかじった瞬間《しゅんかん》、すべてを理解した。

この絶妙《ぜつみょう》な甘さ。かりっと焼きあげられた外縁《がいえん》と、しっとりした生地《きじ》、まぶしてある粒《つぶ》の大きな砂糖が生み出す素晴《すば》らしい食感――。

（陛下だ）

リステアードが許しているし、ほぼ確定だ。ひょっとして自分で妹たちの部屋の前に置いているのか。やはりジルの知らないところで、ハディスなりに頑張《がんば》っているらしい。ちょっと努力の方向がずれている分、涙《なみだ》がにじみそうなほど夫がいじらしく思えた。

「こ、このクッキーを焼いたひとにいつか会ったら、優《やさ》しくしてあげてくださいね……！」

「なんなの突然《とつぜん》……」

「クッキーの小人さん、知ってるの？　ええと……」

ジルに呼びかけようとして、フリーダが小首をかしげる。フリーダの持ちこんだクッキーを食べながら、ナターリエが何気なく言った。

「そういえば、あなたの名前は？　まだ聞いてなかった気がするんだけど」

ぎくりとしたジルの視界に、きらりと光るものが窓の外から見えた。反射で体が動く。

「あぶない！　ふせて！」

複数の矢が窓硝子《まどガラス》を割った。ナターリエとフリーダの悲鳴と一緒《いっしょ》にテラスが蹴破《けやぶ》られる。物々しい複数の足音と、銃口《じゅうこう》の向く音。

「手を上げて伏《ふ》せろ！　抵抗《ていこう》すれば撃《う》つ！」

「な、何、あなたたち――フェアラート軍!?」

軍服の記章を見たナターリエがフリーダを抱《だ》きしめて叫《さけ》ぶ。フェアラート。ゲオルグの後ろ盾《だて》だった三公のひとつだ。無関係を主張していたが、まさか帝都に攻《せ》めこんできたのか。

「ナターリエ皇女殿下《でんか》、フリーダ皇女殿下ですね。ちょうどいい。一緒に来ていただこう」

「なんなの、この騒《さわ》ぎは！　フェアラート公が何か……っまさか、ヴィッセル兄様!?」

「何か誤解されているようだ。そもそもフェアラート軍という呼称《こしょう》が間《ま》違《ちが》っておられる。これより我々は――ッ！」

ナターリエにその手が伸《の》びる前に、ジルは兵の腹に肘《ひじ》を叩きこむ。上半身を折って倒《たお》れた仲間の姿に、兵たちがたじろいだ。

「な、なんだこのガキ!?　使用人じゃないのか！」

「気をつけろ、残ってる帝国軍の魔力《まりょく》持ちかもしれん！」

「早くローを連れて逃《に》げてください！　できれば皇帝陛下か、帝国軍に保護を！」

男のひとりを首の後ろから回し蹴《げ》りで壁《かべ》に激突《げきとつ》させ、右拳《みぎこぶし》を腹に叩きこむ。だが魔力が足りない分、打撃《だげき》が軽い。一度に複数人を片づけるのは無理だ。

城内の廊下《ろうか》から敵が乗りこんでくる気配はない。城内にも敵が待ち構えている可能性はあるが、外からくる敵をここで食い止めなければ挟《はさ》み撃ちになる。

「で、でもあなたは」

「足手まといだ、早く行け！」

城内で騒ぎになればハディスが絶対に気づいてくれる。怒鳴《どな》りつけたジルに息を呑《の》んだナターリエがローを抱き、フリーダの手を引いて駆《か》け出した。

「皇女を追え！　多少傷つけてもかまわん」

「行かせるか！」

追いかけようとした男の背を蹴り飛ばし、ナターリエたちが逃げ出した扉の前に立つ。

「皇女に刃《やいば》を向けるか。ついに逆賊《ぎゃくぞく》に成り果てたか？」

「逆賊？　逆賊はお前たちのほうだろう、帝国軍。いや、もう旧帝国軍と呼ぶべきか」

意味がわからず眉《まゆ》をひそめるジルに、テラスにいる兵のひとりが顎《あご》をしゃくる。

「魔力持ちと言えど子どももひとりだ、ここはまかせる。時間を無駄《むだ》にするな、他《ほか》を回るぞ」

「皇女も発見次第《しだい》、保護してさしあげろ」

前方の兵がジルに銃口を向けたままで、半数以上の兵が後ずさり始めた。やられた仲間を置いて、ナターリエたちを追いかける気だろうか。

(どうなってる。フェアラート軍が攻めてきたんじゃないのか？　どう動けば……ええい、こういうときは単純に考えろ！)

突然襲《おそ》ってきた。ナターリエたちも脅《おび》えて逃げ出した。それで敵である理由は十分だ。

そもそも攻めてきたのはあちらであって、こちらが考慮《こうりょ》する謂《い》われはない。何か事情があるなら、全滅《ぜんめつ》させたあとで聞けばいい。事情を説明する責任は防戦するジルではなく、攻めてきた敵側にある。

(うん、殺さなきゃいいよな！　全部殴《なぐ》る！)

久しぶりの運動だ。ぐるぐる腕《うで》を回したジルは、まずは立ちはだかる敵兵を沈《しず》めるべく床《ゆか》を蹴った。

ゆっくりとヴィッセルが会議室を見回して、静かに言った。

「最初から説明しましょうか。まず、ラーデア領が逃げた帝国兵に占拠《せんきょ》されました。声明は出てませんが、蜂起《ほうき》は時間の問題です。あなたがたが手をこまねいている間にこのざまだ」

ヴィッセルの批判にエリンツィアは拳を握《にぎ》り、リステアードも黙《だま》りこんでいる。

だが、予想できた話ではあった。ラーデアはゲオルグが代理で領主をしていた土地、反逆者が治めていた領地だ。元帝国軍の逃亡《とうぼう》先としてハディスたちも注視していた。

だが、暫定《ざんてい》的にラーデア領をまかせているゲオルグの補佐官《ほさかん》からは異変なしという報告が入っていた。鵜呑《うの》みにしていたわけではないが、それ以上に、ラーデアは特殊《とくしゅ》な領地なので下手《へた》に手を出せなかったのだ。

エリンツィアが厳しい声でヴィッセルに反論する。

「それでなぜ、リステアードに反逆の疑いがかけられる。ラーデアで反乱の兆《きざ》しありというならば、まず叔父上《おじうえ》の後ろ盾であったフェアラート公を疑うのが先だ！」

「疑われたくなかったから、フェアラート公はこうして私に軍と人手と資金まで持たせてくださったのです」

なるほど、それ故《ゆえ》の過剰《かじょう》なまでの支援《しえん》でもあるのかとハディスは感心する。貴族というのは抜《ぬ》け目がない。そうでなくては生きていけないからだが。

「それに話はそう単純ではありません。最悪なことに、レールザッツ領にクレイトス軍が駐在《ちゅうざい》しているという情報も入っているんです」

「クレイトス軍⁉ まさか、宣戦布告もなく攻めてきたとでも言うのか」

焦《あせ》るエリンツィアを制して、ハディスは口を挟む。

「レールザッツには交易都市がある。交易団の護衛としてクレイトスの軍がくるのはいつものことだよ、兄上。それだけで叛意《はんい》ありと言うのは無茶《むちゃ》だ」

北は水上都市ベイルブルグ、南は交易都市レールザッツがクレイトス王国との窓口になっているのは誰《だれ》もが知るところだ。ヴィッセルは柔《やわ》らかく微笑《ほほえ》んだ。

「お前は相変わらず甘いね。わかってるんだろう？ レールザッツ領の北にはラーデア領が隣《りん》接《せっ》している。しかもレールザッツ公はここ最近、ラーデア領に大量の食料や武器を融通《ゆうずう》している。もし、レールザッツ領にいるクレイトス軍もラーデア領に送りこむつもりだったら？」

そこで初めて、はっと笑うリステアードの声が響《ひび》く。

「つまり皇太子殿下はこう言いたいわけだ。ハディスに弓引き帝都《ていと》から逃げた反皇帝派の帝国兵が、ラーデア領を占拠している。そして、なぜか僕のお祖父様《じいさま》――レールザッツ公はそいつらを支援している節がある。ならばレールザッツ公を後ろ盾に持つ僕も、反皇帝派に関《かか》わっている可能性がある、と」

「理解が早くて何よりです」

静かにハディスの横を通りすぎたヴィッセルに、リステアードを囲んだフェアラートの兵たちが――これからの帝国軍が道をあける。

そうするとハディスにも不敵に笑っているリステアードの顔がやっと見えた。

「よくもまあ、そう情報を仕入れてくるものだ。どこが情報源か知らないが、お前は叔父上の娘《むすめ》と婚約《こんやく》し、叔父上を後ろ盾にしていたことを忘れたのか？」

「覚えてますよ。ですが私は叔父上を止め、最後はハディスに通じていると知られ帝都を追い出された側です。なんなら、あのとき一緒に閉じこめられた後宮の皆様《みなさま》や妹君にでも確認《かくにん》されては？　それくらいの聴取《ちょうしゅ》はなさっているとは思いますが、リステアード様なら」

「相変わらずハディス以外の皇族は、姉弟《きょうだい》であっても様づけか。嫌《いや》みな皇太子殿下だ」

「申し訳ありません。散々、対等だなどと勘違《かんちが》いするなとラーヴェ皇族の方々に頭を押さえつけられたときの癖《くせ》が抜けないもので。それとも、リステアード様はいつの間にか私を皇太子だと認めてくださっていたのですか。それは初耳だ」

「そ、そんな言い合いをしている場合じゃないだろう、ヴィッセルにリステアード……！」

「そうそう、誤解しないでほしいのですが、レールザッツ公の動向はすべてノイトラール公から私に持ちこまれた情報です」

ノイトラール公爵《こうしゃく》を伯父《おじ》に持つエリンツィアが息を呑む。

「ノイトラール公は、エリンツィア様がいっときとはいえ、ゲオルグ様に手を貸した失点を取り戻《もど》そうとなさったのでしょう。気に病《や》まれることはないですよ、エリンツィア様」

当てこすりにエリンツィアがうつむく。リステアードが声を張り上げた。

「姉上は関係ないだろう。本当に僕のお祖父様がよからぬことを企《たくら》んでいて、それをノイトラール公が察知されたというならば、それを報告するのはラーヴェ帝国貴族の義務だ。なんら恥《は》じることではない」

「リステアード……」

眉をさげたエリンツィアが複雑そうに弟の名前を呼ぶ。ヴィッセルが目を細めた。

「さすがリステアード様。ご自分の立場を正確にご理解いただけたようだ。さて、そのうえであなたにふたつ、提案したい」

ヴィッセルは二本、指を立てた。

「ひとつはレールザッツ公への疑いが晴れるまで、あなたを拘束《こうそく》させてもらう。もちろん、フリーダ様も一緒《いっしょ》にです」

「人質《ひとじち》としてか？　だが誤報なら、レールザッツ公を敵に回すことになるぞ」

「そのときは情報源のノイトラール公に釈明《しゃくめい》してもらいます。それが順序というものですよ」

リステアードは呆《あき》れたように吐《は》き捨てた。

「レールザッツ公とノイトラール公を対立させる気か」

「心配なさらずとも、ちゃんとレールザッツ公に釈明の機会は与《あた》えます。そこでふたつめの提案です、リステアード様。その役をあなたにしてもらう、というのは？」

「……レールザッツ公爵領におもむき、自分への疑いを自分で晴らしてこい、と？」

低く確認したリステアードに、ヴィッセルは頷《うなず》く。

「ただし、フリーダ様は帝城に置いていってもらいます。あなたへの疑いが晴れたわけではないので」

リステアードへの人質にするためだ、というのは言われずともわかる。

「どちらの案にのっても、あなた直属の竜騎士団《りゅうきしだん》はもちろん、あなたが目をかけていた人材もすべてハディスの周囲からは排除《はいじょ》します。帝城にいる旧帝国軍と一緒にね。大丈夫《だいじょうぶ》ですよ、私が連れ帰った者たちは優秀《ゆうしゅう》です。政務が滞《とどこお》ることはない。むしろはかどるでしょう」

「徹底《てってい》しているな。僕もずいぶん皇太子殿下《でんか》に才を買っていただいたものだ。少々驚《おどろ》いているよ。――だがあいにく、僕は帝都から離《はな》れる気はない。もちろん、監禁《かんきん》生活もお断りだ」

「……だ、そうだが。さて、ハディス。どうしようか？」

振《ふ》り向かれたハディスは、目をぱちぱちさせてから率直《そっちょく》な感想を述べた。

「どうって……びっくりしてる。突然《とつぜん》の、兄上たちからのモテ期に」

ヴィッセルが笑顔《えがお》のまま固まり、リステアードが脱力《だつりょく》しきった顔になった。

「……いったいなんの話だ」

「どっちの兄上が僕のそばにいるべきかって話なのかなって」

「そうかもしれんが、場の空気を読め！　大体、お前は」

「リステアード兄上、うるさい」

「説教の前に文句を返すな、聞け！　僕をうるさくさせてるのはお前だ！」

「リステアード様を兄上と呼ぶようになったんだね、ハディス」

静かなヴィッセルの確認に、リステアードが口をつぐんだ。

奥の自分の席に足を向けながら、ハディスは尋《たず》ね返す。

「だめかな？」

「……いや。彼とは血がつながっていないと知ってなお、兄として受け入れる気なのかと、少し意外に思っただけだ」

「やっぱりヴィッセル兄上は知っていて、僕に黙っててくれたんだね。ありがとう」

自分で椅子《いす》を引き、自分で椅子に腰《こし》かける。そうすると、エリンツィアが小走りにそばによって小さく尋ねた。

「どうするんだ、ハディス。ラーデア領にレールザッツ公に……リステアードもだ」

「うーん。そうだな、ラーデア領の反乱が本当なら困るね。あそこは本来、竜妃《りゅうひ》が治める自由都市だ」

帝室から代理の領主を出せるのは『竜妃がいないときのみ』と定められている。故に、ゲオルグが討《う》たれたあと、次の領主を決められなかった。ジルがいるのに代理を出すことは、ジルは竜妃ではないとハディスが公言することになりかねないからだ。

（できればジルが竜妃になる道筋がつくまで、有耶無耶《うやむや》にしておきたかったんだけど）

『そうはいかねえよ、ラーデアだ。竜妃の神器が顕現《けんげん》してる可能性がある』

眠《ねむ》るといったくせに、ちゃっかりやり取りを聞いていたらしいラーヴェから指摘《してき》が飛ぶ。まったく、竜は竜の理屈《りくつ》を、人間は人間の理屈を押しつけてきてややこしい。

だが、それをおさめてこそ竜帝だというなら受けて立つしかない。

「でも今は、竜妃がいる。ならまず、彼女の判断をあおぐべきじゃないかな？」

ハディスの提案に、周囲が顔を見合わせる。ヴィッセルが苦笑いを浮《う》かべた。

「まさか、お前が言う竜妃とやらにラーデアの鎮圧《ちんあつ》をまかせる気なのかな？　確かに、竜妃だと名乗るならそれが筋だけれどね」

「いいね、それ」

ジルならやってのける。そうすればもう、ジルを竜妃として送り出した手前、あとからジルを竜妃ではないなどとは誰《だれ》も言えなくなるだろう。

にこやかに頷いたハディスに、ヴィッセルが笑顔を消した。それはいい、できるものならなど笑うお気楽な連中と違ってこの兄は聡《さと》い。何やら勘付いたようだ。

「……だが、ハディス。その竜妃はジェラルド王太子の婚約者だったそうだね」

「なんだと⁉　僕は聞いていないぞハディス！」

「ほ、本当なのかハディス。お前どういう経緯《けいい》でジルをつれてきたんだ⁉」

リステアードとエリンツィアまでこちらを向く。ハディスは首をかしげた。

「言ってなかったっけ？　確かに、ジェラルド王子はジルに求婚しようとしてたよ」

肯定《こうてい》したハディスにエリンツィアが言葉をなくし、リステアードに至っては青ざめている。

「でも、ジルは逃《に》げたからそもそも求婚を受けてない。だから婚約者だったっていうのはおかしいんじゃないかな。一方的だったわけだし」

「それは屁理屈《へりくつ》だよ、ハディス。彼女がクレイトスの間者である可能性は高いし、これからそうなる可能性だって十分ある」

「ちょ……ちょっと待ってくれ、ヴィッセル。その話が本当なら、ジルを疑うのはわかる。私も驚いた。だが、ジルは帝都から追放されたハディスとずっと一緒にいたんだぞ。ハディスがこうして無事にここに座っているのは彼女の功績だ。それを疑うのは……」

うろたえつつもかばおうとするエリンツィアに、さめた目でヴィッセルが尋ねる。

「竜妃になり、竜妃の神器を顕現させ、クレイトスに神器を持ち帰るためだったとしたらどうです？　ラーデアの鎮圧に向かうと言うなら、それこそが目的かもしれない」

リステアードが嫌《きら》うだけあって、ヴィッセルの話運びは見事だ。これでジルを竜妃としてラーデアに送り出すことは難しくなってしまった。

「今、ラーデア領が占拠《せんきょ》され、そこにクレイトス軍が入りこもうとしている。これが本当にただの偶然《ぐうぜん》だと片づけられますか？　本当に彼女は関係ないと？　そもそもクレイトス出身の竜妃など、どうかしている」

そうだ、という声が周囲からあがり始めた。分の悪さを感じたのか、エリンツィアは唇《くちびる》を引き結んで黙《だま》る。

さて、ならばどう手を打とうか。

思索《しさく》に耽《ふけ》っているハディスに焦《じ》れたのか、ヴィッセルが語気を荒《あら》くした。

「今まさにこの瞬間《しゅんかん》、彼女のたくらみが進行しているかもしれないのに――」

「どうりゃあぁぁぁぁぁ!!」

ヴィッセルの声を、勇ましいかけ声と硝子窓《ガラスまど》がわれる音が遮《さえぎ》った。

見事な蹴《け》りで窓からハディスの可愛《かわい》いお嫁《よめ》さんが飛びこんでくる。

（ああ、これで完全にヴィッセル兄上に警戒《けいかい》されるなぁ）

考えていた策のいくつかがだめになった。

でも自由で強くてかっこいいジルを見るのは好きだ。

椅子の肘掛《ひじか》けに肘をついていたハディスは知らず、口角を持ちあげて笑った。

最後のひとりを蹴りでどこぞの部屋に叩《たた》きこんだジルは、長い机の上に着地してからはっと

した。正面にはハディスがいる。その隣《となり》にはエリンツィアが、周りにはいかにも偉《えら》いひとです
というような、しかつめらしい顔の男性たちが大勢椅子に座っている。
(あれっなんかまずいところに飛びこんだんじゃないか、わたし⁉)
帝城は広すぎてまだ把握《はあく》しきれていないのが災《わざわ》いした。こういうときはまず報告だ。びしっ
とジルはハディスに敬礼する。
ここが帝城のどこだろうが、一番えらいのは皇帝《こうてい》のハディスに決まっている。
「突然の乱入、失礼致《いた》しました陛下！　賊《ぞく》を捕縛《ほばく》中でして——あ、でもご安心ください、周辺
ではこいつが最後のひとりです！　それ以外は全部叩きのめしました！　討ち漏《も》らしはあるか
もしれませんが、八百すぎたくらいで数えるのやめたので正確な人数がわからず」
「は、八百⁉　お、おい、帝城に入った兵の数は？」
「よ、四千だ。帝都の外にまだ一万待機させているが……フェ、フェアラート軍が、こんな少
女相手に、まさか全滅《ぜんめつ》……？」
「冗談《じょうだん》だろう！」
ざわっと周囲がざわめく。何やらまずいことをしたのかもしれないと、ジルは慌《あわ》てた。
「あの、でも、全員気絶してるだけです！　骨とか折りましたが綺麗《きれい》にくっつくはずです。ほ
んとです、陛下。突然襲《おそ》われて、これは応戦せねばと」
「わかってるよ、君は正しく防戦しただけだ」
ハディスに優《やさ》しく言われて、ほっとする。

「でも無茶《むちゃ》はだめだよ。怪我《けが》はない？　ジル」

「大丈夫です！　それで……あれっリステアード殿下。何してるんですか？」

どういう状況《じょうきょう》なのか、兵に囲まれているリステアードの姿を発見した。その兵たちが先ほどまで追い回していた兵たちと同じ制服を着ていることにはっとして、ジルは身構える。

「陛下、リステアード殿下が捕《つか》まってる気がします！　敵の侵入《しんにゅう》を許したのですか？」

「うーん、君はどう思う？」

ハディスがいたずらっぽく笑っている。なんだか楽しそうだ。何やら場違《ばちが》いなところに空気を読まずに飛びこんだ自覚はあるので、気まずい気分になる。

「なんでそんなに楽しそうなんですか、陛下……」

「僕のお嫁さんは可愛いしかっこいいし頼《たよ》りになるなあって」

「ほ、ほめたっておかえりのキスは仕事が終わったあとですよ！」

「ハ……ハディス、ジル……空気を……空気をだな……」

何やらエリンツィアが唸《うな》っているところに、笑い声が響《ひび》いた。リステアードの声だ。

「安心したまえ。僕は捕まってなどいないよ、ジル嬢《じょう》。ああ、捕まってなどなるものか」

「えっじゃあ何してるんですか」

「何、今後についてお話し合いをしていただけだ。ヴィッセル皇太子殿下《でんか》とね」

その名前と視線の先にいる人物にびっくりしてしまう。だがその姿に覚えがあった。

灰が降り積もったような髪《かみ》の色と、雲に隠《かく》れた月のような瞳《ひとみ》はとても穏《おだ》やかで、とても争いには向かなそうだ。長衣のローブを羽織っているからか、皇太子というより司祭とでも言われたほうがしっくりくる。

「決めたぞ、ハディス。僕はレールザッツ公爵領《こうしゃく》へ向かう。なんなら僕がその入りこんだクレイトス軍とやらを排除《はいじょ》してやろう。それで文句はあるまいよ」

すっきりした顔でそう告げたリステアードに、なぜかヴィッセルが眉《まゆ》をひそめた。

「フリーダ様を置いておとなしく帝都を離《はな》れると？」

「ああ、そうだ。それが貴様の望みなのだろう。のってやる。フリーダは立派な皇女だ。ハディスだって大丈夫《だいじょうぶ》だ。そうだろう」

「そう言ってるじゃないか。リステアード兄上は心配性《しょう》なんだ」

「なら、これで僕の疑惑《ぎわく》に関する話は終わりだ。——僕を誰《だれ》だと思っている。不敬だ、どきたまえ。これから帝国軍を名乗るというのならな」

リステアードににらまれ、兵のひとりが槍先《やりさき》を引く。ふんと笑ったリステアードは、不意にまっすぐジルを見た。

「竜帝を頼《たの》んだぞ、竜妃《りゅうひ》」

「あっはい！」

事情はよくわからないが、もとよりそのつもりだ。ジルは背筋を伸《の》ばして請《う》け合う。満足げに笑ったリステアードはそのまま踵《きびす》を返し、出て行ってしまった。

（なん、なんだろう……帝国軍って、フェアラート軍のことを言ってるのか？）

賊じゃないのか。ちょっとよくわからなくなってきた。

「追え、ひとりにするな」

「は……はっ」

ヴィッセルに命じられて、リステアードのあとを兵たちが何人か追いかけていく。

「そうそう、ヴィッセル兄上。改めて紹介《しょうかい》するよ」

立ちあがったハディスが説明もなくジルを抱《だ》きあげる。こんなところで非常識ではないかと思ったが、状況がわからないので、ジルはされるがままになるしかない。

「彼女が僕が選んだお嫁さん。竜妃だ」

しんと静寂《せいじゃく》が広がったので、多分そういう演出が必要な場面なのだろう。

とりあえず、きりっとした表情を作っておいた。ハッタリは大事だ。

「ところで彼、この間帝国軍をやめた兵じゃないかな？　見覚えがある」

ジルが床《ゆか》に転がした賊を見て、ハディスが言う。エリンツィアがまばたいて気絶している賊に近づいた。

「確かに、私も顔に見覚えがある。……フェアラート軍に転職していたとはな」

「えっ？　じゃ、じゃあまずいかもしれないです陛下！　わたし、ナターリエ殿下とフリーダ殿下に帝国軍を頼るよう言ったので……！」

もし、帝国軍のふりでもされていたら誰《だれ》が敵で味方かもうわからない。しかもローまで預けてしまっている。青ざめたジルを抱いたまま、ハディスがヴィッセルに目を向ける。

「まずナターリエとフリーダをさがす。それでいいよね、兄上。話はまたあとで」

「……しょうがないな。なかなか予想外のお嬢さんのようだし、私も色々考え直そう」

意味深にジルを一瞥《いちべつ》して、ヴィッセルがふわりと音もなく先に歩き出す。

どこか浮世《うきよ》離《ばな》れしたその足取りが、ハディスに似ている気がした。


「は？　残ってた帝国軍を捕縛……そ、それって実質、逆賊《ぎゃくぞく》として処分ってことですか⁉」

「そう、そしてヴィッセルが連れてきたフェアラートの兵を帝国軍にするんだそうだ。今の帝国兵は、誰が裏切っているかわからないという理由で切り捨てるつもりらしい」

「そ、そんなの」

批判しようとしたジルを、エリンツィアが近くの兵を目で示した。ジルは声量を落とす。

「そんなことをしたら陛下の、国への信頼《しんらい》がなくなります。理由もなく逆賊にされるなんて状況じゃ、誰も命をかけて国を、陛下を守りません」

「そうだ。命をかけて戦ってくれる兵たちに対して掌《てのひら》を返すなんて、国を統《す》べる人間はしてはならない。……本当にラーデア領が逃《に》げた帝国兵に占拠《せんきょ》されて反乱寸前なら、ある程度の詮議《せんぎ》はしかたのないことだが、それにしてもやり方が横暴すぎる」

「リステアード殿下は本当に帝都を離れるおつもりなんでしょうか。この状況下で？」

リステアードはかろうじてあったハディスの地盤《じばん》だ。ジルでは及《およ》ばぬところでハディスの大きな力になってくれていただろう。

　さすがに不安になるジルに、エリンツィアが嘆息《たんそく》する。

「おそらくな。ハディスは了承《りょうしょう》したし……きっとリステアードは君に賭《か》けることにしたんだ」

「え……」

「いらっしゃったぞ！　フリーダ皇女だ！」

　飛びこんできた声に、ジルとエリンツィアは一緒《いっしょ》に駆《か》け出した。

　帝国軍――ヴィッセルに言わせると旧帝国軍と、それを捕縛せんとするフェアラートの兵との争いに巻きこまれたのだろう。フリーダが、ふらふらと物置の中から出てくる。

「エ、エリンツィアおねえさま……っ！」

「フリーダ、よかった！　怪我はないな。ナターリエはどうした？　一緒じゃないのか？」

　さすがに年端《としは》もいかぬ少女を兵で囲むのは気が引けるのか、ヴィッセルたちは距離《きょり》を取り、駆けよったエリンツィアがフリーダを抱きしめる。ジルも今出て行けば混乱させるだろうと、遠巻きにしたまま周囲を観察した。

（ローがいない。……ナターリエ殿下と一緒なのか？）

　金目の黒竜だ。いざとなれば自力でなんとかできる力が――あると信じたいような、信じられないような。あのときはナターリエと一緒に逃がすのが最善だと判断したとはいえ、不安がこみあげてくる。

　心配を裏付けるように、フリーダがエリンツィアの腕《うで》の中で小さく答えた。

「ナ、ナターリエおねえさまは……て、帝国軍《ていこく》に……」

「人質《ひとじち》か……！」

唸るエリンツィアの背後で、ヴィッセルが嘆息した。

「すぐに捜索《そうさく》と追撃《ついげき》を出せ。今ならまだ帝都内にいるはずだ」

「だめ！」

悲鳴のような声をあげて、エリンツィアの腕からフリーダが駆け出す。そしてヴィッセルの前に小さな両腕をいっぱいに広げて立ちはだかった。

「お、追うことは、ゆるしま、せん。お、追えば死ぬって、ナターリエおねえさまが……っ」

全員が息を呑《の》む中で、凛《りん》とフリーダが顔をあげた。ばりっとその足元から稲妻《いなずま》のようなものが走る——フリーダの魔力《まりょく》だ。

「第三皇女フリーダ・テオス・ラーヴェの名において命じます！　追撃ではなく、交渉《こうしょう》をしなさい！　て、帝国軍は、逆賊フェアラート軍からナターリエ皇女殿下を守っているのです！」

ぎょっとエリンツィアが顔色を変え、ヴィッセルが眉尻《まゆじり》をあげる。

「……まさか、帝国軍を逃がすためにわざと人質に」

「こ、このままあなたの思いどおりにはさせません、ヴィッセルおにいさま……わたしも、おねえさまもです！」

震《ふる》えながら立ち向かうその姿に、全員が顔を見合わせる。その小さな体を押しのけて向こうに行くことは簡単なはずだ。なのにそれをさせない強さがあった。

「わかった。帝国軍には使者をやろう。いいよね、ヴィッセル兄上」

「陛下！」

フリーダが見つかったことが耳に入ったのかハディスが廊下《ろうか》の奥から姿を見せた。

フリーダが大きな目をいっぱいに見開いて、脅《おび》えたようにぬいぐるみを抱きしめてしまう。

だが、ついハディスの横顔をうかがったジルの目には、とても優《やさ》しい眼差《まなざ》しが映った。兄のような、弟のような、慈《いつく》しみの眼差し。

「ハディス。交渉など悪手だ。ただちに追撃を」

「皇帝命令だ」

ヴィッセルが瞠目《どうもく》し、フリーダがまばたく。ハディスが少し首をかしげて、フリーダに微笑《ほほえ》んだ。

「やっぱり兄妹《きょうだい》なんだね。君、リステアード兄上みたいだ」

フリーダが、初めてまっすぐハディスを見あげる。

――フェアラート軍の捕縛《ほばく》を免《まぬか》れた帝国軍が、ナターリエ第二皇女を連れたまま帝都を出たという知らせは、すぐに飛びこんできた。

第三章 ⚜ コードネーム『パン屋』

主《あるじ》のいない部屋は閑散《かんさん》としている。つい最近までごろごろ転がる仔竜《こりゅう》もいてにぎやかだったせいで、余計に広く思えた。しかもやることがないときている。

しかたなく自分の剣《けん》の手入れをしているジークの背中に、何度目かの愚痴《ぐち》が聞こえた。

「帝都に戻《もど》ってからものすごく役立たずじゃない？　アタシたち」

部屋の隅《すみ》で壁《かべ》に向かって三角座りをしているカミラだ。じめじめうっとうしいなと、ジークは嘆息する。

「しょうがないだろう、今は。隊長も下手《へた》には動けん。政治の話だからな」

カミラ以外誰《だれ》もいない皇帝陛下の私室のど真ん中で、堂々と座りこんで大剣を磨《みが》く。不敬罪ものだろうが、あいにく皇帝陛下は戻ってこない日々だ。戻ってくるとしてもジークとカミラが敬愛する小さな隊長と、起動したら森を吹《ふ》き飛ばすくまのぬいぐるみと、岩をも砕《くだ》く脚力《きゃくりょく》をつけようとしている鶏《にわとり》だけである。

「そうかもしれないけど——……ジルちゃんの護衛もできないとかなんなのこの状況《じょうきょう》」

「文句を言うならあのヴィッセルって皇太子に言え」

現在、ラーヴェ帝国を回しているのはヴィッセルと、彼がフェアラートからつれてきた人材だ。それまで皇帝ハディスの政務を支えていたリステアード第二皇子はレールザッツ公の反乱加担の疑惑《ぎわく》を晴らすため帝都を離《はな》れてしまい、エリンツィア第一皇女も帝国軍の再編にともない軍務卿《きょう》からはずされた。そして皇帝は皇太子と事を構える気がない。

こうなるともはや政治も軍務も皇太子ヴィッセルの独壇場《どくだんじょう》だ。帝都に残っていた帝国軍は逆賊として追われ、今やフェアラート軍だった兵が帝国軍を名乗っている。

ジークもカミラも、偽帝騒《ぎていさわ》ぎのあとも帝都に残っていた帝国軍は、正直どちらにもつけない残り物の集まりだと思っていたので、いい印象はない。だが、それ以上にヴィッセルのやり方はどうかと思うし、突然《とつぜん》やってきて帝国軍だと大きな顔をする連中だって気に入らない。

かといって何ができるかと言えば、何もできないのだ。

武器など持ったこともないだろうお姫様《ひめさま》がその身を挺《てい》して帝国軍を逃がし、まだぬいぐるみを手放さない子どもが立ちはだかって皇太子の独走を止めたのに、武器を持って戦える自分たちに何もできることがないなんて、屈辱《くつじょく》でなくてなんなのか。

「……まぁね。アタシたちは一兵卒だもの。権力も金も後ろ盾《だて》もある皇太子殿下《でんか》相手じゃ、何もできやしない。しかも皇帝陛下の兄で、頭が回る系。力業《ちからわざ》じゃどうにもならないわ。政治はうまく回って資金もできたし、もし今ラーデアで反乱が起こっても、新しい帝国軍で対抗《たいこう》できる。皇太子殿下万歳《ばんざい》ってなるのもしょうがないのよねー……」

いつの間にかそばにきていたカミラが、背中を預けて座る。重さに顔をしかめたが、それについては文句を言わないかわりに、つぶやきが零《こぼ》れた。

「あいつ。殺さずクレイトスに戻すくらいなら、やっぱ味方にしときゃよかったな」

「あーそうねえ。あの子ねえ。こういうとき役立ちそうだもんねえ。元気かしら」

「いっそ、なんか悪巧《わるだく》みをこっちの皇太子にしかけてくれりゃいいんだけどな」

希望的観測だ。だがカミラは小さく笑った。

「潰《つぶ》し合ってもらうの？　いいわね、それ。泥沼《どろぬま》の知略」

「まあ、俺たちは俺たちにできることをやるしかないよな。あいつとは違《ちが》うんだし」

「……そうね。あーやだ、熊男《くまおとこ》に励《はげ》まされたらアタシも人生終わりよね」

「お前そろそろ殴《なぐ》るぞ。あと重い」

「失礼ね。でも、そうよね。苦労するのは最初からわかってたわ」

長年争っているクレイトス王国出身の竜妃《りゅうひ》。その騎士《きし》だ。しかも竜帝は呪《のろ》われていると有名で、ろくな後ろ盾も地盤もない。生半可にことが進まないのはわかっていた。

「よしやめたー考えるのやめたわ、全部あの顔のいい皇太子のせいよ」

「顔は褒《ほ》めんのかよ……」

「ミステリアスで好きよーああいう顔。ひそかに病《や》んでるタイプと見たわ。苦労して根性《こんじょう》ねじ曲がってそう。だからこそ、ここまで見事に詰《つ》められてんでしょ」

「いるか、竜妃の騎士」

その呼びかけだけで味方だと知れた。顔をあげたジークの前で、扉《とびら》が開く。カミラが立ちあがった。

「あら、エリンツィア皇女殿下じゃなぁい」

「君は確かカミラだったな。それとジーク、ジル抜《ぬ》きで顔を合わせるのは竜騎士見習いをやっていたとき以来か」

一時期、ジークはジルと一緒《いっしょ》にエリンツィア皇女が団長を務めるノイトラール竜騎士団に所属していたことがある。給料をもらっていた恩があるので、ぺこりと頭をさげた。

「ジルは？　出かけているのか」

「そうなの、フリーダ皇女が心配だってそっちに。でもほら、アタシたちって今、竜妃はいないから存在するはずがない騎士でしょ？　護衛もだめってついてけないのー」

武人気質のある気さくな皇女は、なれなれしいカミラにも無愛想《ぶあいそう》なジークにも気を悪くしたりせず笑う。

「そうか、ならちょっと私につきあってくれないか」

「俺たちと関《かか》わっていいのか」

「これでも皇女だし、将軍の肩書《かたが》きは残ってる。君たちを腐《くさ》らせておくのももったいないだろう。それくらいの無理は通すさ。少しはさからっておかないと」

「どうしたの、エリンツィア殿下が長いものに巻かれないなんて」

はっきりとカミラが言うのは不敬だろうが、ジークも内心で同意する。この皇女は争いをさける保守的な考え方をしていたはずだ。情に厚いとも言う。だから信頼《しんらい》もされるのだが。

「あれだけ弟や妹たちに頑張《がんば》られるとね。私も姉として負けてられないよ」

少しうつむいたエリンツィアも、ジークたちと同じ歯がゆさを抱《かか》えているのかもしれない。いや、ジークたち以上だろう。このひとは皇女で、戦う力もあって、何より姉なのだ。

「とはいえ、私にこの状況を打破するような策など思い浮《う》かばない。ただ、準備はできるはずだ。どうだ、協力してくれないか」

「あーそういう心意気アタシ好き、ついうっかり協力しちゃう！」

「ただ隊長に迷惑《めいわく》をかけるのはなしだ」

「それはもちろんだ。体裁《ていさい》は整える、大丈夫《だいじょうぶ》……だと思う」

そこで語尾《ごび》を弱めないでほしい。しかし、エリンツィアが悪巧みや根回しに向かない性格なのはわかっているので、あえて聞かないことにした。でないと始まらない。

「で、何をするんだ具体的に」

「そうそう、ほら。ジルは八百は倒《たお》したって話だろう、フェアラートの歩兵を。今の魔力《まりょく》でも、ひとりで千は確実にいけると言われてな」

なんだか嫌《いや》な予感がした。だがエリンツィアはきらきらした目をしている。

「私の竜騎士団は今、三十ほどだが精鋭《せいえい》だ。私が指揮をとりローザと本気でやれば二千はいける。今、帝城に常駐《じょうちゅう》しているフェアラートの兵は五千。帝都の外にはヴィッセルが雇《やと》っている傭兵《ようへい》が五千待機。ナターリエを人質《ひとじち》にして逃《に》げた帝国軍は三百。ラーデアに潜伏《せんぷく》している元帝国兵は三千程度という噂《うわさ》だ。クレイトス軍は報告待ちだが、多くても五千程度だろう」

「……エリンツィア殿下、つまり何が言いたいの」

「ざっと計算すると一度に相手にする敵の数は最大でも一万。で、こちらはジルが千、竜騎士団とわたしが二千で、三千だ」

ひとりで千とか計算のしかたがおかしすぎて、逆に突《つ》っこめない。

「そこでジルが目をかけている君たちだ」

だがエリンツィアは真剣だ。

「君たちがまさしく一騎当千《いっきとうせん》となれば、こちらは五千になる。一万相手でも戦えるはずだ」

「それでも二倍差あるだろ、どういう計算でそうなった！」

「もちろん私もいっそう腕《うで》を磨く！　そうすれば戦力差はなくなるかもしれない」

「……エ、エリンツィア殿下。まさかジルちゃんと同じ思考回路……」

おののくカミラに、ジークも背中に冷や汗《あせ》が浮かぶ。エリンツィアは豪快《ごうかい》に笑った。

「何、無策で千の敵兵を倒せと言っているわけじゃないよ」

「さっきの計算のしかたからして無策そのものよ⁉」

「竜を使うんだ。お前たち、竜に乗れるようになれ。決まりだ」

精鋭と言われるノイトラール竜騎士団長のさわやかなひとことに、カミラとジークは頰《ほお》をわななかせた。やっぱり性格の悪い狸《たぬき》軍師は必要だと思いながら。

悪寒《おかん》がした。ぶるっと震《ふる》えたロレンス・マートンは、つい周囲を見回す。

「なんだ、風邪《かぜ》か。ラーヴェ帝国から持ち帰ったんじゃないだろうな」

目の前の執務《しつむ》机で書類をさばいているクレイトス王太子ジェラルド・デア・クレイトスが短くそう尋《たず》ねた。どうだろうとロレンスは首をかしげる。

「森の中を走り回ったりしましたしね……疲《つか》れが今頃《いまごろ》出たのかもしれません」

「なら悪化する前に休め。さいわい、火急の案件はない。ラーデアの一件は報告待ちだ」

優秀《ゆうしゅう》な王太子は部下にも気遣《きづか》いができる。ところがどっこい、現実は甘くないのだ。

「残念ながらそうもいきません。そのラーデアに、南国王が観光に向かったそうで」

ジェラルドは眉間《みけん》にしわをよせて、執務机に肘《ひじ》をついた。

「いつの間に……竜妃のことが奴《やつ》の耳に入ったのか」

「そうでしょうね。ですが今のところラーデアで内乱を起こす計画は順調です。ラーヴェ帝国を牛耳《ぎゅうじ》ってるのはヴィッセル皇太子ですから、反乱という名目を作ってやれば竜帝に刃向《はむ》かった帝国軍を始末するために動くはず。獣《けもの》が多少暴れても戦いの最中なら知らぬ存ぜぬで通せますし、獣は生きている者をなぶるのがお好きだ。神器に興味はないでしょうし、偽天剣《にせてんけん》もお返ししたのでこちらの邪魔《じゃま》はしないでしょう。このまま放置でいいかと思いますが……」

「なんだ、お前にしては歯切れが悪いな。暴れすぎて開戦する可能性もあるだろうに」

「それなんですが、不確定要素が多すぎて……ぬいぐるみと鶏《にわとり》の戦力とか読めない」

ぼそりとつぶやいたロレンスに、ジェラルドが顔をしかめた。

「ぬいぐるみと鶏？」

「いえいえ。いちばんは逃《のが》した魚が大きすぎて、どうしたものかと」

「……ジル・サーヴェルか」

さらにジェラルドの眉間にしわがよる。こんな難しい顔ばかりして、そのうちこの王子は眉間のしわが固定されそうだ。まだ十五歳なのに気の毒である。

「ええ。彼女は絶対的な竜帝の味方で戦力です。先のゲオルグ大公の騒乱《そうらん》で竜帝を守り切ったのも彼女だ。竜帝自身も魔力を半分封《ふう》じられているとはいえ、天剣がある。今もその気になればふたりで皇太子に牛耳られた帝都《ていと》から逃げ出すとかできるはずなんですが……」

「逃げたところで、資金も軍力も湧《わ》き出てはこない。力尽《ちからず》くで吐《は》き出させるなら別だが」

「彼女の弱点は、力で徹底《てってい》的に押さえつけることができないところですからね。要は恐怖《きょうふ》政治ができない。竜妃殿下《でんか》の影響《えいきょう》で竜帝までそうなってくれたのはこちらにとっても喜ばしいことなんですが、ただその竜妃が強いんですよね……ほんと、なんであなたともあろう王子様が逃しちゃったんです？　ものすごく嫌《きら》われてましたよ」

愚痴《ぐち》もかねて尋ねると、ジェラルドににらみ返された。

「知るか。私は何もしていない。順調に婚約《こんやく》の手はずは進めていた」

「身に覚えがない、と。まさにそこに問題があったり」

「会話すらろくに交《か》わしたこともないんだぞ！　私が理由を知りたいくらいだ！」

珍《めずら》しい怒鳴《どな》り声に、ロレンスはまばたいた。意外にこの王子様は、嫌われていることを気にしているのかもしれない。

(罪な子だな。竜帝《りゅうてい》に溺愛《できあい》されて、王太子に求愛されて？　いや地獄《じごく》か)

普通《ふつう》の精神力ではもたないだろう。主《あるじ》の不興をこれ以上買う前に、ロレンスは話を戻《もど》す。

「ですが、本当にあの獣――南国王がラーデアに向かったなら、竜帝・竜妃《りゅうひ》とぶつかってくれるのは好都合です。俺たちにしたら敵と敵が潰《つぶ》し合ってくれるんですから」

「だが、竜妃の神器はどうする。ラーデアの神殿《しんでん》に顕現《けんげん》したという情報の信憑性《しんぴょうせい》は高いが、ラーデアの補佐官《ほさかん》は単独でそれを持ち出せるほど有能ではないはずだ。こちらから軍を出してラーデアにいる元帝国兵の目を引きつけ、そのどさくさに紛《まぎ》れて運んでくれと泣きつく馬鹿《ばか》だからな。案の定、レールザッツ公に動向をあやしまれている」

「あの補佐官は本当に無能なくせに、風見鶏《かざみどり》ですからね。信用ならない。ゲオルグもさぞ苦労したでしょうよ。自分を慕《した》う兵たちに遺言《ゆいごん》を残した理由がわかります」

ラーデアの補佐官はノイトラールで竜騎士見習いをやっていたとき、ゲオルグが負けたらという条件で引きこんでおいた情報源だが、使える人材ではない。ジェラルドが大きく溜《た》め息を吐いた。

「できれば竜妃の神器を竜妃に渡《わた》したくはない。……フェイリスの負担を減らすためにも」

フェイリス王女はラーヴェ帝国から戻ってずいぶんたつのに、まだ寝込《ねこ》んだまま起き上がれないでいる。聖槍《せいそう》を取り戻し、回復しつつある女神《めがみ》の魔力に苦しめられているのだ。

「わかってます。ですが、少し方針を変えませんか、ジェラルド王太子」

問いかけるような目線を受けて、ロレンスは意味深に微笑《ほほえ》む。

「まず、逃した魚を取り返しましょう」

ジェラルドがまばたきを繰《く》り返した。ひょっとしてふられたことにばかり目がいって、取り返すことを少しも考えていなかったのか。ロレンスもきょとんとしてしまう。

「取り返す、と言っても……どうやってだ」

「……まさかの純情な反応でびっくりしてるんですが、俺。そんなにふられたのショックだったんですか。実は婚約するの楽しみだったんですか」

「違《ちが》う、そうではなくてだな——あのタイプは、一度決めたらまげないだろう」

違わないと思うのだが、話がそれるので指摘《してき》しないことにした。

「もちろん、無理強《むりじ》いは逆効果です。ですので、まずは懐《ふところ》に入りこむんですよ」

「どうやって」

「もしこのままラーデアで戦いが起きた場合、自軍のない竜帝の勝率は低い。しかも内乱、勝っても国力を失うだけでうまみもない。勝ってもろくな勝ち方にはなりません」

「——奴がラーデアに向かった以上、気が済むまで破壊《はかい》し尽《つ》くされるだろうからな」

実の父親を奴呼ばわりで吐き捨てるジェラルドに、ロレンスは薄《うす》く笑い返した。

「だから今回、俺たちは敵対せず、手を引いてあげましょう。そして、彼女を竜妃にしてあげるんです。あとから竜妃を手に入れれば神器もこちらのものなんですから」

ジェラルドは少し考えただけでロレンスの策を察したらしく、呆《あき》れ顔になった。

「お前……性格悪いな」

「よく言われます」

笑顔《えがお》で返すとジェラルドが嘆息《たんそく》する。それは了承《りょうしょう》の合図だ。

（まあそれもこれも、あのケダモノを彼女たちがなんとかするのが前提だけどね）

せいぜい頑張《がんば》ってもらおう。最後にこちらが笑えるように。


初めて入ったフリーダの部屋は、ぬいぐるみがたくさんある可愛《かわい》い部屋だった。クリーム色の下地に花柄《はながら》が入った壁紙《かべがみ》と、おそろいのカーテン。猫脚《ねこあし》の長いソファには丸いクッションと小さなうさぎのぬいぐるみが並んでいる。可愛いリボンもフリルもあるが、全体的に調和がとれていて、皇女の気品を損《そこ》なわない。

大きめのバスケットを持って入ったジルは、ぐるりと見回してほうと息を吐き出した。

「素敵《すてき》なお部屋ですね。ぬいぐるみもたくさん……」

出入り口を見張る厳《いか》めしい兵たちに硬《かた》い顔をしていたフリーダが、少し頰をゆるめた。

「ぬいぐるみは、おにいさまが帝都を離《はな》れるときにいつもさみしくないようにってくれるから ふえてしまって……でも今回は……いきなり、だったから……なくて……」

お茶会開始早々、いきなり地雷《じらい》を踏《ふ》みかけた。びしっと固まったジルだが、それこそ子ども扱《あつか》いは失礼だろうと思い直し、まず紅茶を飲んでみる。きちんとお茶を用意して時間どおりに待ってくれていたフリーダは、それを見て尋ねた。

「おいしい……ですか……？」

「はい、とても！　この場を設けてくださってありがとうございます、フリーダ皇女殿下」

「こちらこそ、お茶会にきてくださってありがとうございます……竜妃殿下」

ためらいつつも受け答えをちゃんと返すあたり、やはりフリーダも皇女なのだ。ヴィッセルを止めただけのことはある。

「自己紹介《しょうかい》が遅《おく》れて申し訳ありません。ジル・サーヴェルと申します。皇帝陛下と結婚の約束をして、クレイトス王国より参りました」

兵が何やら不満な顔をしているが、無視してジルは続ける。

「ラーヴェ帝国には詳《くわ》しくないので、色々ご面倒《めんどう》をおかけすると思いますが、宜《よろ》しくお願いいたします。……いえ、まずは、これまで黙《だま》っていたことをお詫《わ》びしなければなりませんね」

「……だいじょうぶ、です。わたしも、仮病《けびょう》をしたので……おあいこです」

「そう言っていただけると嬉《うれ》しいです。わたし、陛下のご兄弟とは仲良くしたいので！　しかもフリーダ皇女殿下はとびきり可愛いですし！」

ぱちりとフリーダはまばたいたあとに、はにかんだ。

「そんな……ことは……」

「そして何より、ご立派でした。皇太子殿下に訴《うった》え出られたこと。感銘《かんめい》を受けました」

ふるふるとフリーダは首を横に振《ふ》る。

「……ほんとうに、すごいのは、ナターリエおねえさまだから……ご無事で、いてくださるといいのだけれど……」

「大丈夫《だいじょうぶ》ですよ。ナターリエ皇女殿下は大事な人質《ひとじち》。乱暴はできないはずです」

「……おにいさまの、ことも……できることがあれば、いいのに……」

小さな胸を痛める姿についジルも眉《まゆ》がよりかけたが、あえてここは笑顔を作った。

「それこそ、大丈夫です。リステアード殿下はとても立派な御方《おかた》ですから。あっという間に問題を片づけて、あっという間に帰ってこられますよ。きっとぬいぐるみを持って」

そう言うと、フリーダは嬉しそうに微笑む。それであっとジルも思い出した。

「そうです、他《ほか》にもフリーダ皇女にご紹介したい者が……」

紅茶のカップをよけ、持ってきたバスケットをテーブルに置く。そして、中がフリーダに見えるようふたをあけた。並んで出てきたのはびしっと敬礼しているソテーとハディスぐまだ。

「ソテーと、くま陛下です」

「……に、にわとりさんと、くまさん……？」

「コケッ！」

返事をしたソテーにフリーダは一瞬《いっしゅん》びくっと震《ふる》えたが、興味はあるのかまじまじとその姿を見ている。臆病《おくびょう》だが好奇心《こうきしん》は強いのだ。

「にわとりさん、おとなしい……かしこい、ね……」

「ソテーは軍鶏ですから。そして、くま陛下は戦うぬいぐるみなんですよ！　どっちも皇帝陛下にもらったわたしの大事な宝物なんです」

「こうてい、へいか……」

眉をさげるフリーダは、やはりハディスが苦手なのだろう。でもジルはにっこり笑う。

「はい、とっても素敵なわたしの陛下です！　見てください、このくま陛下！」

バスケットからハディスぐまを取り出して、正面のフリーダの席へと回りこむ。

出入り口の見張りから脅《おび》えた眼差《まなざ》しを向けられる。ここにくる前に荷物検査としてソテーとハディスぐまの検分をした際、ソテーに蹴《け》り回されたからだろう。

「……かわいい」

「でしょう！」

ハディスぐまを手渡《てわた》すと、フリーダはじっくり眺《なが》め、笑顔になった。

「とっても丁寧《ていねい》な作り……」

「そうなんですよ。陛下の手作りなんです。陛下、とっても裁縫《さいほう》が得意で」

フリーダの顔が未知の生物でも発見したような、形容しがたい表情にゆがむ。

「……へいか……手作り……ぬ、ぬいぐるみ……が……皇帝……!?」

「あっ無理に呑《の》みこまなくていいです！　落ち着いてください。ただわたしは、おそろいですねって伝えたかっただけで……！」

最終的には混乱してきたのか熱を出したかのようにうなされ出した。

「お……おそろい……？」

「陛下が、わたしがさみしくないようにって帝都にくる前にくれたんです。リステアード殿下《でんか》がフリーダ殿下に渡したのと一緒《いっしょ》だなって。……陛下は帝城《ていじょう》にいますけど、わたし、今は陛下と会えないので」

ナターリエ皇女が囚《とら》われたうえ、ラーデアに反乱の兆《きざ》しありということで皇帝の身辺警護が強化されることになり、ハディスは今までジルと一緒に寝起きしていた宮殿《きゅうでん》から移動してしまった。だから今は食事はもちろん、寝室《しんしつ》も別だ。身辺警護は本当だろうが、本音はヴィッセルがジルをハディスに近づけさせないためにそうしているのだろう。「まだ婚約《こんやく》もしていないのに理由もなく寝室が一緒なんてだめに決まってる」という完璧《かんぺき》なヴィッセルの常識論に、誰《だれ》も反論できなかった。

意外にもハディスも反対せず、そわそわしながら「ためしで」と言って了承した。ただ「ジルを僕の宮殿以外で寝泊《ねと》まりさせるなんて死んでも嫌《いや》だ」という謎《なぞ》の要求により、ジルはそのままハディスの宮殿に住み、ハディスが出て行ったのである。

それから数日、ハディスとは一切《いっさい》顔を合わせていない。警備の目をかいくぐって会いに行くのは簡単なのだろうが、緊急性《きんきゅうせい》もないのにそれはしないことにしている。さすがに皇帝に何かあればジルの耳にも入るはずだし、エリンツィアからハディスが元気なことは聞いている。ラーヴェも会いにこないので、ハディスにはきっと何か考えがあるのだ。ハディスからも時間がとれなくなると予告されていた。ある意味、ハディスの想定どおりの展開なのだ。

だが、ここまで徹底《てってい》して会えなくなるとは思っていなかった。だから本音がこぼれる。

「わがままかもしれないけれど、ぬいぐるみよりそばにいてほしいなって思いますよね。だからフリーダ殿下とわたし、おそろいです」

皇帝の手作りぐまの脅威《きょうい》から立ち直ったのか、フリーダがもじもじと尋《たず》ねる。

「……へ、陛下が……す、好き、だから……？」

はたと考えたあとで、ジルは両手を頬《ほお》に当てた。自覚すると頬が熱くなってくる。

「な、内緒《ないしょ》ですよ。陛下はわたしが甘い顔すると、すぐに調子にのるので……！」

恥《は》ずかしさが伝染《でんせん》したのか、フリーダも紅潮した頬でこくこく頷《うなず》く。

「わたしも、リステアードおにいさまには、内緒……こ、子どもあつかい、されるから」

「あ、それもおそろいです！　たくさんおそろいがありますね」

フリーダが嬉しそうに笑いぎゅっとハディスぐまを抱《だ》きしめた。とてもお似合いだ。安心して、ジルはここへきた内容を切り出す。

「もしよかったら、リステアード殿下が帰ってくるまで、フリーダ殿下が持っててくれませんか？　くま陛下」

「え……でも……竜妃《りゅうひ》殿下の、大切な……」

「わたしのことはジルでいいですよ。きっと、くま陛下はフリーダ殿下を守ってくれます。わたしも今、身動きがとれないので……フリーダ殿下を守るこれ以上の手段がなくて」

真正面からヴィッセルに刃向《はむ》かったのだ。何かあれば、リステアードの人質としてフリーダは容赦《ようしゃ》のない仕打ちを受けるだろう。これから何が起こるか正直わからない。だからこそ、お守りを渡しておきたいと思ったのだ。

「よかったらソテーと一緒に。くま陛下とソテーはいつも一緒なので」

少し黙って考えこんだあと、フリーダが顔をあげて出入り口の兵士を見た。

「さがりなさい。皇女命令です」

「そういうわけには」

「……あなた、お名前は？　どこの方？　教えてください」

皇女の質問に見張りの兵がひるむ。そこで勝負はついたも同然だった。見張っているという形は取りたいのか、扉《とびら》を少しあけたまま廊下《ろうか》に兵が出て行く。あくまでジルたちがどう行動するか見張れというのがヴィッセルの命令なので、そんなに厳しくはないのだろう。

だがそれにしたって拳《こぶし》すら使わず退散させた皇女の手腕《しゅわん》は鮮《あざ》やかだ。

「フリーダ様、すごいですね……！」

「わ、わたしは、ぜんぜん……ナターリエおねえさまとか、エリンツィアおねえさまはもっとすごい、から……リステアードおにいさまも……あの……あのね、ジルおねえさま」

ジルおねえさま。

なかなか破壊《はかい》力のある呼称《こしょう》に、ジルは一瞬固まったがすぐに気を取り戻《もど》した。

「な、なんでしょう」

「謝らなきゃ、いけないの……ローの、こと」

その名前には、さすがのジルも動揺《どうよう》を隠《かく》せなかった。

フリーダがうつむき、小さな声で続ける。

「ナターリエおねえさまはちゃんと、わたしにローを預けようとしたの……『この子は王様だから、安全なところに』って……」

息を呑んだ。ナターリエはローが金目の黒竜、竜の王だと気づいていたのか。ジルの疑問を肯定《こうてい》するように、フリーダはこくりと頷く。

「わたしは、ぜんぜん、気づいてなくて……びっくりして……咄嗟《とっさ》に言っちゃったの……ナターリエおねえさまが、つれていってって……りゅ、竜神ラーヴェさまの、ご加護があるようにって……だ、だって……心配で……」

震えだした声と小さな背中にジルは慌《あわ》てて寄り添《そ》う。

「フリーダ皇女殿下」

「お、おにいさまに、怒《おこ》られるかもしれないって、思ったけど……でも、でも……お、おねえさまひとりきりなんて……置いていくなら、わたしは知らないって、物置に、隠れて……ナターリエおねえさまは悪くないの……悪いのは、わたしなの……！　ごめんなさい……！」

ぎゅっと目をつむったのは、きっと涙《なみだ》がこぼれないようにするためだろう。震えて糾弾《きゅうだん》を待っている小さな皇女に、ジルは静かに尋ねる。

「ローは、ナターリエ皇女につれていかれるの、嫌がってましたか？」

目をあけたフリーダは、ふるふると首を横に振る。

「じっと……してた……」

「じゃあ、あの子は自分で行くと決めたんだと思うんです」

逃《に》げ足の速い子だ。たとえ飛べなくても、本当に嫌なら何がなんでも逃げてくるだろう。何せ、ハディスの心だ。

「だから、大丈夫《だいじょうぶ》ですよ。あの子がナターリエ皇女を守ってくれます。王様ですから」

不安と期待がまじったフリーダの目に、ジルは力強く頷き返してみせる。フリーダは少し鼻をすったあとで、つぶやいた。

「……その……えっと……おにいさま……も、そう、思ってる……？」

「リステアード殿下ですか？　それなら、もちろん」

ぷるぷるっとフリーダが首を横に振《ふ》って、上目遣《うわめづか》いでおずおず質問し直した。

「……ハディス、おにいさま……お、おこって、ないかなって……」

ハディスおにいさま。ジルおねえさまよりも胸を射貫《いぬ》く呼称だ。

「怒ってるわけがないですよ！」

ジルはがしっとフリーダの両肩《りょうかた》をつかむ。

「今度！　ぜひ！　本人の前でそう呼んであげてください！　クッキー食べ放題です！」

「ク、クッキー……？」

「面会時間は終わりですよ、フリーダ様」

戸口からの穏《おだ》やかな声にフリーダが身をこわばらせる。振り向いたジルに、ヴィッセルがふわりと笑った。

「ジル・サーヴェル嬢《じょう》。部屋にお戻りを」

ぎゅっとフリーダがジルの袖《そで》を握《にぎ》ったが、ジルは微笑《ほほえ》み返してその手をほどいた。

「大丈夫ですよ。フリーダ殿下《でんか》。ソテーとくま陛下をお願いしますね」

目を合わせたフリーダは不安げだったが、ハディスぐまを抱いたまま頷き返してくれた。ちらりとテーブルの上を見ると、まかせろと言わんばかりにソテーも胸を張っている。

それを戸口で見ていたヴィッセルが、肩をすくめた。

「ぬいぐるみはともかく、鶏《にわとり》をプレゼント？　クレイトスの戦闘《せんとう》民族はよくわからないことをする」

「面会前にお願いはしておきました。何か問題が？」

「貴女《あなた》がおとなしく部屋に戻ってくれさえすれば、何も」

そう言って何を考えているかわからない笑《え》みを返したヴィッセルは、フリーダの部屋の扉を閉じた。


「フリーダ殿下と仲良くなったようだね。そうなるとは思っていたけれど」

廊下に出ると、見張りの兵はそのままフリーダの部屋の前に残り、ヴィッセルがジルを先導して歩き始めた。どうやら部屋まで送り届けてくれるらしい。

「わたしがフリーダ殿下をたぶらかしているとでも言いたいんですか？」

「私はあそこの家系と相性《あいしょう》が悪くてね。そして君と私も相性が悪い。となると、君たちはきっと仲良くなると予想はできた、というだけだよ」

つまり、自分と仲が悪い者同士、結束するのは想定内だと言いたいらしい。迂遠《うえん》な言い方にジルは顔をしかめて、本音をこぼす。

「……もっと簡単な言い方できません？」

「あぁ、戦闘民族には難しかったかな。宮廷《きゅうてい》式だと自負しているんだけれど」

こいつ、いちいち腹が立つ。瞬間《しゅんかん》に沸《わ》き上がった感情に、ジルは素直《すなお》に従うことにした。

「そうですか！　性格ねじ曲がるんですね、宮廷に長くいると！」

「わかってもらえて嬉《うれ》しいと言っておこうか」

「でもまっすぐ育つひともいますけどね、宮廷でも！　リステアード殿下とか！」

「そうだね。ハディスは辺境で育ったけど、ねじ曲がっているしね」

「陛下は素直ですよ！」

「素直にねじ曲がっているよ」

微妙《びみょう》に反論できなくなって口をつぐむ。ヴィッセルは小さく笑った。何を考えているのかよくわからない男だ。こんな会話の何が楽しいのかわからない。

「リステアード様が無事、レールザッツ領に到着《とうちゃく》したと連絡《れんらく》がきたよ。先にノイトラール公のところへよって、関係調整もしていったらしい。あの方はそういう立ち回りが大変お上手だ」

またヴィッセルがそんなふうに話し出す。ジルは眉《まゆ》をひそめた。

「……どうしてわたしに情報をくれるんです？」

「ハディスは君のことを『お嫁《よめ》さん』というだけで、どんな子なのか教えてくれない。だから自分で確かめているだけだよ。ひととなりは自分で見聞きして決めるほうでね」

つまり、ジルの反応を見ているわけだ。

それならそれで、ジルにも聞きたいことは山ほどある。わざとなのかもともとなのか、ヴィッセルの歩調はゆっくりで、ハディスの宮殿《きゅうでん》に戻るまで時間はたっぷりありそうだった。

「ナターリエ皇女殿下を捕《と》らえた旧帝国軍《ていこくぐん》との交渉《こうしょう》はどうなっていますか？」

「皇帝陛下の勅命《ちょくめい》だ。きちんと使者を送ったよ。交渉になるかはわからないが」

「この状況下《じょうきょうか》であちらが交渉にのらないなんてことは、普通《ふつう》、考えられませんよ」

「残念ながらそうとも言えない。皇女を人質《ひとじち》にとり帝都を出るまではよくても、そもそもが烏合《うごう》の衆《しゅう》だ。おそらくまとめ役もいないだろう。既《すで》に脱走《だっそう》兵も多数出ているようだし、内部の意思統一がとれているとは思えない」

「でも、ナターリエ皇女殿下がいます」

「ナターリエ様にできるのは『お姫様役《ひめさまやく》』だ。兵たちをまとめる力とは別だろう」

ごもっともな言葉に、ジルはうつむく。ヴィッセルの言う現状が本当ならば、旧帝国軍は規律を失い始めている。そんな中で、戦う力のないナターリエが立ち回るにも限界がある。

「逃げた兵がラーデア領に向かったら、ますます厄介《やっかい》だ」

ラーデア領にいるのはゲオルグに従った帝国軍だが、旧知の仲でもある。追い詰《つ》められて反皇帝派に与《くみ》するのも、十分考えられる話だった。

(結局、皇女を守る気概《きがい》を持った、まともな帝国兵がどれほど残っているかにすべてかかっている、ということか……選別にはなるんだろうがな)

ナターリエの命までかかっているのが問題だ。

そして竜の王であるローの目には、どんな光景が映っているのだろう。

「それに、ナターリエ様の実母はフェアラート公に縁《ゆかり》のある貴族でね。このままだと、ハディスが皇女殿下を見捨てたとフェアラート公がつけいるかもしれない。面倒《めんどう》なことだ」

心底うんざりしているとわかるヴィッセルの口調に、ついジルは尋《たず》ねてしまった。

「あなたはフェアラート公の味方じゃないんですか？」

「私が？　面白《おもしろ》いことを言う」

ヴィッセルがジルの疑問を鼻で笑い飛ばす。

「私は誰《だれ》よりもハディスの味方だよ。だから驚《おどろ》いているし、困っている。ハディスがベイル侯《こう》爵《しゃく》を生かしたこと。帝国軍を粛清《しゅくせい》せず逃がしたこと。あの子はベイルブルグを軍港都市に変える案も、これを機に帝国軍を作り替《か》えることも考えていたはずだ。この先、クレイトスと戦うためにね。それがいつの間にか、方針転換《てんかん》している」

「……それでは誰も味方になってくれないと、方針を考え直してらっしゃるんです」

「そうだね。君を竜妃《りゅうひ》にする、とか。正直、今になって竜妃だなんて言い出すとは思っていなかった。あの子はまったく諦《あきら》めが悪い」

苦笑《くしょう》がまじったが、ヴィッセルが振り向かないままなので、表情は見えない。不可解な思いを抱《いだ》いたまま、ジルは感想をそのまま口にした。

「ヴィッセル皇太子殿下は、ゲオルグ様と同じように陛下を竜帝だと認めていないのかと思っていました。……違《ちが》うんですか」

自分が皇帝になりたいのではとも疑っていた。でなければ、クレイトスに情報を流さないはずだ。けれど、ジルの疑惑をヴィッセルは一蹴する。

「まさか。ハディスは正真正銘《しょうしんしょうめい》、竜帝だ。だからハディスを疎《うと》み、皇太子を騙《かた》った愚《おろ》か者《もの》共が大勢死んだ」

「あれは女神《めがみ》の――」

「そう、ハディスのせいなどではない。あれは、当然の報《むく》いだ」

ヴィッセルの断言に迷いはなかった。ジルは口をつぐむ。

「そのことは誰よりもラーヴェ皇族が思い知っただろう。だから父は無様にも玉座から転がり落ちてハディスに命乞《いのちご》いをし、叔父《おじ》は醜《みにく》い化け物になった。本当はラーヴェ皇族ですらなかったくせに、竜帝自身の手で屠《ほふ》られるとは。最後まで運のいい連中だ」

偽《にせ》の天剣《てんけん》に喰《く》われ、化け物になったゲオルグのことは伏《ふ》せられている。だが、あの場にいなかったヴィッセルは真相を知っていることを隠《かく》そうともしない。些事《さじ》だと思っているのだ。

（まさか、陛下のためにクレイトスと手を組んだとでも？　そんな馬鹿《ばか》な話が……まさか皇太子自ら二重間諜《ダブルスパイ》した、なんてことは……）

不気味だった。妙《みょう》な不安がこみあげてくる。

ジルが嫌《いや》だと思う未来をそのまま実演しているような——そう、ヴィッセルの言葉は、未来でたったひとりで立っていたハディスが言い出しそうなことなのだ。

「それにしてもラーヴェ皇族の一件は、もう少し伏せておくべきだった。もっといい使い道があった。いくらでも滑稽《こっけい》に踊《おど》らせてやったのに」

「わ、わたしの陛下は、そんなことしません！」

嫌な予感を遮《さえぎ》るように、ジルは大きな声で断言した。

「ゲオルグ様やエリンツィア殿下《でんか》の裏切りも許して、リステアード殿下たちのこともきちんと受け入れた。陛下が強い証拠《しょうこ》です。わたしはそんな陛下が好きです！」

ヴィッセルが振《ふ》り向いた。雲に隠れてしまった月のように陰《かげ》った瞳《ひとみ》が笑う。

「君のハディスはそうでも、私のハディスは違う」

反射的にジルは拳《こぶし》を握った。

「君は本当に、あの子が何もかも許したとそう思うのかな。だとしたらとんだ見込み違いだ」

「何が言いたいんですか」

「あの愚かな救いようのない母が、ハディスに化け物と叫《さけ》んで喉《のど》をかき切ったとき、可哀想《かわいそう》なあの子はどうしたと思う？」

聞きたくないというのは逃《に》げることだ。だからその場で立ち止まって、耳をふさがない。

「笑ったんだ」

ゆっくりとヴィッセルが、ジルの知らないハディスを教える。

「私はあの子を傷つけるものを許さない」

「わたしだって許しません」

「でも君はあの子を傷つけるものを、あの子に許せと言う」

「そうですよ。陛下はそれができるひとだからです！」

ヴィッセルは小馬鹿にしたように笑い返した。

「私はそんなことを可愛《かわい》い弟にさせたくない。ほら、私と君は相性《あいしょう》が悪いだろう」

とても納得《なっとく》できた。ジルは深呼吸をしてから、笑い返す。

「よくわかりました！　わたし、あなたが嫌《きら》いです」

「よかった。私も君が嫌いだ。君は竜妃にふさわしくない」

さわやかな笑顔《えがお》と断言に、ぶちっと血管が切れそうになった。

（くそっ……女神だけかと思ってたら、こいつも同類か⁉）

不気味さの正体がわかった。ヴィッセルの原動力が憎《にく》しみではなく、愛だからだ。

可哀想なハディスを傷つけまいとする、愛。

「腹の立つ言い方とか笑い方とか、そこは陛下とよく似てるんだな、余計に腹が立つ！」

叫んだジルに、ヴィッセルが一瞬きょとんとした。

「似てる？　私とハディスが？　そんな馬鹿な話が」

「ヴィッセル殿下！　ご報告が――」

廊下《ろうか》の奥から小走りでやってきた兵が、ジルの姿を見て口をつぐんだ。ヴィッセルが兵のほうへ向き直る。

「かまわない。報告を」

「はっ！　旧帝国軍との交渉に向かわせた使者が戻《もど》って参りました。死体で」

ジルは息を呑《の》む。それでは交渉決裂《けつれつ》、旧帝国軍は完全な逆賊《ぎゃくぞく》だ。

「そうか、やはり時間の無駄《むだ》だったな」

喉を鳴らしてヴィッセルが嘲笑《ちょうしょう》気味に言った。はっとジルは顔をあげる。

「お前、まさか使者を……っ」

「妙な疑いはやめてくれないか。時間が惜《お》しい。ただちに出兵の準備を。ナターリエ殿下の救出に向かう」

「はっ」

「待て！　陛下が出兵なんて許すはずがない！」

ジルの叫びにヴィッセルが冷たい目を向けた。

「許すも許さないもない。このままだとハディスが皇女を見捨てたことになる。それとも君はナターリエ様をそのままにしておけと？」

「それは……」

「所詮《しょせん》、ナターリエ様の策など子どもの浅知恵《あさぢえ》だ」

そうかもしれない。そうかもしれないが、ナターリエとフリーダが帝国軍を守ろうとしたのに、ただの間違いで終わってしまうのか。何もしてない帝国軍が逆賊になって終わるのか。

「どうしても反対なら、助けに出て行けばいい。ハディスをここに置いてね」

そのかわり、ジルは逆賊に加担したクレイトスの間者になり、人間の世界で竜妃になる資格をなくすのだろう。

(……ひとつだけ、助けに行く方便はある。わたしが竜妃としてラーデアを鎮圧《ちんあつ》しにいく道中でたまたま通りがかればいい。でも今の状況《じょうきょう》で、陛下を置いて出て行くなんて……)

これは挑発《ちょうはつ》だ。のってはならない。首を横に振ろうとしたとき、まだその場に佇《たたず》んでいる兵士が所在なげな声をあげた。

「あのぅ……それで、その皇帝《こうてい》陛下なのですが……」

「なんだ、出兵に反対しているなら私が説得する」

「ゆ、行方《ゆくえ》知れずでして」

「「は？」」

ジルとヴィッセルの声がそろった。怖《お》じ気づきながら兵士がぼそぼそ報告を続ける。

「その、書き置きがあったそうで」

「どんな!?」

「ラ、ラーデアでパン屋の修業《しゅぎょう》をしてくる、だそうです！　何かの暗号かと現在、解析《かいせき》が進められております！」

たぶん違う。固まっていたヴィッセルが先に我に返った。

「すぐに追え！　急使の竜を休まずに飛ばせ、それなら明日にはラーデアに着く！」

「そ、それが竜がまったく使えず、つかまえようとしても逃げ回ってしまって……！」

ハディスが自分を簡単に追えないように、竜に命じたのだろう。竜帝ならば可能だ。

ふ、とジルの口端《くちはじ》が持ち上がる。ヴィッセルが振り向いた。

「何がおかしい。まさか何か君が――」

「いいえ？　何も聞いてませんよ。ええ、聞いてません。だってわたし、陛下は安全なところでおいしい料理を作ってわたしを待ってればいいと思ってるので。だって賞品です」

「しょ、賞品？」

「女神を折ると手に入る大事な賞品です、陛下は。それが、反皇帝派の軍が集まってる領地でパン屋修業？　――どういうことだ」

凄《すご》んだジルに気圧《けお》されたのか、ヴィッセルが口をつぐむ。

「わたしが、竜妃《りゅうひ》になるためにおとなしくしようと、我慢《がまん》している中で、よくも」

これが竜帝のやり方か。よくわかった。

こうなるとだんだん笑えてくる。拳を握《にぎ》ったジルの足元から勝手に魔力《まりょく》が奔《ほとばし》った。

「首に縄《なわ》かけて引きずり戻してやる、あの馬鹿夫が――――!!」

帝都のほうで一瞬立ちのぼった魔力の柱に、ハディスは首をすくめた。何やら感じ取ったのか、乗っている緑竜まで逃げるように必死に翼《つばさ》を動かし出す。

「知らねぇぞ、俺」

竜神まで情けない声をあげている。パンをかじりながら、ハディスは肩《かた》の上の竜神に笑った。

「でも楽しくないか？　お嫁《よめ》さんと追いかけっこだ」

「追いかけっこになるかよ。竜を使えなくしておいて」

「帝城にいる竜だけだし、しかけはちゃんと考えればわかるよ。ジルは賢《かしこ》いし、ちゃんと僕を追いかけてくれる」

「寿命《じゅみょう》縮める発言してるぞお前……」

はーっと嘆息《たんそく》したラーヴェが首の辺りからハディスの食べかけのパンをかじる。

「うま。新作？」

「そう。パン屋になれるかな」

「あーなれるんじゃねーの。うん、頑張《がんば》れ。もうどうだっていいわ俺」

「なんだ、やる気のない発言だな。これから大変だぞ、パン屋は朝早いんだ。僕は知ってる」

「それより追いかけてきた嫁さんに殺されない準備をしとけ」

「やっぱり書き置きに『ジルへ、愛してる』って書いておくべきだったかな!?　で、でもみんなに読まれるから恥《は》ずかしくて」

「やめといて正解だ、この状況じゃ余計に怒《おこ》らせただろうから。――おい、あれ」

首に巻きついたラーヴェに眼下を示されて、目を細める。帝都からまだそう離《はな》れてはいない岩陰《いわかげ》に身を潜《ひそ》める兵たちの姿があった。

ナターリエを人質《ひとじち》にして逃《に》げ出した兵たちだろう。

（……だいぶ減ってるな）

皇女を人質にして、ヴィッセルが手を出せないうちに逃げた者もいるのだろう。残っている者は動けないだけか、それとも人質になってまで逃がそうとしたナターリエを守ろうとしているのか。後者であればいいと願う。

「助けなくていいのか？」

「あれを僕が助けても意味はない。ローもいるから、竜の守護も受けているはずだ。それもわからないような腑《ふ》抜けはそれこそ帝国軍に不要だろう。もう少しの我慢だよ」

「そのうち嬢《じょう》ちゃんが助けにいく？」

「そう、ラーデアを救う軍にするためにね。ジルは優《やさ》しいから」

この状況を打破する一番の方法は、ジルが竜妃としてラーデアにおもむき反乱を鎮圧することだ。きっとジルも気づいている。だがその命令をヴィッセルが出すことはない。そして軍人気質があるジルは、命令でもない限り、一番大事なハディスを置いて帝都を出るという選択肢《せんたくし》をとらない。

「僕が帝都から出ればジルは動ける。だって、ジルが動けない最大の理由は僕なんだから」

そう思うと、背筋にぞわぞわしたものが這《は》い、ぶるっと身震《みぶる》いがきた。熱い吐息《といき》を吐《は》いたハディスはうっとりとつぶやく。

「あの強くてかっこいいジルを僕が縛《しば》り付けてるなんて……なんだろう、ものすごくこう、ぞくぞくっと……風邪《かぜ》かな、気をつけないと」

「あー変態って名前の風邪な。嬢ちゃんがもう少し大きくなったら誤診《ごしん》になる、そんなふうに信じたときもありました」

「なんだその言い方、僕が変態みたいに。それにジルの足手まといなんて僕はごめんだぞ。僕は自由でかっこいいジルを見るのが好きなんだ」

だから帝都を出るのだ。彼女が自由に空を翔《かけ》て竜妃になる姿を見るために。

「兄上だってきっとあのジルを見たら気を変えるよ」

厄介《やっかい》だとわかっているからこそ、兄はジルが動けないように策を弄《ろう》している。そのあたりはジルよりあの兄の方が上手だ。だからジルの苦手な部分はハディスが補えばいい。

「あと最近気づいたんだ……僕は縛るより縛られるほうがいい」

「やめろ余計にやばい」

「お行儀《ぎょうぎ》のいい男ってそういうものだろ。でも、そう簡単に縛られてはやらないけど」

荷袋《にぶくろ》に顔を突《つ》っこんでいたラーヴェが、パンを勝手に取り出してかじり出す。

「まあ嬢ちゃんもおかしいからな。お似合いだよ、たぶん」

「そうだよね！　僕とジルはお似合い！　理想の夫婦《ふうふ》で幸せ家族計画！」

「幸せそうで何よりだよ……しかし久しぶりだな、お前とふたりきり」

ラーヴェから半分パンを取り戻して、ハディスはそういえばとまばたく。

「最近、ずっと誰《だれ》かいたからな。そうか、ふたりきり……なんか変な感じだ」

「いいことじゃねぇの。ただ魔力にだけは気をつけろ。天剣《てんけん》もまだ半分しか威力《いりょく》は出せないから、女神《めがみ》関係とはやり合うな。いねーとは思うけど、ラーデアだからなぁ……」

「いたとしても、やらなきゃいけない。今が好機だ」

ぐるりと首の回りにからまったラーヴェが、胡乱《うろん》な目つきになる。ハディスは前を見た。

「どうせなら全部だ。僕はジルを竜妃にする」

やるべきことはジルに功績を立てさせることと、神器を持たせること。

くたっと力を抜《ぬ》いたラーヴェの胴《どう》が、首にのしかかる。

「だからってお前は考え方もやり方も極端《きょくたん》なんだよ……」

「それでこそ、ジルが言う『かっこいい僕』だよきっと」

多分違《ちが》うなどと失礼なことを言ったので、愛を解さぬ理《ことわり》の竜神様は、青空に投げ捨ててやった。

第四章 ⚜ 竜帝追撃戦、勃発

幸か不幸か、逃げ出した帝国《ていこく》兵に負傷者は少なかった。だが、何より精神的にきているのだろう。いきなり逆賊扱《ぎゃくぞくあつか》いされて、準備も心構えもできず逃げ出してきたのだ。帝都を出て身を隠《かく》したときにはあった安堵《あんど》は、今や何十倍もの不安になってのしかかってきていた。

竜も馬もない。つまり、逃げる手段がない。

そして攻《せ》められてはいないが、交渉《こうしょう》の使者がやってくる気配もない。

こうなるとナターリエを人質に緊張《きんちょう》状態を保っているだけだ。素人《しろうと》よりは鍛《きた》えられている兵とはいえど、精神的な疲弊《ひへい》は当然だった。

将軍はおろか、隊長クラスのまとめ役すらいないのもまずかった。最初は三百人ほどいたはずだが、ひとりで逃げたほうがましかもしれないといつのまにか姿を消す者が増え、既《すで》に百にも満たない人数になっていた。

まとまりやすくはなったのだろうが、攻められたらひとたまりもない人数だ。

「しっかりして、ほらお水」

ヒールの靴《くつ》などとうに脱《ぬ》ぎ捨てて、ぶかぶかの革靴《かわぐつ》で水を配ってまわりながら、ナターリエはひとりひとりを励《はげ》ます。

「ありがとうございます、ナターリエ皇女……」

「申し訳ない。あなたを巻きこんで」

「そうよ。だからしっかりして。交渉役がきたとき、そんな弱気じゃ負けるわよ」

ナターリエに皆《みな》笑って頷《うなず》き返してくれるのだが、日に日に笑顔《えがお》は弱っていく。もう内心では駄目《だめ》だと思っている者たちもいるだろう。

ただ、為《な》す術《すべ》もなく殺される前に、すがるものがほしいだけなのだ。

そう口にするナターリエ自身も、不安で押し潰《つぶ》されそうだった。でも、そんなこと表に出せるわけがない。腐《くさ》っても自分は皇女なのだ。

――思えば、フェアラート兵に襲《おそ》われ逃げた先で、混乱した帝国兵と鉢合《はちあ》わせしたのが運の尽《つ》きだった。ヴィッセル皇太子が宮廷《きゅうてい》を掌握《しょうあく》するため、帝国軍を乗っ取ろうとしていることがわかった。そうさせてはならない、という気持ちはあっただろう。

だが一番は、使えないと切り捨てられた帝国兵に、自分を重ねてしまったのだ。

(我《われ》ながら馬鹿《ばか》だわ)

ひとまずナターリエを人質に帝都を出ることはできた。だが、問題はそのあとだった。何かを決断し、決められる人間が、ナターリエしかいなかったのだ。

ナターリエがわかっていることといえば、ヴィッセル皇太子は幼女趣味《しゅみ》皇帝よりもいけ好かないこと。兵たちが争っている間に漏《も》れ聞いた会話から、ラーデア領には叔父《おじ》に追従した兵たちが潜伏《せんぷく》していること。そのせいで、残っていた帝国兵が逆賊扱いされたこと。

(正しい判断なんでしょうよ。でもこんな真似《まね》したら、ラーヴェ皇族がどう思われるか)

だが、そんな矜持《きょうじ》は現実の前に無力だ。

いったい自分に何ができただろう。この場にいる兵を助ける方法さえわからない。

最後に生き残っているのは、ひょっとして誰もいないのではないだろうか。

「きゅ」

足元で声が聞こえて、ナターリエはうつむけていた顔を向ける。そこには、あのおとなしいフリーダがつれていけと譲《ゆず》らなかった小さな竜がいた。前脚《まえあし》で、どこからか見つけてきた木の実を差し出してくれる。

「ありがと、ロー……」

「きゅっ」

水を配るナターリエを見て覚えたのか、ローはどこからか木の実や食糧《しょくりょう》を見つけては配って回っている。それを見て兵もまた微笑《ほほえ》む。帝国兵は竜騎士《りゅうきし》とは違うが、竜に乗れるという選抜《せんばつ》条件がある。小さな竜を見守ることは、帝国兵の矜持を思い出させるのだろう。

この絶望的な状況《じょうきょう》をぎりぎり保たせている幸運があるとすれば、それはローだった。

ナターリエたちが潜《ひそ》んでいる岩陰《いわかげ》は竜の巣に近い危険な場所だ。だが竜は襲ってこず、それどころかローに木の実や食べ物を持ってくる。水に困らないのも、ローが発見してきた水場があるからだ。

金目の、奇妙《きみょう》な模様の小さな竜。竜がたまに飲みにくるのだが、人間は一瞥《いちべつ》されるだけですんでいる。

ここ数日、雨風にさらされたせいで、鱗《うろこ》の色が少しずつ戻《もど》りつつある。

その正体を口にすれば加護を失うかもしれないと思っているのだろう。誰も言及《げんきゅう》はしない。

だが、きっと皆が、気づき始めている。

（竜の王。金目の黒竜）

それを感じるたび、ナターリエは小さな少女のことも思い出す。

可哀想《かわいそう》な竜妃《りゅうひ》だと思っていた。あの得体の知れない皇帝に目をつけられて、異国につれてこられて。だが、ナターリエが知らず接した竜妃は幼くてもたくましかった。そう、金目の黒竜に絵の具を塗《ぬ》るくらいに図太い。

笑いがこみあげる。もう少しだけならと、へたりこんでしまっていた足にも力が入った。

「ねぇ、ロー。魚釣《さかなつ》りとかできるところ、ないかしら」

「きゅ？」

木の実を運び終えたローが振《ふ》り返って考えこむ。そばで少し年かさの兵が笑った。ナターリエに何度も謝罪してくれた兵だ。

「いいですね、釣り。木の実もいいですが、焼き魚はまた別です」

「なんなら狩《か》りでもしましょうか。少しは気が紛《まぎ》れるかも――」

「たっ大変だ！　軍が向かってきてる！　帝都から!!」

双眼鏡《そうがんきょう》で周囲を見張っていた兵が、丘《おか》から転がり落ちるように駆《か》け下りてきた。それだけで緩《ゆる》みかけた空気が一瞬《いっしゅん》で引き締《し》まる。

「こちらに向かってきているのか!? ラーデアへの出兵ではなく!?」

「使者がくるはずじゃなかったのか!!」

「数は!? 竜は出ているのか。上空から周辺ごと焼き払《はら》われたら終わりだ」

「き、騎馬兵と歩兵ばかりだ、竜はいない! だが数は、一万はいる……! こ、こちらに辿《たど》り着くまで半日以上かかると思うが……」

「それでも終わりだ!」

「くそ、交渉なんて待ったから!」

「静かにしろ!」

さきほどまで釣りの話をしていた兵のひとりが、大声で一喝《いっかつ》する。

「ナターリエ皇女をお守りしながら、逃《に》げられるところまで逃げよう。それしかない」

ざわりと周囲に動揺《どうよう》が広がった。

「馬鹿な! こうなったら皇女などただのお荷物だ!」

「お、俺は逃げるぞ、ひとりで! 集団のほうが狙《ねら》われる! 勝手にしろ!」

「待てよ、ここでナターリエ皇女殿下《でんか》まで見捨てたら俺たちは本当に逆賊《ぎゃくぞく》じゃないか!」

「助けていただいたんだぞ、恩知らずめ!」

「なんとでも言えよ、頼《たの》んだわけじゃない!」

「そうじゃなくたってみんな逆賊だ! 忠義を尽くす必要がどこにある、ヴィッセル皇太子に目をつけられた時点で俺たちは終わってたんだよ!」

広がっていく騒《さわ》ぎに為す術もなく、ナターリエは唇《くちびる》を噛《か》む。この混乱の原因が自分だと思うと何も言えなかった。そんなナターリエの足元に、ローがやってくる。それを抱《だ》きあげたときだった。

「むしろ、ナターリエ皇女殿下を差し出すべきじゃないのか」

誰《だれ》が言ったのだろう。どこかから放たれた言葉に、周囲が静まりかえった。

そして一度投げこまれた悪意の小石は、波紋《はもん》のように広がっていく。

「そうだ俺たちはナターリエ皇女に騙《だま》されたんだ。ヴィッセル皇太子にそう陳情《ちんじょう》すれば」

「馬鹿なことを言うな！　ナターリエ殿下のおかげでここまで逃げられたんだぞ！」

「差し出すのはナターリエ殿下だけじゃない、その竜もだ！」

皆の目が一斉《いっせい》にこちらを向いた。

「絶対に、その竜は普通《ふつう》じゃないだろう……」

「そ、そうだ。……こ、黒竜じゃないのか？　金目の黒竜」

「馬鹿！　畏《おそ》れ多いことを言うな、加護を失ったら」

「そ、そいつを盾《たて》に使うんだ。――竜の王だ、ヴィッセル皇太子だって攻撃《こうげき》できない！」

むき出しになる悪意に呼吸がうまくできない。うつむくと、腕《うで》の中のローが目に入った。

ローはさめた目でこの騒ぎを見ていた。

こんなものか、とでも言うように。

皇帝が争う人間を見る目とそっくりだ。ぞっとした。見放されてしまう。失ってしまう。

竜の加護を、ラーヴェ皇族の自分が、失わせてしまう。

「馬鹿を言うな！　頭をひやせ！」

さめたローの視界から敵意を隠すように、両手を広げて幾人《いくにん》かが立ちはだかった。

「そうだ、本当にこれが金目の黒竜ならば、守るべきだ！　盾になんて使えるか！」

「ナターリエ皇女と一緒《いっしょ》にお守りするんだ！」

「馬鹿を言うな、ナターリエ皇女はラーヴェ皇族の血を引いていないんだぞ!?」

「いいから奪《うば》え！　金目の黒竜を使えば、竜を脅《おど》して逃げられるかもしれない！」

誰かがナイフを取り出した。ナターリエは悲鳴をあげる。

「だめ、やめなさい！　私に出て行けと言うなら、出て行くわよ！　私を守れなんて頼まないから！　だから――」

「駄目《だめ》ですナターリエ皇女、お逃げください！」

「こんなときまで皇女様か、どうかしてる！」

「それより金目の黒竜だ！」

もはや誰が味方で敵かわからない乱闘《らんとう》騒ぎだ。誰かの斬《き》られた腕が飛んできた。悲鳴をあげたナターリエは、その場で腰《こし》を抜《ぬ》かしてしまう。ころんとローが腕から転びそうになって慌《あわ》ててその体を隠《かく》すように抱きこんだ。

「だいじょうぶ、だいじょうぶ、よ」

どう見ても大丈夫《だいじょうぶ》じゃないだろう。さめたローの目がそう語っている気がした。

でもナターリエは一生懸命《いっしょうけんめい》、その瞳《ひとみ》に微笑む。この世界には綺麗《きれい》なものもあるからと、教えるように。

「あなたは、まず守られるべきよ。なんにも心配しなくて、いい、からッ――！」

ぐいと髪《かみ》をうしろに引っ張られた。ローがそれを見ている。

何ひとつ、偽《いつわ》りは許されない。お前たちを守る価値はあるのかと、その目でさぐっている。

「つかまえたぞ、逃げられないよう足を斬れ！」

「黒竜もだ、つかまえ――」

「ロー、逃げなさい！」

自分をつかまえた兵の腕に思い切り嚙みつく。驚《おどろ》いた兵に地面に叩《たた》きつけられたそのときだった。

小さな竜が地面を蹴《け》って、飛び上がった。

「うっきゅ」

可愛《かわい》らしい鳴き声と一緒に振り回された尻尾《しっぽ》がナターリエを襲《おそ》った兵を吹《ふ》き飛ばす。続けざまに炎《ほのお》が吐《は》かれた。それがナターリエを守る兵と襲いかかる兵を分断するように、一直線に地面を燃やし、不思議な炎の壁《かべ》を作る。

呆然《ぼうぜん》とするナターリエたちの前に出て、ふふんとローが胸を張る。そして炎の壁の向こう側にいる兵たちに、尻《しり》を向けて振った。

「うーきゅうーきゅ。うきゅーきゅきゅんきゅーん」

何を言っているのかわからないが、調子からして馬鹿《ばか》にしているのだろう。ぺんぺんと尻を叩く黒竜に、炎の向こうで戸惑《とまど》っている兵たちがいきり立つ。

「こ、この……！」

「た、ただの炎だ、何でもない！　走り抜けろ！」

「うきゅっ!?」

顔をかばって炎の壁を抜けてきた相手に、ローが仰天《ぎょうてん》する。我《われ》に返ったナターリエが、他《ほか》の誰かが、ローを助けようと腕を伸《の》ばす。ちょっと振り向いたローは、それを驚いたように見ていた。でも、もうひとつ。

「うっきゅ――――！」

兵の腕をつかんで止めた小さな影《かげ》に、ローが喜んで飛びつく。

「いいか、ロー。こんな連中に慈悲《じひ》などいらない」

炎の風に煽《あお》られながら、金髪《きんぱつ》の少女が紫《むらさき》の瞳を物騒《ぶっそう》に細めて言い切る。と思ったら、炎の壁を越《こ》えてきた兵を蹴り飛ばし、壁の向こうに送り返していた。

「見つけ次第《しだい》ひとり残らず殲滅《せんめつ》しろ。わかったな」

「うっきゅ」

「ジルちゃん、どうかと思うわよその教育……」

「やめろ今の隊長に口出すな、死ぬぞ」

背後の木の上に矢を構えた弓兵がひとりと、根元に大剣《たいけん》の兵がひとり。たった三人だ。

でも彼女たちがなんと呼ばれるか、ナターリエはもう知っている。

竜妃《りゅうひ》と、竜妃の騎士《きし》だ。

「ナターリエ皇女殿下、ご無事で何よりです。少々お待ちください。掃除《そうじ》をします」

こともなげに言った少女は、踊《おど》るように炎の壁の向こうに突《つ》っこんでいった。


竜が動かない、皇帝《こうてい》がいない、パン屋はなんの暗号だと叫《さけ》ぶ帝城内でジルが真っ先にやったのは、馬をかっぱらうことだった。エリンツィアのところで訓練をしていたジークとカミラの首根っこをつかまえ、馬にのせ、ついてこいと走らせたのだ。空を逃げ回っている竜を脅しつける時間も惜《お》しかった。

もはやここで帝城から姿を消せば間者として疑われるとか、そういったややこしい事情は一切考慮《いっさいこうりょ》しなかった。あるのは、勝手に出て行った夫への怒《いか》りと、自分が何をすればいいかということだけだ。

全速力で駆《か》けさせた馬は途中《とちゅう》の小さな村に置いて、あとは聞きこみからナターリエたちが隠れている場所を割り出した。ここまでで既《すで》にハディスが姿を消してから三日たっている。ハディスはとうの昔にラーデアについてパン屋を始めているかもしれない。

「誕生日プレゼントは馬もいいかもしれないな。駿馬《しゅんめ》だ」

ナターリエとローをとらえて助かろうとした不埒《ふらち》な輩《やから》をすべて叩きのめし、戻《もど》ってきたジルはつぶやく。

「なんなら飛ぶ馬がいい。竜も撃墜《げきつい》できるよう仕込む」

「それは本当に馬なのか？」

静かなジークの突っこみは無視して、ジルはぐるりと周りを見回した。

「何人、残った」

「ナターリエ皇女殿下をのぞいて、二十九人。全員、大きな怪我《けが》はないわ」

ジルが炎の向こうで八つ当たり――もとい敵兵を撃滅《げきめつ》している間に状況《じょうきょう》把握《はあく》をしたらしいカミラが答える。

「わたしを入れたら、六人一組で五組作れるな。ではそれで隊列を組んで行くぞ」

「ま、待って。行くってどこへ行くつもりなの」

「ラーデアです、ナターリエ皇女殿下《でんか》」

ぼろぼろになったナターリエが目を白黒させる。それをかばうように、年かさの兵が出てきた。さきほどナターリエやローを守ろうと真っ先に立ちあがった人物だ。

「助けてくれたことには礼を言う。だが、君はいったい」

「竜妃だ。ジル・サーヴェルという」

ざわめきが走った。かまわず、ジルは全員を見渡《みわた》す。

「時間がない、端的《たんてき》に説明する。ラーデアに諸君らの元同志が潜伏《せんぷく》していることくらいは知っているな？　諸君らはわたしの軍として、ラーデアに向かってもらう」

「たったこれだけの人数で、なんのために」

「竜妃と一緒に逆賊《ぎゃくぞく》からラーデアを救い、帝国軍に返り咲《ざ》くためだ。単純な話だろう」

息を呑《の》んだ面々が、顔を見合わせている。

両腕《りょううで》を組んで、ジルはさめた口調で続ける。

「これでもわたしは親切心でこの話を持ちかけている。ぶっちゃけ、今すぐひとりでラーデアを鎮圧《ちんあつ》してやりたい気分なんだ、今のわたしは」

「ひ、ひとりで……で、ありますか」

「そうだ。それに、そもそも諸君らに選択肢《せんたくし》などないだろう。それとも、このまま帝国軍を名乗る輩に轢《ひ》き殺されたいのか？」

「こ――こちらには、ナターリエ皇女がいらっしゃるので……」

「交渉役《こうしょう》の使者なら昨日、帝都に死体で帰ってきたぞ」

ざわりと大きな動揺《どうよう》が走った。

「そ、そんな。こちらには何もきていないのに！」

「誰《だれ》がやったかなど、この際どうでもいい。もう帝都から軍が出てしまった。このままだと諸君らは逆賊扱《あつか》いされたまま無駄死《むだじ》にする。決断材料など、それで十分だろう。わたしと逆転に賭《か》けて死ぬか、無駄死にか。それだけだ」

「――竜妃殿下」

前に進み出た兵士が、跪《ひざまず》いて尋《たず》ねる。

「ひとつだけ、おうかがいしたい。ナターリエ皇女は守っていただけるのですか」

ジルはまばたいてしまった。だが、兵士の目は真剣だ。進み出た兵だけではない。そのうしろにいる皆《みな》も、同じ目をしている。

「ナターリエ皇女殿下に助けられた命です。ナターリエ皇女殿下を救うとお約束頂けるのであれば、あなたが竜妃であろうがなかろうが、この命をお預けします」

「お、俺も！」

名乗りを次々あげる兵に、当のナターリエが目を白黒させている。

きちんとナターリエの想《おも》いは実ったのだ。つい、口調と表情が和《やわ》らいでしまった。

「約束する。わたしの義妹《ぎまい》になられる御方《おかた》だ。わたしの騎士をつけて、きちんと帝城に戻っていただく。帝都のエリンツィア殿下のもとなら安全だろう」

「でも、私だけ戻ったって、このひとたちは……！」

「軍人です。だからこそ、功績で名誉《めいよ》を回復するしかないのです、ナターリエ皇女殿下」

「でも、彼らは何もしてないのに逆賊扱いされたのよ」

立ちあがってまだ言いつのろうとしたナターリエを、兵の腕が制した。

「そうです、ナターリエ皇女。我々は何もしなかったのです」

ほんの少し意味合いの違《ちが》う口調に、ナターリエがまばたいた。

「不満と不信ばかりでした。だから我々は利用され、切り捨てられたのです」

「利用するほうが悪いのよ、そんなの。あの馬鹿兄たちが悪いのよ！」

「そうでしょうか。我々は逆賊扱いされても、ラーヴェ皇族を、皇帝陛下を裏切り者とは叫べないのです。あの方に忠義を誓《ちか》ったことなどないのだから」

裏切ったと非難できるのは、信じていたときだけだ。絶句したナターリエに、年かさの兵が優《やさ》しく微笑《ほほえ》む。

「ですが、あなたが忠義を思い出させてくださった。帝都にお戻りください、ナターリエ皇女殿下。あなたはラーヴェ皇族だ。我々がお守りすべき、皇女なのです」

はずれの皇女。そう自分を評していたナターリエが顔をあげる。

「正直、皇帝陛下はどのような方かわかりません。ですが、あなたをラーヴェ皇族として認めている。そうして竜妃だという少女が今、あなたを助けにきてくださった。それだけで、我々は帝国軍とまた名乗りたいと、そう思えるのです」

「そんな……私は、何も……」

「──だからこそ、我々は同志も助けたい」

ちらりとジルが目をやると、一度瞳《ひとみ》を伏《ふ》せてから兵がジルに向き直った。

「ラーデアにいる帝国兵たちは、我らと同じです。特に彼らを率いているサウス将軍は、ゲオルグ様を本当に慕《した》っておられました。だからこそ、守るべきものを見失ってしまっているのではないでしょうか。皆、ラーヴェ帝国を守る気持ちは強い連中ばかりだったんです」

「だが、ヴィッセル皇太子殿下から、反乱のためにラーデアに集まっていると聞いている。反逆者ゲオルグの弔《とむら》い合戦《がっせん》をするつもりならば、捨て置けない」

「ですが蜂起《ほうき》する前なら、話し合う余地はないでしょうか」

それができたら苦労しないだろう。だがあえて、ジルは答える。

「わかった。わたしから陛下に進言してみよう。ただそれもすべて、蜂起に間に合えばだ」

「はい。もし許されるなら、説得したいと思います」

「いいだろう。具体策は道中で練る。ではナターリエ殿下は城にお戻りを」

ジルたちの話を聞いていたナターリエがはっと我《われ》に返る。

「ご、ごめんなさい……私、その……結局、何も、できなくて」

「そんなことはないですよ、ナターリエ殿下」

何か言いかけた兵を制して、ジルはまっすぐナターリエを見つめる。

「あなたがいなければ、わたしはこうして彼らと向き合うことはありませんでした。彼らだって、ただラーヴェ皇族を恨《うら》みながら死んでいったはずです」

ナターリエが唇《くちびる》を噛《か》んで、ジルを見つめる。

「みんな……戦いにいくとしても、助かる道が、あるのね？」

「ナターリエ様からいただいた兵です。無駄死にはさせません」

「あなたもよ。まだお茶会をしてないわ」

思いがけないことを言われて、ジルは笑ってしまった。

「そうですね。でも実は、フリーダ様ともうお茶会をしてしまいました」

「あの子も抜《ぬ》け目ないわね。……だめだって言ったのに」

「心配しておられます。ここはわたしにまかせて、戻ってあげてください」

ぎゅっと手を握《にぎ》ると、薄汚《うすよご》れた頬《ほお》でナターリエが手を握り返してくれる。

「そこまで言うなら戻ってあげるわ。でも、あなたの騎士《きし》を借りていいの？」

ナターリエに振《ふ》り向かれたカミラが、手をひらひらさせて笑う。

「いいのよー。これでジルちゃんは、ナターリエ皇女殿下を助けた竜妃様《りゅうひ》！ってわけ」

「他《ほか》にまかせるとまたややこしいだろ。何よりここでミスったら色々台無しだ」

「頼《たの》んだぞ、カミラ、ジーク。エリンツィア殿下のところまで必ず無事に送り届けろ」

ジルの命令に、カミラとジークが敬礼を返す。それにつられたように、他の兵も一斉《いっせい》に敬礼を返した。

「そうと決まれば、なんなりとご命令を、竜妃殿下」

「お供いたします。多少、やけくそなのは否《いな》めませんが」

「あ、あの！　こっ仔竜《こりゅう》は。その、小さな、竜がいる、のですが……」

背後から声をあげた兵に、ああ、とジルは笑顔《えがお》になった。

「ローだな。ローはつれていく。な、ロー」

呼びかけると、ナターリエのうしろに隠《かく》れているローの尻尾《しっぽ》がびくっと震《ふる》えた。

賢《かしこ》いローはきっと気づいたのだろう。

ものすごく、ジルがハディスに対して怒《おこ》ってることに。

「ロー坊《ぼう》、いけ。陛下がやらかしたんだからお前が巻きこまれるのは運命だ」

「逃《に》げたら余計怖《こわ》いわよ、ほら頑張《がんば》って！」

「わたしは別に、ローに怒るつもりはないぞ」

何やら勘違《かんちが》いしているらしい部下に、ジルは声をかける。そして嘆息《たんそく》した。

「よかった、無事で。心配したんだ。ナターリエ殿下、本当にありがとうございました。ローを守ってくださって」

「わ、私じゃないわ。むしろ、守ってもらったほうよ……」

「そうですか。すごいな、ロー。頑張った」

ローがナターリエのうしろからこっそり顔を出す。しゃがんでジルは手を伸《の》ばした。

「ほら、おいで」

「うきゅー！」

感激したようにローがジルの胸に飛びこんでくる。ぎゅっと抱《だ》きしめると、さすがにほっとした。

だがしかし。

「それで、お前は陛下とどの程度、情報を共有してるんだ……？」

びくっとしたローがおそるおそるジルの腕の中で顔をあげる。

何を思ったか、両手を顎《あご》の下にそえて、きらきらしたまん丸い目で可愛《かわい》く鳴いた。

「うきゅんっ☆」

「やっぱりわかってるな⁉　陛下とお前、何かしらつながってるな⁉　いやラーヴェ様か⁉」

「うきゅきゅきゅ――――！」

急いでローがナターリエのうしろに逃げ戻《もど》る。ナターリエがおろおろしながら声をあげた。

「ちょっと……！　何があったか知らないけど、こんな子どもの竜に！」

「ナターリエ殿下《でんか》止めないでください、これは夫婦《ふうふ》の問題です！　ロー、逃げるな！」

「うきゅ――――！」

「――っいい加減になさい、竜妃と竜の王!!」

ナターリエの周りでぐるぐる追いかけっこしていたジルとローは、びくっと止まった。

肩《かた》を怒《いか》らせたナターリエがジルの鼻先に指を突《つ》きつける。

「いい、ただでさえうちは皇帝《こうてい》が幼女趣味《しゅみ》なのよ！　威厳《いげん》が皆無なの！」

「ごっ……誤解、があるかと。陛下は、決して幼女趣味では」

「あなた、自分の姿を鏡で見てご覧なさい！　あれがこれと本気で結婚《けっこん》するなんて、どこからどう見ても幼女趣味でしょう！」

ぐうの音も出ない。ローまでしおらしく、ジルの横に並ぶ。

「なのに竜妃も竜の王もそんな威厳のなさ！　示しがつかないにもほどがある！」

「はい……」

「うきゅう……」

「なんなの、それで今からラーデアに行くとか！　あそこは竜妃が治める土地なのよ、きちんとしなきゃ誰《だれ》もあなたが竜妃だなんて信じないでしょ！」

「あっそれなんですけど、竜妃が治めるってどういうことなんですか？」

尋《たず》ね返したジルに、ナターリエが固まり、周囲が静まりかえった。ああとカミラが額に指をあててつぶやく。

「そういえば誰もジルちゃんに説明してないのかしら。少なくともアタシはしてないわ」

「……俺もしてないぞ。そもそも詳《くわ》しいわけでもないがな」

「……。知らないのに、なんで行こうとしたわけ？」

「竜妃の治める領地なら、わたしが軍を率いて鎮圧《ちんあつ》するのが本来の筋です。本当は陛下はそう命じたかったんじゃないかと。でも、できなかった。そうせよとヴィッセル皇太子殿下から無《む》茶振《ちゃぶ》りでもされればよかったんでしょうが……」

今思えば、フェアラートの兵を叩《たた》きのめしたのは失敗だった。あれがなければ、ヴィッセルはジルにラーデアを鎮圧などできないだろうと甘く見て、適当な軍を与《あた》えて軽率《けいそつ》に帝都から追い出してくれたかもしれない。

「わたしはあまり策を講じるのは得意ではありません。ですが、ややこしい敵の策にはまったときにどうしたらいいかは知ってます。とにかく敵に嫌《いや》がらせをして煽《あお》る!!」

ヴィッセルはとにかくジルの動きを封《ふう》じたがっていた。ハディスが帝城にいる間はジルも動きたくなかったが、ハディスがいなくなれば話は別だ。だから出てきてやった。その結果どうなってももう知ったことではない。ヴィッセルが喜んでいないならそれだけでいい。

力強く拳《こぶし》を握って断言したジルに、微妙《びみょう》な沈黙《ちんもく》が広がる。こっそりカミラがジークに耳打ちする声が聞こえた。

「教えたのってあの狸坊《たぬきぼう》や？」

「だろうな……」

「だからわたしは、ラーデアを鎮圧しにいこうと思ったんです。それだけです」

ハディスが出て行った理由もそこにあると思っている。ハディスは自分が帝都にいる限り動けないジルを慮《おもんぱか》って、ラーデアに飛んだのだ。

そう考えると、少しだけ胸が甘く疼《うず》く。だが、相談もなしに飛び出したのは許せない。

（本当にパン屋の修業《しゅぎょう》してる可能性もあるしな！　陛下だし！）

魔力《まりょく》は半分近く回復しているはずだが、その分また虚弱《きょじゃく》体質に戻り始めているはずだ。ああもう心配だ、早く首輪をつけにもとい迎《むか》えにいかないといけない。恋心《こいごころ》は複雑だ。

「じゃあ、竜妃の神器のことも何も知らないまま……？」

「竜妃の神器⁉」

なんだ、その楽しそうなものは。ナターリエの言葉に目を輝《かがや》かせたジルは叫《さけ》ぶ。

「なんですかそれ！　竜妃ってわたしのってことですよね、わたしの神器⁉　何それほしいです絶対‼　あるんですか、ラーデアに⁉」

遠くでジークが顔を背《そむ》けた。

「あー……だから誰も知らせなかったんだな。無意識に本能が回避《かいひ》したわけだ」

「ひとりでラーデアに飛びこんでいきかねないものね、ジルちゃん」

「ほ……ほんとに知らないのね……」

ナターリエの確認《かくにん》にこくこく何度も頷《うなず》く。

「そ、そんなに期待した目で見られても、顕現《けんげん》してるかどうか……封印もあるって話だし」

「封印！　本格的ですね！　どんな封印ですか、魔術!?」

「そ、そうよ。それこそ女神《めがみ》クレイトスでも連れてこないと解けない魔術だって」

逆に言うなら、女神クレイトスなら解除できるのか。ふと思い出す。今、ラーデアにはクレイトス軍も向かっているという話ではなかったか。

（クレイトス軍の狙《ねら》いは、戦争じゃなくラーデアにある竜妃の神器なんじゃ……!?）

「そうか、ひょっとして陛下はそれも考慮《こうりょ》してラーデアにパン屋の修業に……!?」

「ちょっと待ってパン屋って何!?」

「どうでもいいです、でもやっぱりラーデアで正解です！」

拳を振《ふ》り上げてジルは叫ぶ。

「わたしの神器をゲットして、ついでに陛下の首に縄《なわ》をつけて、適当に鎮圧しましょう！」

「陛下がついでになったわよ。鎮圧に至ってはもう名ばかりね」

「隊長だからな」

「うっきゅう……」

やれやれ、というようにローが嘆息する。したり顔のそのうしろから、ジルは笑顔でゆっくりと言った。

「神器は当然、陛下を締《し》め上げるために使うぞ」

「うぎゅっ!?」

「で、賢いローはわたしが何をしてほしいかわかるか？」

おそるおそる、竜の王が下からジルの顔色をうかがう。

そう、ローは竜の王だ。ハディスと同じ、黒と金の色を持っている。

「今、竜は陛下の命令で動いてくれないんだ」

「う」

「でもお前ならわたしたちをちゃんと、ラーデアまで竜で運べるんじゃないか？」

「ぎゅ」

「そうしたらわたし、嬉《うれ》しくってローにおはようとおやすみのキスをしちゃうんだけどな」

「きゅ――――――！」

そしてジルに甘やかされるとすぐ転ぶハディスの心である。

ラーヴェ帝国は、国境であるラキア山脈に接して北からノイトラール領、ラーデア領、レールザッツ領と並んで防衛線をはっている。真ん中のラーデア領はラキア山脈に接する面こそ多くはないが、左右の領に軍を展開することもできる重要な拠点《きょてん》だ。

その都市は初代竜妃《りゅうひ》が防衛拠点を築いたことから始まったため、竜妃の直轄《ちょっかつ》地になった。

とはいえ、竜妃は竜帝が現れたときにしか現れない。そのため、ラーヴェ皇族が代理で治めるのが慣例になっていた。最近までそれがゲオルグだった、というわけである。

竜妃の直轄地、女神クレイトスと戦うための場所には、竜妃の神殿《しんでん》があるという。そこに竜妃の神器が祀《まつ》られているのだ。

詳細《しょうさい》はナターリエでも知らないと言われた。わかっているのは竜妃が現れない限り顕現しない神器で、顕現しても神殿に封印されて動かせないこと。竜妃が持つ指輪がないと使うこともできないのだとか。そこまで使用条件が重なると、確かに詳細が残るものではない。

(でも竜妃の指輪って金の指輪のことだよな！　で、女神と戦うためなら絶対武器だ！)

今は魔力を封じられているせいで見えないが、ラーヴェの祝福としてもらった金の指輪のことは記憶《きおく》に新しい。俄然《がぜん》、信憑性《しんぴょうせい》は増した。となれば、ジルの足取りは軽くなる。

「剣《けん》かなー槍《やり》かなーナックルかなー斧《おの》でもいいな！」

「うぎゅ……」

るんるんのジルの前にちょこんと乗っているローは何か言いたげだ。雲の上を飛ぶ竜は綺麗《きれい》に隊列を組んで飛んでいる。帝国兵は誰しも竜で飛ぶ程度の技術は持っているらしく、ローに野竜を集めてもらって飛行を始めて四日目、混乱はない。

(だが休み休みで速度も出せてないからな……陛下から十日近く遅《おく》れてしまった)

幸いなのは、ヴィッセルが帝城にいる竜を使えないことだろう。いつまで竜がハディスの命令をきくのかわからないが、少なくともジルたちを追いこすのは不可能だ。

ナターリエはジークとカミラに預けて別れた。あのふたりならきっとうまくヴィッセルの軍を迂回《うかい》して、エリンツィアのもとまでナターリエを送り届けてくれる。

これで竜妃の騎士《きし》がナターリエ皇女を助けたことになり、竜妃がラーデアの蜂起《ほうき》をふせぐためにナターリエを守った帝国兵《ていこく》を率いて向かったという体裁《ていさい》は整った。

あとはハディスと合流して、竜妃の神器も手に入れれば完璧《かんぺき》だ。

「陛下もそんな大事なものがあるなら、早く言ってくれればよかったのになんで――あ、ひょっとして金の指輪がまだ戻《もど》ってないから？　ってことはまだ顕現してないとか、使えない可能性も……陛下を縛《しば》りあげられないじゃないか!!」

「うぎゅ!?」

「隊長」

ジークの呼称《こしょう》を真似《まね》ることにしたらしい兵が、竜で並行して飛びながら呼びかける。

「ラーデアの都市はもうそろそろです。野生の竜を繋《つな》ぐことは難しいですし、郊外《こうがい》でいったんおりて徒歩で入ったほうがよいかと」

「そうだな。ロー、頼《たの》めるか？」

話が変わってほっとしたのか、きゅっと可愛《かわい》く鳴いたローの声に合わせて綺麗に竜が高度を落とす。おお、と感動する声があがった。

「すごいな。一流の竜騎士団になったみたいだ」

「帝国兵は全員、竜を扱《あつか》えるんだろう？」

ジルの疑問に兵たちが笑って答える。

「全員、持ち竜のない歩兵です。しかもどちらかといえば後方部隊でしたし」

「そうなのか。まあ、竜に頼《たよ》りすぎるのもよくない。うちの家では竜をひとりで撃墜《げきつい》できて一人前だった」

「ははは、ご冗談《じょうだん》を――」

笑い声を遠くの爆音《ばくおん》が遮《さえぎ》る。ぴくりとローが顔をあげ、竜がその場で急制動をかけた。同時にジルも感知したものに背筋を伸《の》ばす。

(なんだ今の、尋常《じんじょう》じゃない魔力は!?)

遠いラーデアの街の上空に、魔法陣《まほうじん》が浮《う》かんだ。ぎょっとしたジルたちの目の前で、街に魔力の攻撃《こうげき》が降り注ぐ。街のあちこちから煙《けむり》があがるのがはっきり目視できた。

「なんで街が攻撃されてるんだ!?」

「今のはクレイトスの魔法陣じゃないのか!? まさかクレイトスが攻《せ》めてきたのか!」

「そんなはずは」

言いかけてジルは口をつぐむ。そんな戦いはジルが知る歴史にはなかった。あったとしてももっと先、クレイトス王国とラーヴェ帝国が開戦したあと、今から一年以上先のはずだ。今はまだ開戦などしていない。宣戦布告の兆《きざ》しすらない。

だが既《すで》に色んなことが変わっている。ジルの知らない戦いが起こっても、おかしくはない。

「隊長、軍旗が! 竜妃の神殿の上に……!」

懸念《けねん》を裏付けるように、街の東側、煙をさえぎるようにして軍旗があがった。

ラーヴェ帝国軍の軍旗——かつてジルも敵側で見たものだ。黒地の布に深紅《しんく》の糸で描《えが》かれた竜の意匠《いしょう》。

それに大きく、バツ印をつけたもの。

もくもくと煙をあげる荘厳《そうごん》な建物の一番上に、それが掲《かか》げられる。

誰《だれ》ともなくつぶやく。

「まさか、反乱……⁉」

「……ッロー、くるぞ！」

「うきゅっ⁉」

いきなり急上昇《きゅうじょうしょう》した竜に誰かが悲鳴をあげたが、かまってなどいられない。街を取り囲んだ魔法陣がこちらに照準を合わせたのだ。

「うきゅう、うきゅー！」

縦横無尽《じゅうおうむじん》に飛んでくる魔力の光線から逃《に》げるべく、ローが目を閉じて必死に何やら念じている。おそらく竜に命令を送っているのだろう。だがひとを乗せる訓練などされたことがない竜だ。攻撃をよけようと体勢をひねった竜から、兵が落ち始めた。

舌打ちしてジルは鞍《くら》に結んでいた命綱《いのちづな》を引きちぎる。だがジルが助けに飛び降りる前に、竜騎士が落ちた兵を横からすくい上げるように拾い、攻撃をよけながら飛んでいった。

「街から離《はな》れろ、距離《きょり》をとれ！　竜を狙《ねら》う対空魔術だ、射程外にいけば攻撃してこない！」

背後から聞こえた声に、ジルは驚《おどろ》いて振り向く。

綺麗に隊列を組んだ竜騎士たちの先頭にいるのは、よく知る顔だった。

「貴様ら、腐《くさ》っても帝国兵だろう！　竜にばかり頼らず自分で飛べ！」

「リステアード殿下《でんか》!?」

名前を呼んだジルに一瞬《いっしゅん》リステアードは驚いた顔をしたが、すぐに指示を飛ばす。

「作戦変更《へんこう》、いったん退避《たいひ》だ！　地上におりる」

「このまま街を放《ほう》っておいていいんですか!?」

「いいわけないが、君がつれてきたのは竜騎士ではないだろう。あれではただの的だ！」

リステアードの懸念通り、撃《う》ち落とされているのはジルがつれてきた兵たちだ。竜はよけているのだが、人間がその動きについていけずに落ちている。ローへの負担も大きいだろう。

「それに、僕の読みどおりなら時間はまだある。ヴィッセルが帝都から軍をつれてくるまでは膠着《こうちゃく》するはずだ」

「ど、どういうことですか」

「あくまでラーヴェ国内の反乱であるという体裁を掲げるためだ。奴《やつ》らの軍旗を見ろ」

黙《だま》ったジルを誘導《ゆうどう》するようにリステアードが先を飛ぶ。

「根拠《こんきょ》はそれだけじゃない。クレイトスから書状も届いている」

「は!?　どうしてクレイトスから!?」

「話せば長くなる。お互《たが》い、情報をすり合わせる必要があるだろう」

射程外に出たところでジルは頷《うなず》き、深呼吸をしてからわずかに振《ふ》り返った。

魔法陣に囲まれた街がどんどん離れていく。あの街には、ハディスがいるのに。

「きゅう」

射程外に出たことで余裕《よゆう》が戻ったのか、ローがすり寄ってきた。心配するなと言いたいらしい。苦笑いしたジルは、ほとんど意味のない手綱《たづな》を握《にぎ》り直して気を取り直す。

（……大丈夫《だいじょうぶ》だ、きっと、陛下なら）

勝手に出て行ったのだ。無事でいないと許さない。今必要なのは、それくらい信じられる強さだった。


帝城に戻ったナターリエを待っていた出迎《でむか》えの言葉は、おかえりでも心配したでもお叱《しか》りでもなかった。

「よくやった」

ぼろぼろで臭《にお》いもひどいだろうに、ためらいなく強く抱《だ》きしめられた。ナターリエの胸の奥から何かがこみあげてくる。それを誤魔化《ごまか》すために、わざとそっけなく言った。

「お、大袈裟《おおげさ》よ、エリンツィア姉様。ちょっと捕《つか》まったくらいで」

「そんなことはない。よくやってくれた。私ではできなかった。お前とフリーダにしてやられたときのヴィッセルの顔と言ったら！」

それはちょっと見てみたかったかもしれない。

「お前は、勇気のある子だ」

ノイトラール公というラーヴェ帝国でも大きな後ろ盾《だて》を持ち、本人も精鋭《せいえい》の竜騎士団を率いるエリンツィアに手放しで褒《ほ》められると、恥《は》ずかしくなってしまう。答えられずもじもじしていたら、回廊《かいろう》の奥から転がるような勢いでおとなしい異母妹《いぼまい》が駆《か》けてきた。

「ナ、ナターリエ、おねえ、さま……っ！」

「フリーダ」

「ご、ぶじで……よかっ……よかっ……！」

感極《きわ》まったのか、くまのぬいぐるみを抱きしめて泣き出してしまった異母妹の前に、ナターリエは膝《ひざ》を突《つ》く。

「大丈夫だって言ったでしょ。泣かないの、フリーダ」

「お、おねえさま、も、泣いてる……っ」

「え、うそ」

慌《あわ》てて自分の頰《ほお》に手を伸《の》ばすと、指先が濡《ぬ》れた。どうりで、やたら視界がかすむと思った。

苦笑いが浮かぶ。

「それでもよ、泣かないの。――私たちは、皇女なんだから」

ひくっと喉《のど》を鳴らし、涙《なみだ》で濡れた目をフリーダがあげる。言葉にならない想《おも》いをこめて、力《ちから》一杯《いっぱい》抱きしめると、小さな手で抱きしめ返された。

エリンツィアがナターリエをここまで送り届けてくれた竜妃《りゅうひ》の騎士《きし》たちに向き直る。

「ご苦労だったな、ジークにカミラ」

「いえいえ。名誉《めいよ》な役割だったわよ、皇女さまの護衛なんてね」

「竜に乗るよりはな。馬だからな」

「それで、ジルはどうした。ローは？」

低くなったエリンツィアの言葉は軍人のものだ。邪魔《じゃま》をしてはいけないと、フリーダとふたり黙って会話を聞く。

「ローちゃんはジルちゃんがつれてったわ。ラーデアに向かって飛んでった」

「やはり竜の王の命令ならば飛んでくれるか。こっちはまだ竜が逃げ回って困ってる」

「隊長に追いつくのは無理だな。そういや、フェアラート軍の動きが気になったんだが」

身長の高い、大剣《たいけん》を使うジークのほうは、ヴィッセルがつれてきた軍を帝国《ていこく》軍とは呼びたくないらしくフェアラート軍と呼ぶ。

「帝国軍の潜伏《せんぷく》場所をさがしもせず、まっすぐ南下してったぞ。どういうことだ」

「それは、ラーデアに向かったからですよ」

柔《やわ》らかい声に、その場の全員が振り返った。

「おかえりなさいませ、ナターリエ様」

まるで臣下のような言い方だ。呼びかけられたナターリエは立ちあがり、淑女《しゅくじょ》の礼をする。

「……ただいま戻《もど》りました、ヴィッセル皇太子殿下」

「ヴィッセルでかまいません。兄でも皇太子でも、皇女殿下にはご不満のはずだ。だからこそ人質《ひとじち》になってまで、私の邪魔をしたかったのでしょうし」

印象的には優《やさ》しそうな異母兄《いぼけい》だが、その目は底冷えするように冷ややかだ。

「だが皇帝陛下の邪魔をするというなら話は別です。以後、お気をつけください」

ナターリエの横にいたフリーダが、うしろに隠《かく》れてしまう。嘆息《たんそく》したエリンツィアが、ナターリエたちの前に出た。

「ヴィッセル。お前の出した軍がラーデアに向かったというのは、どういうことだ」

「ああ。ラーデアの蜂起《ほうき》に間に合わせるために出兵させました。ハディスの迎えも必要でしょう。竜が使えないとなると、進軍にもいつも以上に時間がかかるので、早めの行動です」

「……備えは必要だが、まだラーデアが蜂起するとは限らないだろう」

苦い顔のエリンツィアに、ヴィッセルが嘲笑《ちょうしょう》を浮《う》かべる。

「相変わらず甘い御方《おかた》だ。ラーデアは蜂起しますよ、必ずね」

「なぜ言い切れる」

「あなたが仕込んだからよ、そうでしょう」

思わず口を挟《はさ》んだナターリエにもヴィッセルは眉《まゆ》ひとつ動かさず、笑顔《えがお》で答える。

「違《ちが》いますよ。これは叔父上《おじうえ》の策です」

思いがけない答えに惚《ほう》けたナターリエたちの顔が面白《おもしろ》かったのか、ヴィッセルが小馬鹿《こばか》にするような笑みを浮かべた。

「ゲオルグ様は、自分がハディスに討《う》たれてしまったときのために帝国兵に命令を出していたんですよ。ラーデアに集まっている帝国兵はそれに従って動いているんです」

「そんな……馬鹿な」

「ではなぜ、帝国兵がお行儀《ぎょうぎ》良くラーデアに集結できたと思うんです？　あらかじめ指示が出ていなければ不可能だ」

ヴィッセルの言うことは、筋が通っている。

「な……なんて、おじさまは、めいれい……したの……？」

そっとフリーダがナターリエのうしろから顔を出して、尋《たず》ねた。ヴィッセルはどうでもよさそうに答えた。

「さあ、私はゲオルグ様に最後、とばされたので。ですが想像はつきますよ。あの方が守ろうとしたものと、ラーデアでの帝国兵たちの行動から考えれば」

「叔父様が守ろうとしたものですって？」

眉をひそめたナターリエを、ヴィッセルが嘲笑した。

「ご自覚がないとはゲオルグ様も報《むく》われない！　あなた方がいるこの国でしょう」

ナターリエはフリーダと一緒《いっしょ》に息を呑《の》む。エリンツィアが両の拳《こぶし》を握った。

「ゲオルグ様は、ラーヴェ皇族を僭称《せんしょう》するあなた方のために、この腐《くさ》りきったラーヴェ帝国を守ろうとしたんです。クレイトス王国とハディスからね」

嘲笑から一転、無表情でヴィッセルが告げる。

「自分が負けたあとのことも当然、考えていたはずです。もちろん、作戦とも呼べないお粗末《そまつ》なものでしょうが、その遺志に従って帝国兵は動いている。忠義に厚いことだ」

「じゃあ、ラーデアにいる帝国兵は何をしてるんだ。ラーヴェ皇族を守るためなら帝都にいなければならないだろう」

「知りませんよ、そんなこと」

興味がないのか、雑にヴィッセルは答える。だが、エリンツィアは食い下がった。

「お前になら想像がつくだろう。ラーデアで帝国兵は何をしているのかも」

面倒《めんどう》そうに眉根をよせたヴィッセルが口を動かす。

「……そうですね。竜妃の神器でも守ってるんでしょう、クレイトスに渡《わた》すまいと」

ぽかんとしたエリンツィアに理由を尋ねられる前に、ヴィッセルが続ける。

「ラーデアで叔父上の補佐《ほさ》をしていた輩《やから》がクレイトスと通じているという噂《うわさ》が前々からありました。自分が負けたあと、そいつがハディスの処罰《しょばつ》を恐《おそ》れてクレイトスにおもねる可能性は高いとみていたはずです。竜妃の神器は格好の手土産《てみやげ》でしょう」

「そ……それが本当なら帝国軍がやっていることは反乱ではないだろう！　それをお前」

「勝手にラーデアに集結し、占拠《せんきょ》し、武器を取り、クレイトスと戦おうとしている。こちらの命令はきかない。放《ほう》っておけば彼らはラーデアで自治権を要求するか、軍事政権でも樹立させるでしょう。クレイトスと戦うためと謳《うた》ってね。反乱と大差ありませんよ、そんなもの」

「そうかもしれないが、国を守るつもりなら和解できるはずだ！」

「彼らが忠義を向けているのは叔父上だ。ハディスではない」

エリンツィアが批判を呑みこんだ。誰《だれ》も、声をあげられない。

「そもそも彼らにとってハディスは自分たちの主君を討った怨敵《おんてき》です。和解などあり得ないですよ。そして叔父上から散々聞かされているはずです。一度でもハディスに刃向《はむ》かった軍を、私が許すはずがないとね。だから帝都には残らなかった。そんな程度の輩たちです」

「……お前と叔父上は、仲良くやっているものだとばかり……だから叔父上は、自分の娘《むすめ》とお前の婚約《こんやく》を決めたんじゃなかったのか」

呆然《ぼうぜん》としているエリンツィアの感想は、皆《みな》も同じだった。だがヴィッセルは笑い飛ばす。

「ああ、確かに会ったこともなければ興味もない私の婚約者殿《どの》は、叔父上の娘ですね。馬鹿馬鹿しい。ただ、私はハディスのためにフェアラート公の力が欲しかったし、叔父上はハディスを押さえこむため私を取りこみたがってましたから、利害が一致《いっち》していただけですよ」

ナターリエの手をぎゅっとフリーダが握《にぎ》った。なんとも言えない顔でエリンツィアが静かにヴィッセルに尋ねる。

「……ハディスは知っているのか。帝国軍がラーデアに集まった理由を」

「話してありますよ」

当然とばかりに言い放ったヴィッセルに、エリンツィアがほっとした顔になる。

「そうか。……だからハディスは、帝都を出たんだな」

珍《めずら》しくヴィッセルが返事に詰《つ》まった。そこへ、城の奥から兵が駆《か》けてくる。

「ヴィッセル皇太子殿下《でんか》！　ノイトラール公より急使の竜が参りました、ラーデアにクレイトスからの客人が到着《とうちゃく》したそうです！　蜂起はまもなくかと！」

ヴィッセルは動揺《どうよう》も見せず、冷静に尋ね返す。

「そうか。既《すで》に出した兵がラーデアに到着するまでは？」

「途中《とちゅう》、ノイトラール公に竜をお借りして、半日もあれば」

「ノイトラールからきた竜は飛べるのか」

「はっ！　我々が近づくと逃《に》げようとしますが、ノイトラールからの乗り手が乗る分には問題ないようです」

「わかった。では私も出てあちらに合流する。――ということです、エリンツィア様、ナターリエ様、フリーダ様」

ヴィッセルがそれぞれの皇女の顔を見つめて、低い声で告げる。

「これ以上、ハディスの敵を増やすような真似《まね》はお控《ひか》え頂きたい」

「私はハディスの味方だ」

言い返したエリンツィアに、ヴィッセルは鼻を鳴らした。

「言葉だけではないことを願いますよ、お優しいエリンツィア様。では失礼します」

静かに踵《きびす》を返して、ヴィッセルが城の中へと入っていく。エリンツィアが嘆息した。

「……私の弟たちの中でも格別に厄介《やっかい》だな、あの子は」

「おい、あの皇太子を弟扱《あつか》いするのか。敵だろう、どう見ても」

「そうは言い切れない。あの子は——」

「あいつも幼女趣味《しゅみ》の皇帝も、叔父様にも誰にも守ってもらえなかったのね」

ナターリエは初めて気づいたことをそのまま口にする。皆が黙《だま》りこんだ。

クレイトス王国とハディスから、ラーヴェ帝国とナターリエたちを守るために、叔父は命令を遺《のこ》した。その中に、ヴィッセルとハディスのふたりは入っていない。あのふたりの得体の知れなさや性格の悪さを考慮《こうりょ》すれば当然かもしれない。けれど、最初にあのふたりを敵視したのは、きっと自分たちのほう——自分の親たちだろう。

「結果だけみたら、あいつは皇帝の敵を潰《つぶ》して回ってるだけだもの」

ただし、一切《いっさい》の容赦《ようしゃ》はせずに。ナターリエの言葉に、エリンツィアが視線をさげる。

「そうだ、ナターリエ。ヴィッセルはな、やり方はともかくハディスの味方なんだよ。私たちよりも、はるかに昔から」

文句を言おうとしていた竜妃《りゅうひ》の騎士《きし》たちも黙ってしまう。

「でも……皇帝《こうてい》はラーデアにいる帝国兵を一方的に処分するつもりはないんじゃないの？　だからひとりで帝都に向かったんじゃ……」

ナターリエの疑問に、エリンツィアが頷《うなず》く。

「おそらくは。ハディスは変わったからな。だが、ヴィッセルはそれを認めない。……あの子はずいぶん、ここで苦労したからな。ハディスがくる前も、きたあとも」

周囲は味方の顔をした敵ばかり。隙《すき》を見せればすぐ裏切られる。そんな中で皇帝の冠《かんむり》を戴《いただ》いた弟と、皇太子になった兄。そこにはどんな会話が、葛藤《かっとう》が、絆《きずな》があったのか、ナターリエたちには知りようもない。――けれど。

「だからって、放っておいちゃだめよ」

ナターリエの言葉に、エリンツィアが顔をあげた。

誰も信じられない。頼《たよ》れない。自分しか。その感覚はナターリエにもわかる。ナターリエも庇護《ひご》を失った皇女だからだ。もしフリーダやエリンツィアが気にかけてくれなかったら、同じようになっていたかもしれない。

そう思うと、なんだか腹が立ってきた。

「エリンツィアお姉様、ラーデアに向かって」

「そうしたいのは山々だが、私までここを離《はな》れてしまってはお前たちが」

「大丈夫《だいじょうぶ》よ。ね、フリーダ」

顔を出したフリーダがこくりと頷いた。

「大丈夫……ジルおねえさまから、お守り、かしてもらったの……」

「おいそれって、まさか今持ってるハディスぐ――」

「見ないふりしなさいよジーク！　アタシたちは何も見てないわ！」

何やら騒《さわ》がしい竜妃の騎士たちは放っておいて、ナターリエはエリンツィアを見あげる。

「兄弟喧嘩《げんか》を始められるほうがよっぽど迷惑《めいわく》よ。お互《たが》い譲《ゆず》らない馬鹿《ばか》兄たちでしょ」

「……それはそうだが。私の言うことなどあの子たちが聞くかどうか」

「なら殴《なぐ》ってでも止めるのよ。エリンツィア姉様は一番上なんだから、鉄拳《てっけん》制裁よ」

誰にでも優《やさ》しくて情け深い異母《いぼ》姉《し》は、実は強いのだ。少なくともヴィッセルとリステアードあたりは本気を出せばのされるだろう。

過激な異母妹《いぼまい》の発言に、エリンツィアはまばたいたあとで、自分の手を握ったり開いたりしながら見つめる。

「そうか……そうだな。私にたりないのはそれかな」

「そうよ。私たちの分までやっちゃって」

その手を握ると、エリンツィアが笑い返してくれた。

「わかった。……だが、ハディスの命令で竜が飛んでくれないんだ。これでは動けない」

「下位竜まで伝わる命令なら、そんなに複雑なものじゃないはずよ。下位竜は地名を覚えるとか複雑なことができないもの。ラーデアに飛ぶな、なんて命令はできないはず。しかもノイトラールからきた竜が飛んでくれるなら何か穴が……ねえ、竜たちはどんな様子なの？」

エリンツィアが目をぱちぱちさせながら答える。

「そうだな。竜騎士団の竜は乗ろうとすると舎から逃げ出してしまう」

「たとえば城下町の、商人が使う荷運びの竜なんかはどう？」

「飛ぶ。ただし、竜騎士団や帝国兵を見ると逃げてしまってな……」

「なら、乗せる人間を兵かそうでないかで判別してるんだわ。でもどうやって見分けて……」

ナターリエと一緒《いっしょ》に考えこんでいた竜妃の騎士のひとり、カミラがふと顔をあげた。

「……ノイトラールからの急使って、竜騎士よねぇ？」

「ああ、まずそうだろうな。一晩中飛べる竜もそれを扱う人間もそういない」

「なら軍服で見分けてるんじゃない？　ノイトラールの竜騎士は帝国軍と軍服が違《ちが》うから、同じ兵でも違うとみなして飛んでくれた」

「それだと私や君たちまで逃げられるのはおかしい。私たちは帝国兵の軍服を着ていない。ヴィッセルが連れてきた兵たちも、制服の支給が間に合ってない者も多い」

　エリンツィアの指摘《してき》にナターリエも同意する。軍服といってもサイズの違いや階級によっては細かい違いがある。そんな細かい部分まで下位竜は覚えられない。

（でも、いい線をいってるはず）

　ナターリエはエリンツィアと竜妃の騎士だというふたりの格好を見比べる。見つけるのは違いではない。共通点だ。そう考えて、はっとした。

「……わかった、腕章《わんしょう》！　帝国軍の紋章《もんしょう》よ！」

　軍旗にも使われている、竜の意匠《いしょう》だ。臨時的にその意匠が入った腕章を、エリンツィアもジークもカミラも左腕《ひだりうで》につけている。制服を支給されていないヴィッセルに連れてこられた兵たちも同じものをつけている。

「下位竜だって形くらいなら覚えるわ。その意匠を身につけた人間を乗せて飛ぶな。そう命令されているとすれば……」

「腕章をはずせば飛ぶ。——ためしてみよう。行くぞ、カミラ、ジーク」

「え、アタシたちもなの⁉　まだ飛べないわよ無理よ、見たでしょこないだの無様な姿！」

「実地訓練だ！　飛ばないと死ぬと思えば飛べる！」

「本気で言ってんのか⁉」

「ラーデアに竜妃の騎士がいないと格好もつかないだろう！」

問答無用でエリンツィアがジークとカミラの襟首《えりくび》をつかんで引っ立てていく。行動すると決めたらこの異母姉は早いのだ。だがふと足を止めた。

「ありがとう、ナターリエ。フリーダ。いってくるよ。あとはまかせた」

振《ふ》り向いた異母姉に、フリーダと顔を見合わせてから、笑顔《えがお》を返す。

「いってらっしゃい。まかせて」

「みんなで……帰ってきてね」

「もちろんだ」

頼《たの》もしい返事と一緒に、わめくふたりを連れて姉は城の奥に姿を消した。ふうっと嘆息《たんそく》してから、ナターリエは自分のひどい格好を思い出す。

「やだ、湯浴《ゆあ》みして着替《きが》えなきゃ示しがつかないわ。皇女なのに」

「ナターリエおねえさま……何かいいこと、あった？」

手をつないだフリーダが小さく尋《たず》ねる。

「いいことなんてあるわけないじゃない。ひどい目にあったわよ。でも――少しだけ、自信ができたわ。私も皇女、ちゃんとできるみたい」

大きな目をまん丸にしてから、フリーダが口元をほころばせる。

「……うん。おねえさまは、素敵《すてき》だもの……」

「ありがと。なら、できることをやらなきゃね。戻《もど》ってきた竜妃殿下とお茶会ができるように今から根回しをしないと」

わかりやすくフリーダがぱっと顔を輝《かがや》かせて、こくこくと頷いた。

「そういえばお守りってなんなの？」

「あの、あのね……くまさんのぬいぐるみと、鶏《にわとり》さんなの……」

「何よそれ？　あの竜妃、ほんとにわけわかんないわね」

だから、助けてやらないといけない。竜妃も、兄たちもだ。

小さな妹の手を引いて、ナターリエは少し胸を張って歩き出した。


「帝国兵は精鋭《せいえい》ぞろいだと聞いていたのだが、こうもあっけなく神殿《しんでん》が落ちるとは」

規則正しく石造りの廊下《ろうか》を歩きながら、男はつぶやいた。

小さな神殿だった。手入れこそされているが、造りも華美《かび》ではない。いくつもの石柱が高い天井《てんじょう》を支えているが、それだけである。なんでも、普段《ふだん》は司祭や巫女《みこ》はおろか警備も配置されていないのだとか。となると、兵がいただけましではあったのだろう。

今はごろごろと転がる帝国兵の死体と血が、粗末な床《ゆか》を彩《いろど》っている。

「ええ、ルーファス様。この日のために私めが準備を進めて参りましたので」

うしろからついてくる猫背《ねこぜ》の男が粘《ねば》ついた口調で答える。名前は覚えていない。確か、ラーデア大公の補佐官《ほさかん》だ。竜妃《りゅうひ》の神器と引き換《か》えにクレイトス王国に亡命を願った売国奴《ばいこくど》。

（ああ嫌《いや》だ、醜《みにく》いな）

殺してしまおう。そう決めた瞬間《しゅんかん》に、右腕を動かした。にやついた笑みを貼《は》り付けた顔が半分、綺麗《きれい》に切れて転がる。

突然《とつぜん》絶命した案内人に、つれてきた兵たちは動揺《どうよう》もしない。気まぐれなルーファスの気質をよくわかっているのだ。ただ、必要なことだけを尋ねてくる。

「×印をつけたラーデアの軍旗を掲《かか》げました。あとはいかがなさいますか」

「もちろん、竜妃ちゃんを待つに決まっている。僕は彼女に会いにきたんだ。まあ竜帝《りゅうてい》くんでもかまわないがね。一度は会ってみたいと思っていたし」

「帝国軍は皇太子が牛耳《ぎゅうじ》っているとの情報が入っております。くるでしょうか」

「なぁに、待つのに飽《あ》きたら帰るさ。外形はラーヴェ帝国の内乱にしているし、優秀《ゆうしゅう》な息子《むすこ》も怒《おこ》りはしないだろう。ああ、雑魚《ざこ》の処分はまかせたよ」

死体を一瞥《いちべつ》すらせず、祭壇《さいだん》に辿《たど》り着いた男は、説教台らしきものに腰《こし》をおろして微笑《ほほえ》む。

「そもそもあの子だっていけない。竜妃なんてものを内緒《ないしょ》にするなんて」

「本物でしょうか」

「だから、それを確かめにきたんだよ。まあ最悪、ここで開戦してしまってもいい。息子は大変だろうが、いつだって父親の尻拭《しりぬぐ》いをするのは息子の仕事だ」

かつて自分がそうだったように。

笑う男に、フードをかぶった魔術士《まじゅつし》たちが跪《ひざまず》く。

「あなたのお心のままに、ルーファス・デア・クレイトス国王陛下」

「今はお忍《しの》びだ。気軽に南国王と呼んでくれ」

長い脚《あし》を組み、金の前髪《まえがみ》を指ではらって天井を見あげる。

ここは理《ことわり》と空の竜神ラーヴェの治める国。

その空から奪《うば》った色の衣装《いしょう》をまとい、男はにっと笑った。

第五章 パン屋のラーデア攻略作戦

ラーデアに辿り着いた初日に、パン屋の求人が見つかったのは幸いだった。帝国兵という食い扶持《ぶち》が増えたせいで、自由都市ラーデアは食料関係の需要《じゅよう》と求人が倍増していたのだ。そのおかげで、腰のまがったおばあさんがひとりでやっている昔ながらの小さなパン屋に、ハディスは雇《やと》ってもらえた。ハディスが出したパンを食べて、即座《そくざ》に採用してくれたのだ。家に住みこんで働けばいいという好待遇《こうたいぐう》である。

クレイトスから街を――竜妃の神器を守るためやってきたという帝国兵たちは人気者だったが、拠点《きょてん》の城に毎日大量の食料が運びこまれるようになり、街では食料が不足しがちだった。引退寸前で目も悪くなってきたおばあさんは、なら自分が稼働率《かどうりつ》をあげれば街のひとがパンを食べられると考えたらしい。そういう優《やさ》しい気持ちで雇ってくれたおばあさんは、ハディスを信頼《しんらい》して仕事をまかせてくれた。ハディスちゃんのパンはおいしいねえと、そう笑ってくれたのが嬉《うれ》しかったので、頑張《がんば》った。

二日目、焼いたパンを持って行商してまわると「ものすごい美形が売っているパン」と評判になり、四日目あたりから行商せずとも店の前に列ができはじめた。連日の売り上げにおばあさんはぽかんとして、半分持っておいきとハディスにわけてくれた。

軍からお声がかかったのは五日目だ。おばあさんはハディスちゃんのパンは軍のひとだって食べたいだろうと快く送り出してくれた。ハディスはレシピを残し他《ほか》の人を雇うよう手はずをととのえて、せっせと焼いたパンを三百人分ほど抱《かか》えて帝国軍がいる城に入った。

「意外と早くこられたね」

のんびりつぶやくハディスの中で、ラーヴェが呆《あき》れている。

(皇帝としてくれれば初日でここにこれたと思うぞ)

「それは牢屋《ろうや》へのご案内じゃないかな」

(わかってんなら慎重《しんちょう》にな。ひとりでしゃべる変な奴《やつ》になるなよ)

だったら話しかけるな。そう胸の内で返して、ハディスは兵のひとりに案内されて城内を進む。広場では何人かの兵が訓練をしたり、談笑《だんしょう》をしていた。なごやかな光景だ。それを横目になぜか裏庭につれていかれて、荷車に乗せられた。首をかしげるハディスに、同じ荷車に乗った兵士が教えてくれる。

「竜妃の神殿に運んでほしいんだ。あっちは詰《つ》めっぱなしの奴も多くてな。うまいもん食わせてやりたいって将軍の意向なんだよ」

「将軍……ええと、確か、サウス将軍?」

厳《いか》つい体格の軍人の顔をぼんやり思い出す。彼が帝国兵たちをまとめていることは街の噂《うわさ》で聞いている。年齢《ねんれい》は四十すぎ、軍人のわりには紳士《しんし》的で、女性に人気があるらしい。

「そうだ。あの御方《おかた》がいる限り、ラーデアが落ちるなんてことはないから、心配するな」

「先代ラーデア公の命令できてくださったんだって？　ありがてぇ話だ」

「ゲオルグ様がいなくなった今、あの補佐官殿《どの》は何をしでかすかわからないからなぁ」

頼《たよ》りにしてますと、ハディスと同じ荷馬車に乗った街の住人が笑う。

「近々またクレイトスと喧嘩《けんか》したいわけじゃないが、あの補佐官殿のクレイトスびいきは目に余る」

「クレイトスからお客さんがくるって話だ。まったくあんな補佐官を放置して、帝都のお偉《えら》いさんは何をやってるんだかな……」

「なんでも皇帝が幼女趣味《しゅみ》で、十一歳の子どもにこの領地をまかせようとしてるんだと」

それは最悪だ、ならこのままがいいなと荷台に乗った面々が笑い合う。

街の人々は帝国兵が竜妃の神器を守るためにやってきたのだと信じているので、サウス将軍たちに好意的だ。

(困ったなあ。ほんとにクレイトスが攻《せ》めてきて竜妃の神器を守っても、この状況《じょうきょう》じゃ処分するしかないんだよね……勝手にやったことだし、資金も出所は盗《ぬす》み出した国庫のだろうし)

だが処分すれば、街の雰囲気《ふんいき》から察するに帝室に非難が殺到《さっとう》するだろう。もう面倒《めんどう》だから全部反乱者にして処分してしまおう、というヴィッセルの案が合理的に思えてしまう。

でもジルはそういうのは喜ばない。

「妻帯者ってつらい……」

「ついたぞ、あまりきょろきょろするなよ。間者かと疑われるぞ」

兵の警告に頷《うなず》き返し、神殿の中へ入る。詰めている帝国兵はそう多くないはずだが、そもそも小さな神殿なので、ずいぶん厳重な警備に見えた。警備対象の竜妃の神器は、魔術で厳重に封印《ふういん》されており、取り出すことはおろか運び出すことも不可能だ。在り処を誤魔化《ごまか》せない以上、守る人間を増やすしかないのだろう。

今まで放置されてきたのは、竜妃の神器が女神《めがみ》クレイトスでも気安く手が出せないほど厳重に封印されていることと、そもそも竜妃が現れなければ顕現《けんげん》もしない特殊《とくしゅ》なものだからだ。その竜妃も言葉だけの地位ではない。竜帝の妻、竜神ラーヴェが祝福を与《あた》えた花嫁《はなよめ》。百年に一度現れればいいほうで、本当に竜妃の神器なんてものが存在するのか、疑っている者も多い。

かく言うハディスもちょっと疑っている。

(あるっつうの！　少なくとも三百年前にはあった！)

竜神から叱咤《しった》が飛んだ。周囲に人が多いので、ハディスはこっそり胸の内で言い返す。

(三百年前とかあてにならなさすぎる。しかもお前、その辺の記憶《きおく》が曖昧《あいまい》なんだろう？)

(しょーがねえだろ、神格落としたし……俺は女神と違《ちが》って竜帝っていう器《うつわ》がいないと眠《ねむ》っちまうから、眠ってる間のことは竜に聞くしかねえし……)

(神格を落とした理由も詳細《しょうさい》も覚えてられない竜神ってどうかと思う)

(それが理なんだよ文句なら女神に言え、俺が神格を落とす原因は大体あれだ！)

(で、どうなんだ。竜妃の神器は顕現してそうか？)

神殿《しんでん》の奥を見つめて、ハディスは確認《かくにん》する。どこか天剣《てんけん》に似た気配を感じながら。

(ある。金の指輪は嬢《じょう》ちゃんから消えてても、神器は顕現はしてるな)

だが、金の指輪すなわちジルの魔力が戻《もど》るまで、神器は使えないかもしれない。かといって悪《わる》女神も神である。竜妃の神器は天剣から作ったもの、神の武器だ。あの性《しょう》クレイトスに奪われてしまうと困る。奪われたら、何に使ってくるかわかったものではない。

それに、竜妃の神器を持ち帰らせれば、結婚《けっこん》式ができなくても周囲はジルを名実ともに竜妃と認めざるを得ない。天剣を持つハディスを、竜帝《りゅうてい》であると認めたように。

（もちろん結婚式はやるけど！　婚約のお披露目《ひろめ》もしたいな）

「おい、今すぐ神殿をあけろ！　クレイトスからの客人をお招きする準備だ！」

ハディスの幸せいっぱいな妄想《もうそう》を、甲高《かんだか》い男の罵声《ばせい》が破いてしまった。目を細めてハディスは声のする方向を見る。いかにも貴族らしい風体《ふうてい》の男が、戸惑《とまど》う兵を突《つ》き飛ばし、杖《ステッキ》で叩《たた》いて追い払《はら》う仕草をする。そのうしろから追いかけてきた顔に、ハディスは見覚えがあった。

精悍《せいかん》な顔をした壮年《そうねん》の兵士――サウス将軍だ。

「補佐官《ほさかん》殿、そういうわけにはまいりません。クレイトスの人間を神殿に招くなど！」

「馬鹿《ばか》を言うな。あちらのたっての希望なんだ、まさか追い返せとでも言うのか？　しかもあちら側は護衛を含め二十人程度しかいないと聞いている、何も問題はない」

「クレイトスは魔術大国です。ひとりの高位魔術士が大隊を潰《つぶ》すこともあります」

「ならば余計に怒《おこ》らせるなという話だろうが！　戦時中ならまだしも、クレイトスは今は敵国ではないのだぞ。丁重《ていちょう》におもてなしし、気分良くお帰り頂くのが外交というものだ。まったく政治のわからぬ馬鹿共が」

「ですが、ゲオルグ様の予想ではクレイトス王国がラーデアにある竜妃《りゅうひ》の神器を狙《ねら》っており」

「何がゲオルグ様だ。あれは反逆者だぞ、反逆者！」

サウスが押し黙《だま》った。しんとした周囲に補佐官と呼ばれた貴族が鼻を鳴らす。

「お前ら、まさか自分たちがお尋《たず》ね者《もの》だということを忘れたわけではないだろうな。誰《だれ》のおかげでラーデアにいられると思っている」

「……我々《われわれ》を内密に受け入れてくださった補佐官殿には、感謝しております」

「そうだ、それを忘れるなよ。私がいなくなれば、ここは帝国軍に攻めこまれるぞ。わかったらとっとと引き揚《あ》げろ」

下卑《げび》た笑《え》みで命じる相手に、サウスが背筋を伸《の》ばした。

「それは承服できません」

「なんだと！」

「我々は帝国軍です、国を守る責務がございます！」

「何が帝国軍だ、逆賊風情《ぎゃくぞくふぜい》が！」

憤《いきどお》った補佐官が持っていた杖を振《ふ》りかぶって、サウスを殴《なぐ》った。周囲の兵が助けに入ろうとしたが、微動《びどう》だにせずサウスは右手でそれを制する。

「なんと言われても譲《ゆず》れません。ゲオルグ様の最後のご命令です」

「なら皇帝陛下にでも陳情《ちんじょう》してみたらどうだ！　聞き入れてはもらえんだろうがな、帝都では既《すで》にヴィッセル皇太子がお前らのお仲間を追い出し、新しい帝国軍を編制してるんだぞ！」

「──っそれでも、我々は……いえ、我々だけでも」

「何を夢見ている！　もうどこにもお前らの行き場など」

「はいはい、ちょっと待って待って」

振り下ろされた杖をつかみ、サウスと補佐官の間にハディスはわって入った。頬《ほお》を腫《は》らしたサウスがまばたき、補佐官がぎょっと目をむく。

「な、なんだお前、突然《とつぜん》！」

「僕は街のパン屋さんなんだけどね」

「パ、パ、パン屋？」

動揺《どうよう》している補佐官が不安にならないよう、ハディスは笑顔で頷く。

「どっちにも言い分があるってわかったよ。だから、喧嘩はやめよう？　で、今からでもみんなで皇帝陛下に謝りにいくのはどうかな！」

「は？」

周囲の重なった声に、ハディスは人差し指を立てて解説する。

「皇帝陛下だってラーデアは守りたいはずだよ。竜妃の神器もあるし、なんと言っても皇帝陛下は竜妃が大好きだから！　あ、知ってる？　今代の竜妃ってまだ十一歳なんだけどすごく可《か》愛《わい》くてすごくかっこいいんだよ！」

「……」

「竜妃のためにラーデアを守ります、竜帝に忠誠を誓《ちか》いますって跪《ひざまず》けば、皇帝陛下だってまあまあ処遇《しょぐう》を考えてくれる。むしろ跪かれたら皇帝はときめくと思うな！」

なかなかの良案だ。満面の笑みで、ハディスは呆然《ぼうぜん》と聞いている周囲に提案する。

「ってことで、みんなで今から皇帝陛下に謝りに行こう！　それで万事《ばんじ》解決！　どう⁉」

しんと間があいたあとで、ひくひく唇《くちびる》をわななかせた補佐官が怒《ど》鳴《な》った。

「こ、このパン屋をつまみだせぇ！」

「は——はっ！」

急いで敬礼した兵たちに、ぽいっと神殿から放《ほう》り出されてしまうまでおよそ数秒。

ハディスはその場で三角座りして、うなだれる。

「なんでだろう……皇帝の僕じゃなくパン屋の僕なら話を聞いてくれると思ったのに……」

背後からひょっこりラーヴェが顔を出した。

「本気で言ってんのか、この馬鹿皇帝」

「だってジルはおいしいパンを食べたら僕のお願いきいてくれる！　パンが口に合わなかったのかな⁉」

「まだ食べてねーだろ。そもそもそういう問題じゃねーんだよ」

「おい、パン屋！」

神殿の入り口から聞こえた声に、ハディスは三角座りをやめて振り返る。走ってきたのはサウス将軍だった。ひゅっと心得たようにラーヴェが体の中に消える。

「パンの代金だ。まだ渡《わた》していないと聞いてたな」

「あ、わざわざどうも……」

「それと、助けられた礼を言っていなかった。ありがとう。情けないことだな、将軍がパン屋に助けられるとは。まあ、相手はお貴族様なんだが」

立ちあがったハディスに代金の入った袋《ふくろ》を渡し、目をまぶしそうに細めて笑う。

「街で老若男女《ろうにゃくなんにょ》色めき立つわけだ、その顔。だが、いいのは顔だけではないな。実は追いかけている間にパンを食べた。うまくてあっという間だったぞ、いい腕前《うでまえ》だ」

「なら、皇帝に謝る気になったりしない？」

「……面白《おもしろ》いパン屋だな。我々が反逆者だと理解しているわけだ。だが我々は正義を――」

「街のひとを騙《だま》すの、よくないよ」

突かれると痛いところだったのだろう。サウスが黙ってしまった。

街の住民はラーデア大公だったゲオルグが残した命令は、帝国に承認されたものだと信じている。逆賊になったサウスたちが勝手にやっていることだとは夢にも思っていない。街を守ってくれているのだから、余計に疑わないだろう。

「本当に戦闘《せんとう》が始まったら、避難《ひなん》命令はどうするの。ラーデア住民の受け入れ先をちゃんと用意できる？　それとも巻きこむつもり？」

「――レールザッツ公とノイトラール公が隣《となり》だ。なんとかしてくださるだろう。それにクレイトスはまだしも、ヴィッセル皇太子も住民を見捨てるまではなさるまい」

「……どうあっても、皇帝陛下に跪きたくない？」

「当然だ。我々は生半可な覚悟《かくご》でゲオルグ様についたのではない」

「どうしてそこまで?」

少しだけサウスは黙りこんでから、口を動かした。

「私はゲオルグ様がお若い頃《ころ》、戦《いくさ》で助けられた。ここ二十年ほどはおとなしいが、昔は植民地での小競《こ》り合《ぜ》いも多かったからな。戦災で行き場を失ったところを拾われた奴《やつ》も多い」

「君たちにとって命の恩人ってこと?」

「そうだ。皆《みな》、命なり人生なり、ゲオルグ様に救われた。そしてゲオルグ様は命を預けるにふさわしい方だった。ラーヴェ帝国を守るという志に、幾度《いくど》心をうたれたことか。……かの御方《おかた》がラーヴェ皇族ではなかったなどと、信じたくない。だから竜帝に跪くことができない。我々が竜帝に膝《ひざ》をついたときこそ、ゲオルグ様の敗北が決定的になる気がするんだ」

眉《まゆ》をひそめたハディスに、サウスが笑う。

「わからんか。そうだな、意地みたいな話だ。だが我々は幸せだ。命を預けてもいい背中に出会え、果たすべき命令がまだある。帝都に残った帝国軍のほうこそ、不幸だろう」

「君たちのやってることが、ラーヴェ帝国を混乱させているとしても?」

「我々にとってラーヴェ帝国とは、ゲオルグ様だったのだ。……ゲオルグ様のもうひとつの遺《ゆい》言《ごん》を果たせないとわかって、気づいたよ。ゲオルグ様が、我々の祖国だった」

どう返していいかわからないハディスの背中を、サウスが押す。

「うまいパンだった。よかったら明日もまた持ってきてくれ」

笑顔で見送られたハディスは、ひとりごちる。

「難しいなあ……っていうか面倒《めんどう》」

「面倒って言うな、頑張《がんば》れ」

いつもひょっこり顔を出して言うだけの竜神は気楽でいい。

サウスはお愛想《あいそ》ではなく本気で言っていたらしく、その翌日もハディスは呼ばれて神殿《しんでん》にパンを運んだ。発言内容はともかく、将軍をかばったのが兵たちの好感度をあげたらしい。パン屋と呼ばれながら、ハディスは兵たちと顔見知りになっていった。

「なんかおかしな関係になってんぞー。まだ皇帝《こうてい》ってばれてないのもどうなんだ……」

「皇帝のときはほとんど無視されてたしねー」

「笑顔で言うな俺のほうがつらい。……で、お前どうするのこの状況《じょうきょう》？」

どうしようか。ラーヴェの質問に、ハディスは考えこんでしまう。

もう今日明日にでもジルが追いついてくる頃合《ころあ》いになっていた。サウス将軍たちが神器の引き渡しを拒《こば》んで小競り合いは起こるかもしれないが、ジルなら問題なく勝つし被害《ひがい》も最小限ですむ。ジルがラーデアの反乱を止め、竜妃の神器を手に入れれば、ハディスの目標は達成される。叔父《おじ》に忠誠を誓うサウス将軍が今後どうなろうが正直、知ったことではない。

そう思っていたのだが。

「……皇帝陛下に忠誠を誓えば、助かるかもしれないのに」

「なんだ、またその話か」

ぼそりとつぶやいたハディスに、顔なじみになってきた兵のひとりが笑う。最初は場を凍《こお》り付かせたハディスの発言だが、慣れてきたのか笑い流されるようになっていた。

「いいんだよ、新しい帝国軍はできたんだろ？」

「俺たちはゲオルグ様の命令しかきかないって決めたんだ。サウス将軍と一緒《いっしょ》に」

その返事を聞くたびにハディスは顔をしかめてしまう。なのに兵たちは笑うのだ。

「それより今日もうまいぞ、このパン」

「サウス将軍の分も取っておいてやれ。補佐官殿《ほさかんどの》とクレイトスの客人の接待が終わったら絶対言い出すぞ、今日のパンはどうしたって」

「あれ。結局、神殿にクレイトスの客人がきたの？」

城から神殿へ向かう荷台に乗るのを止められ、今日は城のほうにパンを運んでくれと言われたのはそのせいか。ハディスの確認《かくにん》に苦い顔で兵がうなずく。

「ああ。補佐官殿に押し切られて昨日な。だが、護衛と客人を含《ふく》めてきたのは二十四人。対してここには三千の帝国兵がいる。警戒《けいかい》するほどじゃないさ」

「クレイトスからのお客さんってどんなひとだった？」

「さぁな。でもありゃ貴族だ、いいもん着てたし。ついてきた護衛は全員魔術士《まじゅつし》で──」

爆音《ばくおん》が会話を遮《さえぎ》り、城をゆらした。びりっと全身で感じた魔力に、顔をあげる。

（おい、ハディス。今の魔力、まさか──）

ラーヴェに答えるより先に、周囲が騒《さわ》がしくなった。

「なんだ、地震《じしん》か⁉」

「おい床《ゆか》が、光って」

脅《おび》えた声に、ハディスも目をおろす。床に魔力が奔《はし》り、幾重《いくえ》にも魔法陣《まほうじん》を描《えが》き出した。

(捕縛《ほばく》の魔術か)

瞬間《しゅんかん》、全員が稲妻《いなずま》に打たれたような悲鳴をあげた。一瞬で気絶した者もいる。城全体を覆《おお》う、かなり高度な魔術だ。魔力に耐性《たいせい》のある者だけがなんとか意識を保っているが、足元から体の中に走る魔力の攻撃《こうげき》に全身をしびれさせ動けないでいる。

目を細めたハディスは一歩踏《ふ》み出して、魔法陣を描く光の線を踏んだ。

ばちっと音がして魔法陣がほどけた。同時に悲鳴をあげた人物がいる。この術をかけた魔術士だ。術を弾《はじ》き返された衝撃《しょうげき》だろう。

すぐさまハディスはそばの兵の剣《けん》を拝借して床を蹴《け》り、魔術士の胸を刺《さ》し抜《ぬ》いた。同時に逃《に》げ出した別の魔術士の頭に剣を投擲《とうてき》し、絶命させる。

「パ……パン屋、お前……」

「クレイトスからの襲撃《しゅうげき》だ」

ハディスの断言に、皆が息を呑《の》む。刺し殺した魔術士の血を踏み、近くの兵に尋《たず》ねた。

「神殿に向かわず城に残ったクレイトスの魔術士はどれくらいいる？」

「こ、こいつと、さっきの奴くらいで……ほ、ほとんどは神殿だ」

「サウス将軍も神殿だったたな。ついてこられる者はついてこい。何人かは救護に残れ。まずは現状を把握《はあく》する」

命令して歩き出したハディスに、顔を見合わせながらも、わらわらと数名がついてくる。

「あ、あの客人が攻撃してきたのか？　たった二十人程度だぞ⁉」

「クレイトスの魔術士ならひとりで複数相手は当然、精鋭《せいえい》の高位魔術士なら大隊を潰《つぶ》せるくらいの魔力は持ってるよ。サウス将軍だってそう言ってただろう」

「おい、あれ！」

外に出ると神殿の方角から煙《けむり》があがっているのが見えた。それだけではない。

軍旗だ。サウス将軍が持ちこんだのか、そもそもあったものか――ラーヴェ帝国軍を示す黒地に、竜《りゅう》の意匠《いしょう》を深紅《しんく》の糸で縫《ぬ》いこんだもの。

それを否定するように大きくバツ印をつけた軍旗が、神殿の上に掲《かか》げられている。

「な、なんでクレイトスの軍旗じゃないんだ⁉」

「クレイトスからきているのは客人だ。軍じゃない」

ハディスの答えに、泣き出しそうな顔をした兵が唸《うな》る。

「お、俺たちがラーデアで蜂起《ほうき》したように、見せかけるためか……！」

「どうするんだ、このままだと帝都から帝国軍が反乱を鎮圧《ちんあつ》しにくるぞ！　実際はクレイトスに攻《せ》められているのに……っ！」

上空に浮《う》かび上がった魔法陣が、兵の混乱も騒ぎも無慈悲《むじひ》に遮った。先ほどの魔術を思い出したのか、全員の動きが止まる。

「な、なんだあれ」

「ま、また魔術か。まさか、街を攻撃──」

「ラーヴェ、くるぞ！」

答えより先にハディスの手に天剣が現れた。地面を蹴り、天剣を横にして突《つ》き出す。

大量の魔力の光線が断続的に降り注ぐ。一撃一撃は大したものではないが、範囲《はんい》が広い。

すり抜けた攻撃が街のどこかに落ちた。舌打ちしたハディスは結界の範囲を広げる。

『ハディス、こりゃただの脅《おど》しだ、魔力を使いすぎるな！』

わかっている。だがこの一手を押さえられるかどうかは今後の士気にかかわる。

多少魔力を食うが、魔法陣を壊《こわ》したほうが早いかもしれない。そう思ったとき、突然《とつぜん》攻撃が止まった。魔法陣が標的を見つけたように模様を変える。

(対空魔術に切り替《か》わった？)

眉をひそめたハディスの眼前で、魔法陣が街の外へ向けて攻撃を始めた。そのまま何かを追うようにして攻撃が外へ向けられる。

『ローの気配がする』

ハディスの手の中で天剣の形を保ったままラーヴェが教えた。ハディスは口元だけで笑う。

「ってことは、僕の可愛《かわい》いお嫁《よめ》さんがきてくれた？」

『さあな。今、他竜への指示でパニック起こしてるぞあいつ。話しかけるなって』

「他《ほか》の竜もつれてきたのか。さすが僕のお嫁さん」

だが簡単に感動の再会とはいかないようだ。動揺《どうよう》と恐怖《きょうふ》と不安の入り交じった街に、ハディスは再び足をおろす。

「だ、大丈夫《だいじょうぶ》かパン屋……お、お前、魔力があるんだな……？」

空からおりてきたハディスに、おろおろしながら顔なじみの兵が声をかける。ハディスは魔力の輝《かがや》きを失っていく魔法陣を見つめながら、頷《うなず》いた。

「うん、ちょっとだけね。さっき街のどこかに攻撃が落ちただろう。助けに行ってあげて」

「わ、わかった。おい、何人かついてこい！」

「な、なあパン屋。あの魔法陣は、何を攻撃してるんだ。外に何かいるのか？」

「対空魔術で街の外にいる竜を攻撃してるみたいだ。薄《うす》くなってきてるし、そのうちあの魔術は消えるだろう。でも、また新しい魔術を組んでくるだろうね」

そんな、と悲鳴じみた声が次々にあがる。

「あんなもので攻撃されたらひとたまりもないぞ！」

「でもあんな大がかりな魔術は相当魔力を消耗《しょうもう》する。あの魔術を組んだ魔術士は数日はまともに動けなくなると思うよ」

ジルやハディスのように規格外な魔力量を持っているのなら別だろうが、ひとりで魔術を維《い》持《じ》するにも魔力量という限界がある。

「クレイトスからきたのは二十四人だっけ？　城でふたり、この魔術が消えれば三人。ということはあと二十一人だ」

「あ、あと二十一人って、お前」

「大丈夫、物量で押せば対応できる」

ひとりを除いては、という言葉をひそかにハディスは呑みこんで笑ってみせる。さっきの神《しん》殿《でん》の爆発を起こした魔力、あれだけは桁違《けたちが》いだった。だが、ただでさえ突然の襲撃と魔術を目《ま》の当たりにして尻込《しりご》みしている兵たちに、余計なことを教えて脅えさせても意味がない。

「それより、サウス将軍と合流しよう。魔術士戦はとにかく魔力を消費させるか、懐《ふところ》に入りこむよう動くのが基本だ。きちんと作戦を立てて行動すれば勝機は十分――」

『神殿ハ、我々《われわれ》ガ占拠《せんきょ》シタ！』

甲高《かんだか》い声がハディスの声を遮った。

「こ、今度はなんだよ！」

「鳥だ、鳥がしゃべってる！　これもクレイトスの魔術か⁉」

『投降セヨ、投降セヨ！　猶予《ゆうよ》ハコレヨリ二十四時間！』

木の上の小鳥が、塀《へい》に並んだ鳩《はと》が、小屋の中の鶏《にわとり》が、街中で一言一句同じように叫《さけ》ぶ。

『武器ヲ捨テ投降セヨ、帝国兵！　サウス将軍ハ捕ラエタ！』

『二十四時間以内ニ投降セヌ場合、街ヲ焼ク！　住民モ全《すべ》テ殺ス！』

大きな動揺が兵たちの間に走った。城門から続く大通りでも、住民が騒ぎ始めている。

『投降セヨ、逆賊《ぎゃくぞく》ドモ！　オ前達ハ袋《ふくろ》ノ鼠《ねずみ》ダ！　助ケモコナイ！』

『街カラハ出ラレナイ！　投降セネバ全滅《ぜんめつ》！　ヒヒヒヒヒヒ』

不気味な笑い声を最後に、鳥たちの首から上が吹《ふ》き飛んだ。甲高い悲鳴があがり、子どもたちが泣き出す。兵たちの動揺も混乱も止まらない。

「サ、サウス将軍が、捕《と》らえられた……?」

「たす、助けに行かないと！　救出作戦を、まず」

「どうやってだよ！　ま、街の住民の避難《ひなん》のほうが先じゃないのか⁉」

「無理だよ、外に出られない。ほら、新しい魔術が組まれた」

ハディスが促《うなが》すと、その先を見た兵たちが悲痛な顔をする。上空の魔法陣は消えたが、今度は街を取り囲む透明《とうめい》にゆがむ膜《まく》が見えた。魔力でできた壁《かべ》だ。それに向かってハディスは拾った小石を投げてみる。ばちっと音がして、小石が炭になって崩《くず》れ落ちた。

街から出ようとすればどうなるか、ためしたい人間はいないだろう。

（ずいぶん手慣れたやり方だな。混乱と疑心暗鬼《ぎしんあんき》を煽《あお》ってる）

このままでは住民が兵たちに武器を向けるか、サウス将軍の不在で統率《とうそつ》を失った兵たちが住民を虐殺《ぎゃくさつ》する流れだ。しかも、竜妃《りゅうひ》の神器がある神殿が占拠されてしまった。

「に、二十四時間以内に俺たちが投降しないと、街がさっきみたいな攻撃で……⁉」

「どうするんだよ、サウス将軍もいないのに！　このままじゃ――」

「静かにしろ‼」

怒鳴《どな》ったハディスに、周囲が静まり返った。嘆息《たんそく》して、ハディスは振《ふ》り返り、全員を見渡《みわた》す。

「まずは住民を城の地下に避難させろ。あるいは家の地下室に詰《つ》めこめ。上空からの魔術の攻《こう》撃《げき》に耐《た》えられる。次は戦力の把握だ、動ける兵を全員、城に集めろ。あと武器も」

「だ、だけ、だけどパン屋、お前……」

「ぐだぐだ言っている時間があるのか、猶予は二十四時間。それも敵が本当に待つかどうかわからないんだぞ」

「サ、サウス将軍もいないのに、勝手に」

「自分たちで竜妃の神器をクレイトスから守ると豪語《ごうご》したのは、嘘《うそ》か」

冷たいハディスのひとことに、兵たちがそろって息を呑む。

「結局ゲオルグもサウスもお前たちも、口先ばかりだな」

兵たちの目に、表情に、反射的な怒《いか》りが浮かんだ。反抗《はんこう》する元気はあるらしい。

結構なことだ。嘆息してハディスは腰《こし》に手を当てた。

「何をうろたえてる。竜妃の神殿を取り返して、あの軍旗をおろさせればいいだけだよ。帝都《ていと》からきた軍に逆賊として処分される前にね」

「わ、わかっているように言うがな、パン屋！　それがどれだけ……！」

「しかも助けだって近くにいる」

対空魔術《まじゅつ》を外に向けてあれだけ撃《う》ったのは、竜で飛んでくる集団があったからだ。

「それとも、命を惜《お》しんで投降するか？　サウス将軍だってまだ生きてるだろうに。まあ、このままじゃクレイトスの計画どおり、反乱軍の首謀者《しゅぼうしゃ》にされて終わるだろうけど」

「そ、そんなことはさせない！」

「ああそう。じゃあさっさとその命を有効に使うことに時間と頭を使え。——お前らの大嫌《だいきら》いな皇帝に、馬鹿《ばか》だと笑って処分されたくはないんだろう？」

笑うハディスに挑《いど》むように、兵たちが表情を引き締《し》めた。やるぞ、という声がどこからともなくあがる。

やけくそもまじっているだろうが、このまま士気を維持しなければならない。ハディスもまだ魔力が半分しか回復していない状態で、この街と竜妃の神器を守らねばならないのだ。

(僕はジルを竜妃にする。僕の手で)

なのにジルがくる前に、街も神器もクレイトスに蹂躙《じゅうりん》されたなんて洒落《しゃれ》にならない。

「なら、伝令を誰《だれ》かやってほしいんだけど。外にいる助けと連携《れんけい》がとれたほうがいい」

「パ、パン屋……さっきから言う、外にいる助けってなんなんだ」

「竜妃か、リステアード第二皇子じゃない？　たぶんだけど」

ざわっとざわめきが広がった。顔なじみの兵が慌《あわ》てたように言う。

「ど、どどど、どういうことだ？」

「確認《かくにん》が先。ただ、あの魔術の壁に僕の魔力を同調させて外に出すことができても、出たあとも攻撃してくるかもしれない。わかりやすく言うと伝令は死ぬかも」

「は!?」

「僕が一応守るけど絶対は保証できない。で、誰から死んでくれる？」

にっこり笑ったハディスに、引きつった顔で兵たちが唾《つば》を飲みこむ。それを見てハディスは表情を消し、舌打ちした。

「使えない連中だな。ならいい、足手まといになる前にここで死ね。いっそ僕が殺す」

「お、俺がやります！」

「いえ、俺にやらせてください！」

次々挙がった手に、ハディスは肩《かた》をすくめた。やるなら早くやる気を出してほしい。

さてどう使っていこうか。考えこむハディスに横からそっと顔なじみの兵が声をかけた。

「パ、パン屋……さ、さっきから気になってたんだけど、その剣《けん》って、どこから出てき――ましたか？」

そういえば天剣を出しっぱなしだった。気づいたハディスは、空とぼける。

「さあ。どこかで拾ったんじゃないかな」

『なんだとハディスてめぇ！　ここは竜帝だって名乗り出るところだろ！』

「僕はただのパン屋さんだよ」

薄く笑ったハディスに身震《みぶる》いした顔なじみの兵は、そうかとぎこちなく頷き返した。

　ラーデアから少し離《はな》れた村にリステアードは竜をおろした。金目の赤竜――ブリュンヒルデを見た村の人間は好意的で、村にある煉瓦《れんが》造りの建物をひとつ貸してもらうことができた。兵たちも村の住民もラーデアを気にしているが、今は休憩《きゅうけい》が先だと言い聞かせて休ませている。

そんな中、大きめのテーブルと椅子《いす》があるだけの粗末《そまつ》な部屋で、ジルはリステアードからクレイトス王国の書状に目を通し、互《たが》いの情報をすり合わせていた。ハディスがパン屋になるとラーデアに向かった話を聞いたリステアードは一瞬《いっしゅん》気を失ったが、リステアードが帝都から出たあとの動きをしっかり説明してくれた。それをジルはまとめてみる。

「つまりこういうことですか。ラーデアを観光したいという貴人の護衛のクレイトス軍がレールザッツ領にいたのは事実。そしてレールザッツ公がラーデア領に大量の食料や武器を売りさばいていたのも事実」

「そうだ。ただ、僕のお祖父様《じいさま》――レールザッツ公は、ラーデアの内部情報をさぐるために商人を通じて情報を仕入れていた。すると、ラーデアでは確かにサウス将軍率いる帝国軍が集結していたが、クレイトスから竜妃の神器を守るためにきたと住民が口をそろえて言っていることがわかった。しかも、本当にクレイトスから軍らしきものが我が領にやってきている」

これはどうなっているのか。三公のひとりであるリステアードの祖父、レールザッツ公は不用意に刺激《しげき》してはならぬと判断し、詳細《しょうさい》がわかるまで帝都への報告を控《ひか》えた。それを同じようにラーデアを注視していたノイトラール公があやしんだ。そういう流れらしい。

「しかもノイトラール公にはラーデアの補佐官《ほさかん》から内密に陳情《ちんじょう》があった。街をサウス将軍らに乗っ取られたが、レールザッツ公がそれを支援《しえん》していて自分は身動きがとれないと。まあこの補佐官は風見鶏《かざみどり》で有名で普通《ふつう》なら誰も耳を貸さないのだが、ノイトラール公はエリンツィア姉上と気質が似ていて人がよくてな……」

困っているようだし、ひとまず帝都に報告しておこう。そういう判断でヴィッセルに話がいき、リステアードが帝都で囚《とら》われることになった。

「僕が念のため説明にいったら、驚《おどろ》いておられた。僕やレールザッツ公への疑いを晴らすため協力を約束してくださったよ。狡猾《こうかつ》で有名なレールザッツの動きを把握《はあく》しているあたり直感の鋭《するど》さはさすがなんだが、伝統的にノイトラール公爵家《こうしゃくけ》は立ち回りが下手《へた》で下手で……」

「でも一昨日《おととい》になって突然《とつぜん》、レールザッツ領からクレイトス軍が引き揚《あ》げた。この書状で」

机のうえにある書状に、ジルはもう一度目を落とす。机をはさんで向かい合っているリステアードが、溜《た》め息まじりに頷《うなず》いた。

「クレイトスの国璽《こくじ》が押されているので偽造《ぎぞう》の可能性は限りなく低いが、一応、君に確認したい。王太子の筆跡《ひっせき》かどうかわかるか？」

「署名はそうだと思います。書状の文面はロレンスですね」

どちらも見覚えのある筆跡に、ジルは端的《たんてき》に答える。書状の内容は簡単だ。

――ラーヴェ帝国レールザッツ公爵領に滞在《たいざい》しているクレイトス軍は、即時《そくじ》帰国せよ。また王太子ジェラルド・デア・クレイトスの責において、書状到着《とうちゃく》時の不在者を置いての帰国を不問とする。

「不在者って、ラーデアに観光に行ったっていう貴人のことですよね」

「おそらくは。しかも我々宛《あて》にはこうきている」

下に重なった二枚目の書状をリステアードは引っ張り出す。

──クレイトス軍が出航して以後、ラーヴェ帝国ラーデア大公領内で起こる騒《さわ》ぎとクレイトス王国とは一切《いっさい》無関係である。関係者の処分はすべて、竜帝ハディス・テオス・ラーヴェ皇帝陛下と竜妃《りゅうひ》ジル・サーヴェル嬢《じょう》に一任する。

「……これを読んだからリステアード殿下《でんか》は、置いていかれた貴人──クレイトスからの客人が何かするのだと思ってラーデアにきたんですね」

「そうだ。どう見てもこれは招かれざる客人がラーデアで何かたくらんでいるぞ、という警告だろう。しかしそうか、これを書いたのはあのときの従者か……先回りで手を打たれた」

偽帝騒乱《ぎていそうらん》のとき、リステアードはロレンスと共に行動している。だから、一兎《いっと》を追うと見せかけて五兎くらい狙《ねら》うロレンスの性格をわかっているのだろう。ジルも頷いた。

「おそらくラーデアで反乱を起こしこちらの国力を削《そ》ぐ作戦があったんでしょうが、それを見破られると看過して、客人を切り捨てる方向にしたんでしょうね。てっきり竜妃の神器を狙ってくると思ってましたが……諦《あきら》めたんでしょうか」

「何か裏があるんだろう。内容からして完全にこちらを挑発《ちょうはつ》しにきている」

「え？　そこまでですか？」

眉《まゆ》をひそめたリステアードが、二枚目の書状の一点を指した。

「気づかないのか。竜妃として、君の名前があるだろう」

「あ、はい……」

「クレイトス王国が君を竜妃と認めた。ラーヴェ帝国はこれを無視できない」

へ、とジルは間抜《まぬ》けな声をあげてしまった。

「君が竜妃だと、クレイトス王国は認める。そういう意味だ」

「え……じゃ、じゃあわたし……ちゃんと竜妃になれますか⁉」

「竜妃になれるもなにも、君は竜妃だ！　ハディスが選び、竜神ラーヴェが祝福したときから

そう決まっている！　たとえクレイトス出身であろうともだ！」

珍《めずら》しくリステアードが声を荒《あら》らげた。忌々《いまいま》しげに書状をにらみ、指でこんこんと叩《たた》く。

「それを横から、まるでクレイトスが認めてやるとでも言いたげに！　何様だ⁉」

「あ、なるほど……そういう解釈《かいしゃく》に……」

「いいか、奴《やつ》らの承認など関係ないと言うためにも竜妃の神器が必要だ！　それを持つ者が竜妃であることはラーヴェ帝国では当然なのだからな」

クレイトスに認められて竜妃が誕生しましたという形では、ラーヴェ帝国として格好がつかないということだ。

「つまり、ラーデアの件はラーヴェ帝国が片づけないとだめってことですよね……」

「そうだ。万が一にも竜妃の神器がなくなったりしてみろ。クレイトスから竜妃を賜《たまわ》ったような格好になる！」

政治にうといジルだが、国の面子《メンツ》に関《かか》わることだとは理解できた。同時に、がっくり両肩が落ちる。

「ロレンスはそれも見越《みこ》してですよね、これ」

「だろうな。ラーヴェ帝国で竜妃が現れたと言いたいなら、面倒事《めんどうごと》はこっちで片づけろ。もし片づけられなかったら、竜妃はクレイトス王国から賜ったんだと笑ってやる。そういうあからさまな嫌《いや》がらせだ！」

さすが、相手の嫌がることを率先《そっせん》してやるのが信条のロレンスである。

「でも、やるべきことがわかりやすくていいです。ラーデアを取り戻《もど》しましょう。この書状のことをヴィッセル殿下が知ったら、どう出るかもわかりません」

「そうだな。クレイトスから竜妃を賜るのかと煽《あお》って君を排除《はいじょ》しようとしかねない。まったく内も外も……！」

「何より、この流れでラーデアにいる彼らを反乱軍として処分するのは忍《しの》びないです」

ジルの言葉に、肩を怒《いか》らせていたリステアードが深呼吸をして頷く。

「まんまと利用されているしな。……ハディスがどう判断するかはわからんが」

「陛下なら、きっと話せばわかってくれます」

「だが、状況《じょうきょう》によってはヴィッセルのやり方ですませる展開もあり得る。……ヴィッセルはいつもハディスに利をもたらすんだ。だからハディスもヴィッセルを信じている。あの警戒心《けいかいしん》の強いハディスが、ヴィッセルだけは疑わない」

悔《くや》しさを嚙《か》みしめるような口調で、リステアードが視線をさげた。

「あのふたりにしかわからない、何かがあるんだろう。僕にはわからない、何かが」

「リステアード殿下……」

「……どうせ、ろくでもないことだろうがな」

ジルを心配させまいと軽く笑ってみせるリステアードに、ジルも少し視線をさげた。脳裏《のうり》に浮《う》かぶのはハディスの何がわかると、問いかけるあの目。周囲を糾弾《きゅうだん》するあの声色《こわいろ》。

――そう、認めたくないが、ヴィッセルは未来のハディスに少し似ている。

「わたしもリステアード殿下のおっしゃることは、なんとなくわかります。でも、知ってますか？　陛下はよくリステアード殿下の話をするんですよ」

「想像はつく。どうせ文句ばかりだろう」

「はい。今日は兄上がこうしたああした、ひどいうるさい、それはもういっぱい。つい最近まで、陛下はご兄弟の話なんてひとことも口にしなかったのに」

リステアードが少し瞳《ひとみ》を見開いた。

「リステアード殿下は陛下にとって、ちゃんとお兄さんのひとりです。ヴィッセル殿下と変わりませんよ」

何やら眉間《みけん》にしわをよせて苦悩《くのう》したあと、大袈裟《おおげさ》にリステアードは嘆息《たんそく》した。

「あれと僕を一緒《いっしょ》にするとはな。まあ、しかたないか」

「そうですよ。陛下はしかたないひとです。パン屋になるってラーデアに行っちゃうようなひとなんですから」

あれにはヴィッセルも呆然《ぼうぜん》としていた。リステアードがどっと疲《つか》れた顔になる。

「まったくだ、あの馬鹿《ばか》……どうしてそうなった」

「でも、陛下は変わりました。ひょっとしたらラーデアの兵を助けて――」

「リステアード殿下、竜妃殿下！　ラーデアから伝令の兵が到着しました！」

ジルとリステアードは同時に椅子《いす》を蹴《け》って立ちあがる。先にリステアードが声をあげた。

「本物か⁉」

「竜妃殿下がつれてきた帝国兵に確認致《かくにんいた》しました！　サウス将軍配下の元帝国兵で間違《まちが》いないとのことです。それに、あの――パン屋の伝令とも言っておりまして……」

本物だ。リステアードが、机に突《つ》っ伏《ぷ》して唸《うな》る。

「あ、あの馬鹿はまさか、ラーデアで本当にパン屋をしてたのか……⁉」

「でも、陛下ですよ！　今すぐ通せ！　話を聞く！」

叫《さけ》んだジルに兵が敬礼を返す。

――そして伝令から伝えられた内容と作戦に、ジルとリステアードはふたりして机に突っ伏す羽目になった。


「じゃあ作戦をもう一度確認するよ」

クレイトス側が提示した猶予《ゆうよ》の二十四時間まで、あと十時間。準備をすべて整えたハディスは、日付が変わった頃合《ころあ》いに闇《やみ》に紛《まぎ》れて集まった兵たちを見回した。

「作戦開始は今から約三時間後。街へ向かってくる竜を撃《う》ち落とすため、あの魔術《まじゅつ》の壁《かべ》が攻撃《こうげき》を開始する。それを合図に、まず神殿《しんでん》に突入《とつにゅう》。小さな神殿だからね、進路と退路はちゃんと頭に叩きこんで。隊は四つ。まず、第一部隊は君たちの大事なサウス将軍を助けにいく」

ハディスは全員の前で二本目の指を立てる。

「第二部隊は、城と街を守る。最初は外に気を取られてるだろうけど、神殿が攻《せ》められたことに気づいたら街に攻撃をしかけてくるだろう。魔術で攻撃されても慌《あわ》てず、物陰《ものかげ》に隠《かく》れてやりすごすこと！　住民は地下に避難《ひなん》させてるから、街への破壊《はかい》は止める必要はない」

優先すべきは人命だ。反論はない。

「対魔術士についてもおさらいしよう。あっちは必ずどこかに隠れて、広範囲《こうはんい》の攻撃をしかけてくる。囲まれたら負けるからだ。だから攻撃されてる間は冷静に、連携《れんけい》を密に、魔術士をさがすことに徹《てっ》する。忘れちゃいけないのは、魔術士はまず単独では動かないってこと」

クレイトスの軍人魔術士ならそう動く。今回のお客様は貴人だ。護衛でも、正規の軍に近い訓練を受けているだろう。現に城に捕縛《ほばく》魔術が仕掛《しか》けられたときも、ふたりいた。

「今回の人数から考えると二人一組で動いてると思う。街を囲んでいる魔術も維持《いじ》している奴とそいつを守るなり補佐《ほさ》するなりしている奴がいるはずだ。ひとり見つけたからってすぐ飛び出さない。そして見つけたら全員で一斉《いっせい》に殴《なぐ》る！　とにかくひるまず殴る！　数ではこっちが勝ってるんだから位置を把握《はあく》してたたみかければ必ず勝てる」

知略もへったくれもない物量作戦である。しまらないと思いつつ、三本目の指を立てた。

「第三部隊は後方支援《しえん》。魔力の壁が消えたら住民の避難誘導《ゆうどう》もね。外から助けがきたらそっちの指示に従って。ああ、第一部隊はサウス将軍が動けそうならサウス将軍に従ってね」

そして、最後の四本目の指を立てた。

「最後に、第四部隊。いちばん死ぬ確率が高い、ゴミ掃除《そうじ》の部隊だ」

兵たちは反論も動揺《どうよう》も見せなくなっていた。どうも腹を据《す》えたらしい。いいことだ。おかげで街の住民も暴れ出さずにすんでいる。

「僕と一緒に神殿にいる大将を叩いて、あのふざけた軍旗を蹴《け》倒《たお》す。それだけだよ、簡単な仕事だろう？」

威勢《いせい》のいい返事がそろって返ってきた。不敵に笑って、ハディスは周囲を見回す。

「いいお返事だ。じゃあ頑張《がんば》ろうか。君たちは国を守る素敵《すてき》な軍人さんだ。せいぜい、かっこよく死ね」

「我々竜騎士《りゅうきし》団はラーデアの街を取り囲む魔術の壁を突破《とっぱ》して住民の救助へ向かう！」

かがり火が焚《た》かれた広場で凜《りん》と声を張り上げたリステアードの前には、彼が作った竜騎士団がそろっている。偽帝騒乱《ぎていそうらん》のときにもハディスの救出作戦に参加してくれた面子《メンツ》だ。お世話になりっぱなしだなと、リステアードの横でジルは小さく思った。

「また、竜妃《りゅうひ》の部隊が神殿に潜入《せんにゅう》できるようにする囮《おとり》役でもある。できるだけ長く飛び回って魔力を消耗《しょうもう》させてやれ！　相手はクレイトスの対空魔術、いい腕試《うでだめ》しだろう。全員、撃ち落とされるなよ！」

「わたしたちは迂回《うかい》して神殿の裏側に回りこみ、竜妃の神器を確保します。ロー、頼《たの》むぞ」

ジルの腕に抱《だ》かれたローがうきゅっと鳴く。

「リステアード殿下《でんか》、危険な任務ですがお願いします」

ジルたちの部隊はロー頼《だの》みの飛行しかできないゆえの役割分担だ。リステアードが鼻を鳴らしてジルを見おろす。

「侮《あなど》らないでもらおう。この戦いでラーヴェ帝国の精鋭《せいえい》竜騎士団は姉上率いるノイトラール竜騎士団ではない、僕の竜騎士団であるとクレイトスに思い知らせてやるさ」

頼もしい宣言に握手《あくしゅ》をかわし、ジルは踵《きびす》を返して村の外に出る。ローに使役《しえき》してもらうのは野生の竜になるので、村の外に呼び出すことになっているのだ。

「あ、あの！」

村をぐるりと囲む石造りの壁を出たところで、声がかかった。伝令として馬を駆《か》ってきたふたりの兵だ。ジルは足を止めて尋《たず》ねた。

「休んでいなくて大丈夫《だいじょうぶ》ですか」

「へ、平気であります。少し馬で駆けた程度ですし……こんな状況《じょうきょう》ではとても休めません」

「我々も、そちらの部隊に加えていただけないでしょうか、竜妃殿《どの》！」

眉《まゆ》をひそめたジルは、ふたりにきちんと向き直る。

「あなたがたは竜帝を認めていない。ということはわたしも竜妃ではないでしょう」

だから竜妃『殿下』ではなく『殿』と呼ぶのだ。ジルの指摘《してき》に兵はぐっと顎《あご》を引いた。

「しかもあなたがたにとって、わたしは仇《かたき》です」

「……」

「わたしたちはサウス将軍を助けに行くのではありません。竜妃の神器を狙《ねら》う輩《やから》を排除《はいじょ》しにいくんです。場合によっては彼を見捨てます」

「――わかっております！ ですが我々《われわれ》の仲間が、まだラーデアにいる。そして戦おうとしています！」

「それと……実はその、パン屋がどうしているのか、気になります！」

ジルは頬《ほお》を引きつらせた。きゅ、と腕の中でローが首をかしげる。

「サウス将軍が囚《とら》われたとき、うろたえる我々をまとめ、助けを呼べと逃《に》がしてくれたのはパン屋です。今もおそらく兵の先頭に立っているでしょう。我々は軍人なのに、一介《いっかい》のパン屋に戦いをまかせたまま逃げることはできません！」

「サウス将軍は大義のために死を覚悟《かくご》しておられました。ですがパン屋は違います。彼に頼《たよ》ったあげく、助けに行きもせず死なせてしまったとあっては……そのときこそ、我々は本当にただの逆賊《ぎゃくぞく》に成り果てます」

「サウス将軍もお怒《いか》りになるでしょう。……大層、気に入ってらしたので。皇帝に跪《ひざまず》けと我々に向かって臆面《おくめん》もなく言う、あのパン屋を」

パン屋と聞くたびに頬が引きつって言葉が出てこない。だがふたりの目は真剣《しんけん》だ。

「我々は竜に乗れます。リステアード殿下の竜騎士にもひけはとりません！」

「竜妃殿の部隊は竜の扱《あつか》いが未熟な者が多い。ですが、我々なら野生の竜であってもまともな動きができます！　必ずお役に立てます！」

実際のところ、迷う場面ではなかった。戦力はひとりでも多くほしい。ハディスもジルも戻《もど》っている魔力は半分程度。それで神殿にいる『貴人』と戦うには心許《こころもと》ないのだ。

「……わかった。ただし！　わたしが指揮官だ。命令違反《いはん》すればわかっているな」

はっと綺麗《きれい》な敬礼をふたりが返す。

「そしてもうひとつ、条件がある。それを受け入れてもらわねば同行は許可できない」

「な、なんでありましょうか」

「実は、そのパン屋は竜帝だ」

鳩《はと》が豆鉄砲《まめでっぽう》を食ったような顔というのはこういうもの、というお手本のような表情をふたりが見せた。気持ちがわかる反面、なぜか笑《え》みが浮《う》かぶ。

そう、彼らがいうパン屋は竜帝。

この国の、皇帝陛下だ。

「それでも助けに行くというなら、ついてこい」

踵を返したジルは、背中で驚愕《きょうがく》の声を聞く。

「な、んっ⁉　ん、パン屋が皇帝⁉　なんで皇帝がパン屋⁉」

「じょ、じょじょじょ冗談《じょうだん》だろ、いやでもなんか天剣っぽいの見た……ような……」

「な、なんで今の今まで気づかないんだよ！　敵の顔だぞ、ゲオルグ様の仇の！」

「いや皇帝がパン屋とか思わないだろ普通《ふつう》！　皇帝のパンってうまいんだな⁉」

「うまかったな、竜帝だからか⁉」

錯乱《さくらん》のあまりなんだか変な会話をしている。でもあのふたりはジルと一緒《いっしょ》にハディスを助けに行く気がした。歩きながらふっとジルは笑う。

「やっぱりかっこいいな、わたしの陛下は」

生まれながらの竜帝。ラーヴェがそういうようなことを言っていたが、正しかった。

「きゅん」

なぜか自慢《じまん》げにローが胸をはる。この子も、生まれながらにして竜の王だ。だから野生の竜が呼んだかとばかりに首をそろえて待っている。

ハディスもローも望んでそう生まれたわけではないだろう。だが、そうなってしまうのだ。

胴《どう》に鞍《くら》をつけられた緑竜に、ローを抱《かか》えたまま飛び乗る。ハディスがジルに与《あた》えた作戦は単純明快だ。竜妃の神器を手にして、あの街をクレイトスの魔の手から救うこと。

――僕は君を竜妃にする。

ハディスはジルに捧《ささ》げた誓《ちか》いを違《たが》えない。

さっきの兵が、何やら顔見知りと話し合って出陣《しゅつじん》の準備を始めている。そのためにどこからともなく、二頭、空から竜が舞《ま》い降りてきた。驚《おどろ》き、心酔《しんすい》するあの眼差《まなざ》しが、ハディスに向く日は近い。

「でも、わたしは怒《おこ》ってるからな。陛下は神器で殴る」

「ぎゅ⁉」

さあ、首を洗って待っていろ、竜帝陛下。

夜空を見あげて、ジルは叫《さけ》ぶ。

「作戦開始！　目標、竜妃の神殿《しんでん》だ！」


爆発音《ばくはつ》が響《ひび》いた。神殿の粗末《そまつ》な寝台《しんだい》から身を起こし、あくびをする。何が起こるか楽しみに待っていたので、着替《きが》えは必要ない。

（外からの攻撃《こうげき》か。異変に気づいたノイトラール公あたりが動いたかな。早い早い）

だが、精鋭《せいえい》と呼ばれるエリンツィア皇女の竜騎士団は帝都。レールザッツ公も、ルーファスが置いてきたクレイトス軍から目を離《はな》すわけにはいかないはずだ。つれてきた魔術士《まじゅつし》と魔術障壁《しょうへき》で十分対応できるだろう。出て行ってもつまらなそうだ。

もう一度寝《ね》るか、とシーツを取り直したそのときだった。

神殿に一応張り巡《めぐ》らせておいた結界が一瞬《いっしゅん》で消し飛ばされた。全身で感知した魔力に、一気に目がさめる。　神殿全体が大きくゆれ、寝台からずり落ちてしまった。

「ルーファス様。奴《やつ》らは戦うことを選んだようです。既《すで》に神殿に兵が入りこんでおりますが、いかがされますか」

「ああ。僕が出よう」

寝室の扉《とびら》をあけた護衛が、フードの下で怪訝《けげん》に思うのが伝わった。

「わからないかい？　さっき、ものすごいのがいただろう」

「……申し訳ございません。私には感知できておらず。結界が破られたのはわかりますが」

「いやいやかまわないよ。相当の相手だ。僕も今の今まで気づかなかったくらいのね」

思えば、城での捕縛《ほばく》魔術が失敗したのも、最初の街への攻撃が阻《はば》まれたのも、さっきの魔力の持ち主かもしれない。腐《くさ》っても帝国《ていこく》兵、それなりに魔術に対応できる兵がいてもおかしくはないので不審《ふしん》に思わなかったのだが、これまで息を潜《ひそ》めていたのだろう。

それが一瞬だけ、存在を示すように力を誇示《こじ》した。こいと誘《さそ》っている。

(きっと傲慢《ごうまん》な男だ。ああ、やっと会えるのか——本物の竜帝《りゅうてい》に)

ルーファスの口元が、にたりとゆがんだ笑みを浮かべた。


最初の一撃で魔術士ふたりを吹《ふ》き飛ばし、地面を揺《ゆ》らして神殿の結界ごと、重厚《じゅうこう》な扉を叩《たた》き壊《こわ》した。雄叫《おたけ》びをあげて第一部隊がサウス将軍が閉じこめられている地下へなだれこみ、ハディスの背後から第四部隊が神殿の中央へと突《つ》っこんでいく。

「全軍、突撃《とつげき》！　まずは魔術士をさがしだせ！」

たとえ魔力がなくともこれだけの人数でどうにかできないなら、帝国軍など名乗らないでもらいたい。その思いをこめて叫んだら、くらりとめまいがした。ふらついたハディスを、顔なじみの兵が慌《あわ》てて支えてくれる。

「だ、大丈夫《だいじょうぶ》ですかパン屋！」

口調と呼称《こしょう》が合ってないな、と思いながらハディスは手を振《ふ》る。

「敬語使わなくていいよ。大丈夫。魔力を使ってるのに寝てないから少しきただけだ」

「ね、寝てない……た、確かに。え、でもこの状況下で寝られるか？」

「寝れない。お前らが無能だから」

つい本音が出た。

「あと食事も消化にいいものじゃなかったし、そういえば薬湯も飲んでない……」

「や……やっぱり休むか⁉」

「僕が休んだら全員死ぬぞ」

ハディスの答えを裏付けるように、壁《かべ》の向こうが爆発した。悲鳴があがり、何人かが瓦礫《がれき》の下になる。舌打ちしたハディスが対応しようと剣を振る前に、誰《だれ》かが叫ぶ。

「見つけたぞ上だ、壁の上と屋根の上！　追え、逃がすな！」

「ひるむな、全員でかかれ！」

「パン屋を信じろ！」

ちゃんと指示をきくのはいいことだが、最後の言葉になんだか拍子抜《ひょうしぬ》けした。そうしているとハディスを支えている兵に、がっしりした体格の兵が声をかける。

「おい、どうされたんだパン屋殿《どの》は。まさか敵の攻撃をうけたのか」

「いや、違《ちが》う。でも疲《つか》れが出てきてるみたいだ。ごめんな。頼《たよ》りっぱなしで」

肩《かた》を支えた兵の言葉に、ぽかんとした。逆側から体格のいい兵もハディスを支える。

「すまん、だがもう少し辛抱《しんぼう》してくれ。今あんたが倒《たお》れたら、士気にかかわる」

「……別に、指示通りにしてればいい。サウス将軍が見つかれば僕はお役御免《やくごめん》だろう」

「かもな。だが、俺たちには今、お前が必要なんだ」

ぱちりとハディスがまばたき返すと、少し視線を泳がせながら兵が言った。

「お前、パン屋にしとくには惜《お》しいな。どうだ、今からでも俺たちにつかないか」

「やめろよ、パン屋は皇帝派だ」

「ああ、そうだったそうだった。なのに反皇帝派の俺らを……お人好《ひとよ》しだなあ、お前」

生まれて初めてそんなこと言われた。そのせいか、言い訳みたいな言葉がこぼれ出る。

「……だって、おばあさんにはお世話になったし」

戦いの気配を悟《さと》ったおばあさんは、ハディスの手を握《にぎ》って心配してくれた。食べておいきとパンをくれた。ハディスはあのパンが好きだ。真似《まね》できない、素朴《そぼく》なあの味。

「街のひとだって、たくさん、心配してくれて……」

すまない、ありがとう、頼《たの》む、お願い。かけられた声がなぜか今になって、神殿の地下から響く爆音と一緒に蘇《よみがえ》る。その音に喰《く》わせていい命ではない。そう思った。

「それに君たちを見捨てたら、きっと僕のお嫁《よめ》さんががっかりする……」

「お前、嫁さんがいるのか！　そりゃあ戻《もど》らなきゃいかんな」

「だ、大丈夫だ。お前は俺の命にかえても無事に帰してやるぞ」

命をかけるのか、自分のために。自分の肩を支えているものをハディスは不思議に思う。

「魔術士十七人目、重傷を負わせました！　残りもすべて所在捕捉《ほそく》、あるいは追跡《ついせき》中です！」

「第四部隊の被害《ひがい》、負傷者七十六名、死者は二十八名！」

自分にかけられた報告に、遅《おく》れてハディスは顔をあげる。

「負傷者はさっさとさがらせろ。戦力はまだたりる」

「はっ」

「サウス将軍を発見したぞ！　無事だ！」

歓声《かんせい》があがった。ハディスは一息ついて、肩を貸してくれたふたりの背をそっと押す。

「じゃあ、僕はここまでだ。第四部隊もサウス将軍の指示に従って街に撤退《てったい》しろ」

「ここまでって、パン屋。お前はどうするんだ」

「厄介《やっかい》なのが残ってる。早く撤退しろ、死ぬぞ」

「パン屋」

かけられた声に、ハディスは振り向く。サウスだった。

一日もたっていないのに、無精髭《ぶしょうひげ》ものびてくたびれた顔になっている。だが、命に別状はなさそうだ。兵に肩を借りているが、自分の足で歩けている。

――ただし、右腕《みぎうで》がない。

「話は聞いた。助けてくれて、礼を言う。私を……兵たちを」

ハディスは答えなかった。ハディスや兵たちの視線の先を追ったサウスが、かつて右腕があったただろう箇所《かしょ》に視線を落とし、苦笑い気味に答える。

「最初、一撃目でな。油断をしていたわけではないんだが、相手が大物だった。五百いた神殿の兵も一瞬で死体になった。あれは――クレイトスの南国王だ」

興奮気味だった空気が一気に静まりかえった。ハディスは顎《あご》で神殿の出口をしゃくる。

「早く手当てしてもらったほうがいい。破傷風にでもなったら命に関《かか》わる」

「南国王と聞いても、驚かないんだな。……どうして我々《われわれ》を助けたんだ。パン屋」

責めるような問い詰《つ》め方にハディスは顔をしかめる。サウスが左手で拳《こぶし》を握り、何かを決意したように顔をあげる。

「お前は、竜帝だろう!!」

「そうだ、君が竜帝だ！」

頭上からまっすぐ、魔力の光がサウス目がけて飛んでくる。

サウスの肩を引いたハディスは、そのまま天剣《てんけん》で攻撃を受け止めた。

あちこちに飛散した魔力が神殿の柱を、壁をつらぬき、天井《てんじょう》が崩落《ほうらく》し始める。兵と一緒《いっしょ》に尻《しり》餅《もち》をついたサウスが唖然《あぜん》とそれを見てつぶやいた。

「て、天剣……」

「逃《に》げろ、早く！」

「なぜ……なぜ助ける、我々を！」

そんなことが今、重要か。舌打ちしたいのをこらえて、ハディスは怒鳴《どな》り返す。

「いちいちうるさいな、ここは僕の国だ！　守って何が悪い!!」

「正しいね、何を壊し何を守るか選べてこそ王だ！」

攻撃《こうげき》の威力《いりょく》があがり、ハディスの目の前で魔力が爆発《ばくはつ》した。直撃は回避《かいひ》したが、どこからか飛んできた破片《はへん》がハディスの頬《ほお》に朱《しゅ》を走らせる。

「パ、パン屋！」

「いいから早く撤退しろと言っている、邪魔《じゃま》――ッ！」

聞き慣れてきた呼び名に言い返す前に、死角から打ちこみがきた。今度は踏《ふ》ん張れず、勢いのまま神殿《しんでん》の壁を突き破り、上空に打ち上げられる。と思ったら、即座《そくざ》に上から一撃がきた。受け止めたが着地はできずに、背中から街の建物の壁にぶつかって、ずり落ちる。

『ハディス。誰か巻きこむのを気にしてたらあいつには負けるぞ』

わかっている。だがまだ街の住民の避難《ひなん》が終わってない。できるだけ周囲に被害を出さず、ジルが竜妃《りゅうひ》の神器を手に入れるまでこちらに引きつけて、倒すのだ。

（ああ、ほんと妻帯者はつらい）

やることが多すぎる。切った口の中の血を吐《は》き出して、ハディスは立ちあがる。

「さっきのはなかなかいい見世物《みせもの》だった。そう、君の玩具《おもちゃ》だよ、この国は」

夜明け前の空に、初めて見る男が浮《う》かんでいた。身なりの整った、壮年《そうねん》の男性だ。気品のある顔立ちは王子様然としていた。胸に手を当てて一礼する様も、優雅《ゆうが》だ。

「初めまして、竜帝《りゅうてい》くん。お会いできて光栄だ。僕のことは知ってるかな？」

「興味がない」

素っ気なく答え、天剣を構える。男はおかしそうに笑い、気障《きざ》っぽく前髪《まえがみ》をかきあげた。

「さすが、本物は言うことが違う。だが冷たくされると悲しいな。お互《たが》い、生まれたときから因縁《いんねん》の仲じゃあないか」

金髪《きんぱつ》の前髪の下にあった黒い瞳《ひとみ》が物騒《ぶっそう》に光る。月光のような金髪に、黒曜石の瞳。クレイトスの王子——兄が必ず持って生まれる色だ。

竜帝の髪《かみ》と瞳を反転させた、女神《めがみ》の守護者。

「仲良くしてくれ。僕は竜帝の代役。君のかわりに女神に尽《つ》くすことを義務づけられた、憐《あわ》れな偽者《にせもの》なんだから」

血のにおいのする風に黒髪をゆらし、金色の目を細めて、ハディスは天剣を振り上げた。

——私と心中する必要はない。

上空で始まった銀色の魔力のぶつかり合いを呆然《ぼうぜん》と見あげながら、サウスはかつて聞いた主君の言葉を思い出していた。

――どんな形であれ、国は残る。私が負けた直後の不安はラーデアだ。竜妃が現れたのが本当ならば、神殿に竜妃の神器が顕現《けんげん》するだろう。私がいなくなった一瞬《いっしゅん》の隙《すき》に、クレイトスが狙《ねら》ってくるやもしれん。噂《うわさ》の竜妃に渡《わた》していいものかどうかもわからんしな。

自分が負けることを当たり前のように話さないでほしかった。でもあのひとはきちんと理解していたからこそ、反旗を翻《ひるがえ》す理由をサウスに打ち明けてくれたのだ。

今のラーヴェ皇族は、ラーヴェ皇族と言えないかもしれないこと。天剣はクレイトスからひそかに入手した偽物であること。

それでも今までとこれからのラーヴェ帝国を守るために、後世に愚者《ぐしゃ》とそしられることも覚悟《かくご》で、ゲオルグ・テオス・ラーヴェは立ちあがった。

祖国を、家族を守る。その一途《いちず》な心に、胸をうたれて自分たちは従った。

あなたこそが我々の竜帝。我々の祖国。そう思って、ついていった。

――もし、私が負け、竜帝が勝って。

だからそんな話は聞きたくなかった。

――もし、あの竜帝をラーヴェ皇帝だと思う日がきたら。守りたいと思う瞬間がきたら。

そんなこと、あり得なかった。

――恥《はじ》を耐《た》え、裏切り者と笑われながら、忠誠を誓《ちか》ってくれ。新しいラーヴェ帝国が、守るべき祖国が、そこにあるのだから。

そんなふうに思う日を、こさせないでくれ。

「サウス将軍……あの、パン屋は……」

本物だと思わせないでくれ。跪《ひざまず》かせないでくれ。

夜明けのように輝《かがや》き、自分たちを守る力がまぶしくて、涙《なみだ》が一筋流れる。

それは敗北であり、追悼《ついとう》であり、希望だ。

「あなたがサウス将軍ですね」

幼い少女の声に、我に返った。振《ふ》り返ったサウスの顔を見て少女は少し驚《おどろ》いた顔をしたが、すぐに表情を引き締《し》める。太陽を思わせる明るい金髪に、紫《むらさき》の凛《りん》とした目。どこから見ても可《か》愛《わい》い少女なのに、隙がひとつもない。

名乗られる前に肌《はだ》で理解する。これが噂の竜妃だ。

「竜妃の神器をいただいていきます。陛下を守るために」

見返すサウスの目にも臆《おく》することはない。むしろ挑《いど》みかけるように尋《たず》ねられる。

「あなたは、どうされますか?」

「どう、とは。……我々は、自分の立場は、わかっているつもりだ」

じっと少女はサウスの顔を見たあとに、突然《とつぜん》、愛らしく笑った。

「わたしの陛下はかっこいいでしょう」

ぽかんとしていると、きゅっと声がして少女の背後から小さな竜が顔を出した。気づいた兵が腰《こし》を抜《ぬ》かす。

「き、金目の、黒竜……!」

「う、嘘《うそ》だろ、なんで竜の王がこんな姿で⁉」

「ロー。ここにいるのか？　わたしは行くけど」

「きゅう」

そうか、と頷《うなず》いて少女は踵《きびす》を返す。慌《あわ》ててサウスは声をかけた。

「お、おい。ここに置いていく気か、危険だ！」

「なら守ってあげてください。その子、飛べないので」

あっさりした返答に、サウスはまたも口をあけて惚《ほう》けてしまう。周囲も同じだ。

なのに振り返りもせず、少女はまっすぐ神殿の奥に向かって駆《か》けていった。

飛べないという仔竜《こりゅう》がぽてぽて近づいてきて、くるんとした大きな目で皆《みな》を見回す。

（なんと、幼い）

あの少女も、きっとあの皇帝も、まだ幼い。守らねば死んでしまう。

なくなった右腕が疼《うず》く。もう軍人としては働けまい。だからここが自分の、最後の最前線になるだろう。

「……ラーヴェ帝国の軍旗はまだあるな。あのふざけた軍旗を倒《たお》すだけではたりない」

皆が心得たように敬礼を返す。足元でうきゅっと金目の黒竜が笑った気がした。

神殿の奥だ。背中でびりびりと感じる戦闘《せんとう》の気配を振り払《はら》って、ジルは走る。不思議と行き先は迷わなかった。金の指輪もないのに、方向がわかる。

ここまでほとんど戦わずにきたジルは体力魔力共に充実《じゅうじつ》している。だが、それでもあれには勝てないとわかった。ハディスが押さえこむだけで精一杯《せいいっぱい》の相手なのだ。

(生半可な武器じゃ一撃で終わる)

祭壇《さいだん》の上に辿《たど》り着く。最奥《さいおう》に翼《つばさ》を広げた竜と剣《けん》を抱《いだ》く、大理石の女性像があった。女性の抱く剣の柄《つか》には、不思議な色をした宝玉がはめこまれている。

(……赤と、青?)

光の当たり具合なのだろうか。混ざり合うのではなく、絡《から》み合ってきらめいている。

血に濡《ぬ》れた赤と、空を写した青。凝縮《ぎょうしゅく》された、魔力のきらめき。

「これだ……!」

左手を伸《の》ばそうとすると、像の前で弾《はじ》き飛ばされた。封印《ふういん》の魔術に拒絶《きょぜつ》されたのだ。金の指輪がないせいだろうか。

指先からじんわり鈍《にぶ》い痛みが広がる。深呼吸して、ジルは像に向き直った。時間がない。

ここを守るだけでは足りないのだ。今、この武器を使えねば、ハディスを助けにいけない。

(無理矢理《むりやり》でも封印を破る!)

再度左手を宝玉に向けて突《つ》き出す。正面から魔力の爆風と反発がきた。

頭の中に直接響《ひび》いた声に、ジルは目を見開いた。

――誰《だれ》ダ。

──誰ダ、誰ダ、オ前ハ。

左手の指先が魔力《まりょく》で焼けていく。痛みに顔をしかめたまま、ジルは怒鳴《どな》り返した。

「わたしは竜妃《りゅうひ》だ！」

一瞬だけ反発が止まった。と思ったら、黒い何かに左手首をつかまれた。

（え）

──竜妃。

──竜妃、竜妃、竜妃！　新シイ竜妃、新シイ贄《にえ》、アノ男ニ愛ヲ思イ知ラセル駒《こま》！

うしろに倒れまいと踏《ふ》ん張っていた足が、前に引きずられる。小さな赤と青の宝玉が、大きくなった気がした。出入り口のようにジルを呑《の》みこもうと、魔力が膨《ふく》れ上がる。

「なん、なんだこれ!?」

──あんな男、愛さなければよかった。

目の前に膨れ上がった黒い絶望に、ジルの視界が染まった。

第六章 竜帝夫婦の幸せ家族計画

少女が泣いている。
花冠《はなかんむり》をかぶった少女が、泣いている。砕《くだ》け散った恋《こい》を前に泣いている。
妃《きさき》の冠を戴《いただ》いた少女が、泣いている。貫《つらぬ》かれた愛の痛みに泣いている。
あなたはだあれ？　またあの男に恋をしたの。凝《こ》りもせず、愛を解さないあの男を。
（そんなことない。陛下は、わたしを好きだって言ってくれた。変わってくれた）
神は変わらない。あなたを愛から逃《に》げる盾《たて》にしかしない。
（違《ちが》う、陛下はわたしを盾にしなかった。だから助けなきゃ、陛下を）
でも金の指輪がない。それでもあの男を守るの。理《ことわり》を守るだけのあの男を。
（指輪なんか関係ない。約束した。ひとりぼっちにしない、わたしがそう決めた）
そう。そうね、愛はそういうものだわ。諦《あきら》められたら、それこそ理。
頑張《がんば》って、新しいわたくし。そしてどうか、あの男の愛を――決シテ、許スナ。
はっと目がさめた。一瞬気を失っていたらしい。
（……なんだ、今の……夢……？）
ジルはこめかみを押さえながら起き上がる。地響《じひび》きと爆音《ばくおん》が響いて、我《われ》に返った。

「どこだ⁉　竜妃の神、器……」

見あげた場所にもう像はなかった。最初から何もなかったように綺麗《きれい》に消え失《う》せている。

そのかわり、知らず握《にぎ》りしめていた手に小さな感触《かんしょく》があった。おそるおそる開いてみる。

赤と青の、小さな宝玉があった。

「……竜妃の、神器……」

綺麗な宝玉だ。それはわかる。ただの綺麗な宝石ではないこともわかる。だがしかし。

「……ど、どうすればいいんだこれ……剣でも槍《やり》でもないなんて、わ、わ、うわっ⁉」

突然、宝玉が光った。ぐにゃりととけるようにして広がり、形を変えていく。剣に、あるいは槍に——ジルが思い浮《う》かべた形のままに。

「す、すごいなこれ⁉　ひょっとしてなんにでもなるのか……さすが竜妃の神器！」

感動したジルは立ちあがり、崩壊《ほうかい》しかかった神殿《しんでん》の屋根の上に飛び乗った。

何かの攻撃《こうげき》が成功したのか、街を覆《おお》っていた薄《うす》い魔術障壁《しょうへき》が半分消し飛んでいる。

「ジルちゃん！」

「カミラ、ジーク⁉」

「つかまれ！」

斑竜《まだらりゅう》にあぶなっかしく乗った部下の手を取ると、宙に浮いた。

「お前たち、どうしてここに。竜に乗れたのか⁉」

「エリンツィア皇女に引きずってこられたあげく、突っこめって命令されたのよ！」

「浮く、落ちる、前に進む、それ以上できないからな！」

「足場になれるんだな、十分だ！」

「そういう発想⁉」

まだ竜が飛びかかって攻撃を引きつけているが、障壁がなくなったところから避難《ひなん》が始まり、救出のための竜がやってきている。そちらに飛んだ攻撃を叩《たた》き落としたハディスが、背後を取られて地面に激突《げきとつ》するのが見えた。それを追う横顔に、ジルは目を細める。

見覚えがあった。書状や魔力の気配から、ただ者ではないと思っていたが。

「クレイトスの南国王か……！」

「おい、それってクレイトスの国王だろ⁉　なんでこんなとこに、軍もなく」

「お前たちは神殿の連中を助けてやれ、ローも残ってる」

ジルの手の中で宝玉が弓に形を変える。金に輝《かがや》く、黄金の弓。

「させるか！」

ハディスにとどめを刺《さ》そうとする不届きな敵目がけて射る。

無数の魔力の矢が、夜明け前の空に降り注いだ。

魔術障壁の攻撃は激しかった。外からの助けがきたら終わることをよくわかっているのだろう。あるいは街の住民を逃がしてはいけないことを、だ。

もともとリステアードは調査の名目で出たので、竜騎士《りゅうきし》の人数は小隊分もない。それで縦横《じゅうおう》無尽《むじん》に空を奔《はし》る魔力の攻撃をかわし続けるのだ。竜騎士の腕《うで》はもちろん、竜が持つ体力や能力が、時間の経過とともに如実《にょじつ》に表れ始めていた。

遠くで竜の悲鳴が響く。あれは緑竜だ。既《すで》に茶竜や斑竜も墜《お》ちている。

「三番、墜ちました！　援護《えんご》に向かいます！」

「墜とされるなよ！」

残っているのは緑竜ばかりだ。いつまでもつか。かく言うリステアードの手綱《たづな》も、汗《あせ》ですべりそうになっている。乗っている愛竜が気遣《きづか》うように鳴いた。

「大丈夫《だいじょうぶ》だ、ブリュンヒルデ。僕とお前さえ残っていれば負けではない！」

今度は近くで悲鳴が響いた。衝撃《しょうげき》で緑竜の上から竜騎士が落ちていく。間の悪いことに、墜ちたその先に攻撃が飛んできている。リステアードのわずかな動きを読んだブリュンヒルデが一直線に飛び、落ちた竜騎士をリステアードの腕が抱《だ》き留めた。

だが、その無防備な横を狙《ねら》って、魔力の光線が一直線に飛んできた。よけられない。

（ブリュンヒルデなら耐《た》えられる！）

金目の赤竜だ、あとはリステアードが耐えるだけ。手綱を握りしめ、衝撃に耐えようとしたとき、その攻撃を焼き払う炎《ほのお》が飛んできた。

隊列を組んで並んで放たれた竜の炎だ。綺麗に面を作ったまま、魔力の攻撃を一掃《いっそう》する。驚《おどろ》いて上空を見あげる。一瞬《いっしゅん》だけ攻撃のやんだ空を、見事な隊列を組んだ竜騎士団が飛んでいった。その先頭にいる姿に、リステアードは驚いた。

「あ、姉上!? なぜ」

「まだまだだな、リステアード。あんな程度の魔術障壁に手こずるとは」

不敵に笑うエリンツィアに、リステアードはつい反論する。

「簡単におっしゃるが、あれはクレイトス本場の対空魔術ですよ」

「だからどうした」

普段《ふだん》は優柔不断《ゆうじゅうふだん》なところもある姉は、戦場でだけは迷わない。

「お前たちは住民の救出へ向かえ。あと少しでヴィッセルの軍が追いついてくる、急げ! ひよっこ竜騎士団にお手本を見せてやる」

ひよっこ。言い返したいが、また魔術障壁が光り始めた。

だがひるむ様子など見せず、むしろ楽しそうにエリンツィアが剣《けん》を引き抜《ぬ》く。

「ノイトラール竜騎士団、いくぞ! 散開、高度をあげろ!」

三日月形に展開した竜が、螺旋《らせん》を描《えが》いて上空へ昇《のぼ》っていく。雲を突《つ》き破るそれを追って障壁の攻撃が上空へあがっていった。そうすると攻撃が自然と太く一本にまとまっていく。

頂点でエリンツィアの赤竜が――ローザがくるりと宙返りをした。と思ったら、急降下を始める。

魔術障壁ぎりぎり、一点集中で魔力を焼く竜の炎が放たれ、半分が吹《ふ》き飛んだ。

数分にもみたない出来事だ。息を呑んでそれを見ていたリステアードは、我に返る。

「──っあとはあちらにまかせろ！　まずは街の住民避難だ！」

「い、いいのですか！　まだ魔術《まじゅつ》障壁は残って──」

「姉上が撃《う》ち落とされれば気分がいいくらいだ！」

リステアードの負け惜しみに、部下たちが苦笑いを浮かべる。知らず唇《くちびる》を噛《か》みしめていたリステアードは、ふっと途中《とちゅう》でほどく。

これからだ。これから、自分たちは、この国は、きっと強くなる──それを約束するように、頭上から美しい黄金の矢が降った。


撃ち合った剣の先で、黒い瞳《ひとみ》の男が笑った。

「ああ、自己紹介《しょうかい》が遅《おく》れた。僕はクレイトスの王様だ。ルーファスっていう。気安くルーファスお兄さんと呼んでくれ。優秀《ゆうしゅう》な息子《むすこ》に隠居《いんきょ》させられてしまってね。まだ三十代なのに隠居生活。ひどいと思わないか？　まぁ鬱屈《うっくつ》した人生だ。このまま終わってもよかったが、なんと竜《りゅう》妃《ひ》が現れたって言うじゃないか！　これは会いにいかねばと参上したわけだ」

おしゃべりな男だ。下から天剣を打ち上げ、ハディスは答える。

「さっきも言った。興味がない」

「なるほど、なるほど。そういうふうに君は考え、話すのか。これでも若い頃《ころ》は色々考えたものでね。何せクレイトス国王の人生とは、すべからく竜帝《りゅうてい》の身代わりだ。竜帝がどんな顔をして、何を考え、笑い、泣き、戦うのか。気になるのも当然じゃあないか！」

天剣によく似た形の剣が振《ふ》り下ろされた。天剣と撃ち合ってもひびひとつ入らない。それどころかつい最近、目にした記憶《きおく》があった。

叔父《おじ》が持ってた偽物《にせもの》の天剣だ。女神《めがみ》の聖槍《せいそう》から作られたそれ。

他《ほか》の誰《だれ》かが持つならまだしもこの男はクレイトスの国王、すなわち女神の夫となった竜帝の代役だ。天剣と同じだけの威力《いりょく》を出すことも不可能ではない。しかもハディスは今、魔力を半分、封《ふう》じられている。

「あの女の勝手な事情だろう。僕の知ったことじゃない」

「一人称《いちにんしょう》は僕！　答え合わせは楽しいな、わざわざ会いにきた甲斐《かい》があった」

「そうか。なら早く帰ってくれないか」

冷たく言うと、にいと唇の両端《りょうたん》を持ちあげて、ルーファスが笑った。

「そうはいかない！　竜妃ちゃんにまだ会っていないからね」

眉《まゆ》をひそめたハディスの前で、ルーファスが唇を舐《な》めた。

「竜妃がいてこそじゃないか。僕たちの戦いは」

「……どういう意味だ」

「ああ、ああ、知らないのか。そうだな、理《ことわり》の竜神は実に合理的だ。都合の悪いことはすぐに忘れるんだったね、理性を保ち続けるために！」

横に払《はら》われた剣に、体勢を崩《くず》す。その瞬間《しゅんかん》、魔力を直接鳩尾《みぞおち》に叩きこまれた。

「僕は憐《あわ》れに思うよ。すべてを覚えたまま堕ちていく、我《われ》らが愛の女神を」

そのままルーファスの魔力が四散した。咄嗟《とっき》に両腕を広げて、結界を張る。

「なるほど、街を守るか。ではご期待どおりに」

にいと笑ったルーファスが大きく剣を振り下ろす。そのままそれは魔力の攻撃《こうげき》に変わった。受け止めきれずに、ハディスは地面に背中から激突する。血を吐《は》いたが、すぐさま起き上がった。起き上がらなければ死ぬ。

案の定、上空からルーファスが追撃にやってきていた。

「さあ本性《ほんしょう》を見せろ、竜帝――！」

ハディスをその黒い目に映していたルーファスが、振り向きざまに剣を振り払った。だがその動きを縫《ぬ》い止めるように、次々矢の攻撃が降ってくる。

「……ラーヴェ」

『ああ。嬢《じょう》ちゃんだ』

竜妃の神器の光だ。ハディスの前に、少女が流星のように舞《ま》い降りた。

「そこまでです、国王陛下――いえ、クレイトスの南国王」

自分に向かってきた魔力の矢をすべて払い落とし、地面におりたルーファスが振り返る。

「僕を知っているのか。そういえばサーヴェル家の姫《ひめ》だったね。なら、君が竜妃ちゃんかな」

「そうだ」

手にした黄金の弓を黄金の剣に変えて、その切っ先を突きつける、小さな背中。

戦女神《いくさめがみ》のように美しいその姿に、ハディスは手を伸《の》ばした。

なんて有り様だ。ハディスを見たジルの感想はそれだった。

立ってはいるが、あちこち裂傷《れっしょう》だらけ。三日三晩寝込《ねこ》むのは間違《まちが》いない。これでは神器で殴《なぐ》ることも、首に縄《なわ》をかけることも、簀《す》巻《ま》きにして吊《つる》すこともできないではないか。

「だめだ、ジル。君じゃ勝てない。さがってて」

しかも何を言うかと思ったら、そんなことを言い出す。

かちんときたジルは、伸ばされた手をつかみ、背負い投げしてやった。

地面にひっくり返ってぱちぱちしているハディスの胸倉《むなぐら》を、ぐいと持ちあげる。

「今、なんて言いました陛下？」

「え、……ええと、いくら神器があっても、勝て、な……っく、苦し、ジル、息が」

「再会して第一声がそれか馬鹿《ばか》夫――――！」

ぎりぎり両手で首を絞《し》めてやる。ぽかんとしているルーファスがうしろにいるのだが、あとまわしだ。おかまいなしにハディスに凄《すご》む。

「他に言うことがあるだろうが!? 勝手に出ていって、パン屋ってなんだ！」

「あ、ごめ、でも、ここは僕にまかせて、ジルは」

「まだ言うか！ ――わたしがどんなに心配したか、知らないで！」

叫《さけ》んだジルにハディスが黙《だま》った。ぐいと目元の汗――汗だ、汗に違いない、自分はそんなに甘くない――を腕《うで》でぬぐって、ジルはルーファスに向き直る。

「わたしの陛下をこんなにしたのは、あなたですね」

「おおむねそうかな。いやあ、小さな女の子だと聞いてたけど本当に子どもだね」

「子どもを相手に戦うのは大人げないでしょう。引く気は？」

「ないね。僕は君に興味津々《きょうみしんしん》なんだ。君は女神の代役。要は僕と同じ立場だ。だが、強くなければお話にならない。金の指輪がない神器では物足りないけれど、お手合わせ願うよ」

言われてジルは自分の左手に一瞬だけ目を落とす。確かに、金の指輪はない。ジルの魔力が戻《もど》っていないからだ。金の指輪が竜妃の証《あかし》である以上、魔力の増減に竜妃の神器の威力が関《かか》わるのは当然の帰結だ。

「とはいえ、サーヴェル家のお姫様だ。少しは楽しませてくれるだろう⁉」

「ジル！　――って！」

懲《こ》りずにジルの前に出ようとしたハディスを、蹴《け》っ飛ばしておいた。邪魔《じゃま》だ。

「わお。なかなかの恐妻《きょうさい》じゃあないか、竜妃ちゃん」

「よそ見をしている暇《ひま》はないぞ！」

黄金の剣を握《にぎ》って振りかぶる。難なくルーファスはそれを受け止め、そのまま流れるようにジルを横に弾《はじ》き飛ばした。体勢を立て直そうとしたジルは背後をとられ、背中に柄《つか》の底を叩《たた》きこまれる。起き上がったハディスが叫ぶ。

「ジル！　やめろ、僕が相手でいいだろう！」

「ふむ。こんなものか？　期待したのだが」

ジルは回転して地面に着地するが、すぐさま上からルーファスの剣撃がきた。重圧で地面が円形に沈《しず》む。両手で下から支える黄金の剣《けん》が、押されていく。

(強い！)

ハディスが押され気味だったときからわかっていたが、想像以上に力量の差があった。

魔力量も、おそらく武器もだ。

「これではがっかりだぞ、竜妃ちゃん。新しいのに替《か》えたほうがいいのでは？」

笑いながらルーファスが上から押してくる。片膝《かたひざ》を突《つ》いたまま、ジルは唸《うな》った。

「あ、たらしいの、だと……っ」

「そう。君を殺せば、竜帝は新しい竜妃をさがすだろう。それが理ってやつさ」

奥歯を嚙みしめたジルは顔をあげる。左手の薬指に指輪は戻らない。魔力が足りない。黄金の光が薄《うす》くなっていく。ルーファスが憐れむように目を細める。

「まさか自分だけは特別だとでも思っていた？　騙《だま》されちゃいけない、竜帝の愛なんてその程度だよ。君の愛では到底《とうてい》たりない。愛の女神でさえ届かない、理の前では」

脳裏《のうり》に先ほどの出来事がぐるぐる回った。あんな男、好きにならなければよかった。ただの夢か、妄想《もうそう》か。いや違うだろう。

あれは絶対、ろくでもない神話の真相のかけらだ。

(それがどうした！　わたしが好きなのは、竜神でも竜帝でもない……！)

この恋《こい》は、勘違《かんちが》いじゃない。

気合いだ。両膝に力をこめて、立ちあがる。黄金の魔力が輝《かがや》いた。

「わたしの、陛下への、愛が、たりないわけ、ないだ、ろう……っ！」

押し返されたルーファスが両眼《りょうめ》を見開く。

「むしろ手加減してるくらいだ!!」

黄金の剣を横に振り払った。同時に手の中で剣が槍《やり》に変わる。斜《なな》めに吹《ふ》き飛ばしたルーファス目がけて、ジルは大きく黄金の槍を振りかぶった。

まっすぐ投擲《とうてき》した黄金の槍をルーファスは刺《さ》さる寸前で受け止める。だがそのまま鞭《むち》に形を変えた竜妃《りゅうひ》の神器が、ルーファスの体を搦《から》め捕《と》った。

その鞭の先と、ジルの左手の薬指に輝く指輪がつながる。

「女神にわたしのほうが陛下が好きだって伝えておけ!!」

上空で鞭をつかんだジルはそのままルーファスごと地面に叩きつけた。

地響《じひび》きと一緒《いっしょ》にルーファスが沈み、その上に衝撃《しょうげき》で壊《こわ》れた建物が崩れ落ちる。役目を終えた鞭がふっと消えた。

とたん、重りをつけたように体が重くなった。魔力の消耗《しょうもう》がひどい。

高度が落ちかかったところで、飛んできたハディスが空中で抱《だ》きとめてくれる。

「ジル！　なんて無茶《むちゃ》するんだ、指輪もない状態で神器を使うなんて……！」

「……へい、か……こ、れ」

荒《あら》い呼吸をしながら、ジルは左手をハディスの前に広げて見せる。

そこには、金色の指輪が戻っていた。中央に、赤と青が入り交じる小さな宝玉がはめこまれた新しい形で。

「どう、ですか……指輪、戻り、ましたよ。まだ、魔力は全部戻ってない、ですけど……」

ぱちりとまばたいたハディスが、恥《は》ずかしそうにつぶやく。

「……き、君の愛、ほんとにすごいな……!?」

「当然、です。わたし、陛下の……陛下だけの竜妃、ですから……！」

ぎゅっとハディスの首に抱きつく。ハディスはそっと、抱き返してくれた。

「うん。……僕の竜妃は君だけだ、他《ほか》にはいらない」

ほら、ちゃんとハディスはジルがほしい気持ちを返してくれる。

「ほんと、僕のお嫁《よめ》さんはかっこいいな。――会いたかった、ジル」

ただし、無自覚にジルの地雷《じらい》を踏《ふ》みつけることもあるが。

「何言ってるんですか、わたしを置いて出て行ったくせに！　しかも、勝手にわたしの知らないところでこんなにぼろぼろになって……！」

「あっえ、ご、ごめん？　で、でも」

「言い訳は聞きません！　ちょっと待っててください、回復したら神器で殴ります……！」

「えっ僕を!?　ぼろぼろになってって怒《おこ》っておいて殴るの!?」

「わたしが陛下をぼろぼろにするのはいいんです！　どれだけ心配したと――」

怒鳴《どな》りつけようとしたところであがった歓声《かんせい》に、ジルの文句はかき消えてしまった。

「……陛下」

神殿《しんでん》の上だ。そこに掲《かか》げられた旗が倒《たお》れたのだ——そして。

朝日が昇《のぼ》ってくる。

その朝日を浴びて新しくまた旗が掲げられる。もちろん、バツ印はない。

深紅《しんく》の生地《きじ》に、黒で縫《ぬ》いこまれた竜神の意匠《いしょう》。ラーヴェ帝国《ていこく》軍の軍旗だ。

旗を立てたばかりの場所で、ラーヴェ帝国兵と一緒にカミラとジークが手を振《ふ》っている。

——勝ったのだ。

「……やりましたね」

さすがにお説教よりも安堵《あんど》と感慨《かんがい》がこみあげて、ジルはつぶやく。ハディスは何でもなさそうに頷《うなず》き返した。

「そうだね。ああ、リステアード兄上と……エリンツィア姉上まできてるんだ？」

誰《だれ》かが勝利を知らせるように鐘《かね》を鳴らしている。その上空を、竜が祝福するように飛びかっていた。街を覆《おお》っていた魔術障壁《しょうへき》は、もうない。

「ひょっとしてパン屋になったこと、リステアード兄上にばれてる？」

「もちろん言いつけました」

「あー……またうるさい」

自業自得《じごうじとく》だと笑おうとしたジルは、近くなってきた地上を見てハディスの袖《そで》を引っ張る。

「陛下」

眼下ではサウス将軍と、帝国兵が集まり始めていた。

「まさか僕と戦う気なのかなあ。めんどくさいなぁ」

嘆息《たんそく》して、ハディスはジルを抱いたまま地上におりる。その手に天剣を握ったまま、居並ぶ皆《みな》の前に立った。

それを出迎《でむか》える格好になった先頭のサウスが叫《さけ》ぶ。

「竜帝陛下と竜妃殿下《でんか》に、敬礼！」

整列した兵たちがそろって敬礼をした。

ぽかんとするハディスの顔を間近で見てしまったジルは、噴《ふ》き出すのを堪《こら》える。

（まあ、そうなるよな）

ジルからしたら当然に予想できたことなのだが、ハディスは本当に状況《じょうきょう》が呑《の》みこめていないらしく、狼狽《ろうばい》し始めた。

「えっ？　え、なん……えっ？」

「今からでも遅《おそ》くないのであれば、我々《われわれ》にあなたを守らせていただきたい」

右肩《みぎかた》に包帯を巻いたサウス将軍が、目をぱちぱちさせているハディスの前に進み出る。

「私はもう軍人としては働けませんが、私の部下は陛下のお役に立ちます。お許し頂けるならば、帝国兵を名乗ることをもう一度許してやっていただけませんか」

「えっいや、僕が聞きたいのはそういうことじゃなくて。僕が嫌《きら》いなんじゃなかったの？」

心の底から不思議そうにしているハディスに、サウス将軍が表情を崩《くず》す。

「――助かった、パン屋。ありがとう」

「あ、うん？」

「お前は命の恩人だ。新しい、我々の祖国だ」

ハディスがまん丸に目を見開く。

擦《す》り傷だらけ、汚《よご》れて埃《ほこり》をかぶって、普段《ふだん》の泰然《たいぜん》とした美貌《びぼう》とはほど遠い顔だ。

でも、綺麗《きれい》な目だ。朝日にも負けない、強い輝き。

「そういうことだ」

「……うん」

「うっきゅう！」

ハディスの頭に、ローが飛びついてきた。ハディスが体勢を崩したので、ジルは地面に飛び降りる。

「おま、なんだ突然《とつぜん》！　あぶないだろう！」

「うきゅ、うきゅん」

ハディスの背後から回りこんだと思ったら、ローは甘えるようにジルの腕《うで》の中に飛びこんできた。苦笑いして、ジルはその頭をなでてやる。

「ローもいっぱい頑張《がんば》ってくれたな。ありがとう。かっこよかったぞ」

「うきゅー」

「でもお前、今、上から飛んでこなかったか？」

さっとローが顔を背《そむ》けた。その首根っこをつかんでジルは凄《すご》む。

「お前、ひょっとしてもう飛べるんじゃないのか……？」

「う、うきゅ――――！」

「あっ待てこら逃《に》げるな！」

ジルの手から逃げたローが駆《か》け出した先で、カミラの足にぶつかりジークにつかまってしまう。呆《あき》れながらジルはハディスを見あげた。

「ほんと陛下そっくりですね、ローは」

「そんなこと――」

「ふむ、なかなかに素晴《すば》らしい愛の一撃《いちげき》だった」

背後から聞こえた声に、反射でジルが身構え、遅《おく》れて全員が戦闘《せんとう》態勢をとった。

「ルーファス・デア・クレイトス……！」

「まだ動けるのか！」

「そりゃあ、こんな程度でやられたら馬鹿《ばか》丸出しじゃないか。でも、ほら見て」

敵に囲まれても平然として、ルーファスはひびの入った片眼鏡《かためがね》を持ちあげてみせる。

「ひびを入れられるなんて久しぶりだったよ。ふふ、竜帝《りゅうてい》からの愛ではなく竜帝への愛を女神《めがみ》と競《きそ》うか。面白《おもしろ》い竜妃ちゃんだ。ジェラルドが欲しがるのもわかる。気に入った」

「は？」

「君を僕のものにしよう。同じ代役同士、僕らはお似合いのカップルになれるよ」

不気味な笑顔《えがお》に人影《ひとかげ》がかかったと思ったら、ハディスが天剣《てんけん》で斬《き》りかかっていた。

宙に逃げたルーファスの長い髪先《かみさき》が切れ、持っていた片眼鏡が壊《こわ》れる。

「殺す」

静かに告げたハディスの眼光に、ルーファスが陽気に笑いながら空にあがり、人差し指と中指をそろえて唇《くちびる》に当てる。

「竜帝の逆鱗《げきりん》か。ますます欲しくなった。必ず迎《むか》えにくるよ、竜妃《りゅうひ》ちゃん」

ちゅっと音を立てて投げキッスをされた。ジルの全身にぞわっと悪寒《おかん》が走る。

ハディスが金の両眼《りょうめ》を見開いて天剣を振り上げる。だが、天剣が振り下ろされる前にルーファスはふっと姿を消した。転移したのだ。

(転移までできるなんて……ジェラルド様も手こずるわけだ)

難しい顔をするジルの横で、焦点《しょうてん》の定まらない目でハディスが唇をゆがめる。

「絶対に殺す……!」

「陛下、落ち着いてください。もう敵は撤退《てったい》しましたよ」

「何が撤退だ。ジルをものにするとか、僕に宣戦布告したんだぞ、あの男は」

少し考えてからやっとジルはハディスが怒っている理由に気づいて慌《あわ》てた。

「あ、あんなの本気なわけないでしょう。陛下を挑発《ちょうはつ》したいだけ——ぶ、なに、陛下」

無言でジルの前にかがんだハディスがごしごしジルの顔を服の裾《すそ》でこすり出す。

「あいつの息とか最後のアレとかついてるかもしれない」

「だ、大丈夫《だいじょうぶ》ですよ、ついてないです。陛下、気にしすぎ」

「やっぱり君と戦わせるんじゃなかった。服も脱《ぬ》いで、僕が全部洗うから」

「は⁉ あ、洗うって、陛下、落ち着いてください。わたし、大丈夫ですから」

「僕が大丈夫じゃない！ あいつ、今度会ったら絶対殺す……！」

「おい、ハディス！ 遊んでいる場合じゃない、ヴィッセルの軍がくる」

上空からリステアードの声がした。ハディスの奇行《きこう》を息を呑んで見守っていた周囲が、顔色を変える。さすがにハディスも顔をあげた。

(思ったより早いな)

現状、反乱とは言えない状態になった。だが、戦いがあったのは明らかだし、帝城でやられたように逆賊《ぎゃくぞく》だと力業《ちからわざ》でこられたら、すべてが台無しになってしまう。

「陛下、どうしますか」

尋《たず》ねたジルの前で、ハディスが嘆息して立ちあがる。

「……大丈夫、僕が行って兄上に説明してくるよ」

「わたしも行きます」

「僕だけでいい。サウス、お前はエリンツィア姉上の指示に従って後始末を」

てきぱき指示を出し始めるハディスの服の裾をジルは強くつかむ。ハディスの消耗《しょうもう》はひどいはずだ。ついていきたい。

だが、ジルの手をハディスがそっとほどいた。

「もう戦闘になったりはしないよ。だから心配しないで。君はちゃんと、自分の仕事をやり遂《と》げてくれた。今度は僕の番だ」

「へ、陛下だっていっぱい頑張ったじゃないですか。だからわたしも手伝います」

「僕は君を置いて、勝手に帝都から出ただけだよ」

そんなことはない。ハディスに跪《ひざまず》くことを選んだサウスたちを見たら明らかだ。だが、そう否定すれば、勝手に出て行ったことを怒《おこ》れなくなる。

黙《だま》るジルの心中を見透《みす》かしたように、ハディスが落ち着いた声で言った。

「君はローと待ってて」

「……わたし、陛下の妻ですよ。わたしに聞かれたら困る話でもするんですか」

子どもっぽい文句しか言えないジルに、ハディスはまばたいたあと、笑っておどけた。

「そうかも。ヴィッセル兄上は僕のこと、色々知ってるしわかってるから」

「そ、それならわたしだって、陛下のことちゃんとわかりた――」

身をかがめたハディスの人差し指が、唇に押し当てられた。

「でも僕、君の前ではかっこよくいたいなって思うんだ。だめかな？」

そんなふうに訊《き》かれたら、うまく反論できなくなるではないか。

「僕らの幸せ家族計画、兄上に認めてもらってくるよ」

朝日を浴びたその微笑《ほほえ》みがとても美しかったので、ジルは唇をへの字にまげる。

こんなにかっこよくなるなんて聞いてない。搦《から》め捕《と》られた恋心《こいごころ》のように、左手の薬指で愛の証《あかし》がきらめいた。

ノイトラール領に着いた時点で嫌《いや》な予感はしていた。

リステアードが疑惑《ぎわく》を晴らしたのは想定内だ。由緒正《ゆいしょただ》しい公爵家《こうしゃく》の後ろ盾《だて》を持つ異母弟《いぼてい》は優秀《ゆう しゅう》である。簡単には排除《はいじょ》できない。だが、ハディスが帝都から出て行くのは想定外だった。そこへ竜妃も加わって合流したら、ラーデアの反乱を止めてしまうかもしれない。

だから急いできたのだが、煙《けむり》が朝焼けにとけていくラーデアの街にはもう、ラーヴェ帝国軍の軍旗が立っていた。反乱だというには、なかなか苦しい状況《じょうきょう》だ。

「ヴィッセル皇太子殿下《でんか》、何か飛んできます」

「ハディスだろう。全軍、止まれ」

馬に乗ったままヴィッセルだけが前に出て行く。その場で歩兵も騎兵《きへい》も足を止め、周囲を囲んでいた竜が着地する。

朝日を浴びて空に浮《う》かぶ弟は、ぼろぼろだった。怪我《けが》もしているのだろう。でも美しい。その手に持つ天剣が、かすむほどに。

馬からおりて近づくと、ハディスも地面におりて向き合う。まず確認《かくにん》をした。

「サウス将軍はどうしたのかな？」

「僕に従うって。右腕《みぎうで》をなくしたから戦場は無理だろうけど、軍務をまかせようと思う」

そうか、とヴィッセルは冷たく頷《うなず》き返す。軍人というのは強い者が好きだ。この弟が天剣を振《ふ》るって空を翔《かけ》れば、それだけで魅了《みりよう》される兵は多いだろう。それは紙一重《かみひとえ》の畏怖《いふ》だ。

「それで、許すのか？」

「うん。自分から、僕に跪いてくれたから」

「裏切るぞ、きっとすぐに。忠誠を言い訳に平気で寝返《ねがえ》る輩《やから》だ。信用などできない」

頬《ほお》にこびりついた血を拭《ぬぐ》ってやると、ハディスは苦笑いを返した。

「それでもいいかって思う。……ジルが、僕にならできるって言うから」

不愉快《ふゆかい》な名前に、ヴィッセルは眉《まゆ》を寄せる。

「そんなにあの少女がいいのか」

「うん」

「あれは火種だ。いつかお前を傷つけるかもしれないよ。それでも？」

「竜妃の神器で僕を守ってくれた。それで十分だよ」

欲のないことを、ハディスは宝物を手に入れたみたいに言う。

「リステアード兄上だって、エリンツィア姉上だって味方になってくれた」

「あんな連中、三公の意向でいくらでも風向きを変える。今までを忘れたのか、ハディス。ラーヴェ皇族の奴《やつ》らが、お前に、私たちに、何をしてきたのか」

天剣を出したばかりに五歳にもならぬハディスを帝城から叩《たた》き出し、辺境で飼い殺そうとした。竜帝《りゅうてい》だと頑《かたく》なに認めず、女神《めがみ》の罠《わな》にまんまとはまって皇太子を失い続け、あげく呼び戻《もど》したハディスを化け物だと排除しようと醜《みにく》い争いを起こす。愚《おろ》か極《きわ》まりない。

「血筋の問題を隠《かく》すために、お前の実の父親も親族もすべて皆殺《みなごろ》し。ここは、平気でそんなことをする連中に汚《よご》された国だ」

「……そうだね」

「お前はひとりで立っていられる強い子だ。味方なんていても、余計傷つくだけだよ」

初めて手紙をもらったときのことをヴィッセルは鮮明《せんめい》に覚えている。末端《まったん》の皇子だと嘲笑《ちょうしょう》され無能共に頭を押さえつけられる中で、自分を頼《たよ》って届いた手紙。ろくに教育を受けていないと聞いていたのに、綺麗《きれい》な字で理論的に今とこれからの提案が書いてあった。

最初から何もかも信じていたわけではない。だがヴィッセルは誇《ほこ》らしかった。立派に育っている弟が。その弟が兄上と呼んで慕《した》ってくれることが。

そしてつらかった。父親と母親に会えると目を輝《かがや》かせた弟の純粋《じゅんすい》さが。

踏《ふ》みにじられてもなお笑い、諦《あきら》め、許すその強さが。

（お前は、何ひとつ悪くないのに）

弟を傷つけるすべてを排除する。そう決めて、ヴィッセルはここまでやってきた。

余計な望みは抱《いだ》かせない。甘い夢も見させない。それは美しい弟を蝕《むしば》む毒だからだ。

でも、弟はまだ甘い夢を見たがる。

「いいのか、滅《ほろ》ぼさなくて。お前はこの国も、本当は竜神も、すべて憎《にく》いんだろう？」

おぼろげにそうなのだろうと弟の隣《となり》で抱いていたことを、初めて正面から尋ねた。

ハディスが一度、瞳《ひとみ》を閉じた。

「ヴィッセル兄上――いや」

ゆっくりとハディスが天剣《てんけん》の切っ先を、ヴィッセルに向ける。衝撃《しょうげき》はなかった。

「ヴィッセル・テオス・ラーヴェ。僕に跪け」

いつかと望んでいた光景だ。弟の敵をすべてまとめあげ国も竜神も滅ぼすそのとき、喜んで首を差し出そうと思っていた。ただ、今ではない。もっと、ずっと先の未来で。

「でなければ反逆者とみなし、お前もお前の軍もすべて一掃《いっそう》する」

「ラーデアにいる帝国兵で立て直せるとでも？　そんな甘さでクレイトスとは戦えない」

「クレイトスとは和解する」

両目を見開いた。それがおかしかったのか、ハディスの口調がほんの少し緩《ゆる》む。

「そもそも今だって休戦状態で争ってるわけじゃないけどね。和平条約を結ぶ」

「……あの子と結婚《けっこん》するためか」

ハディスが苦笑い気味に微笑んだ。信じられずに、口が勝手に動く。

「女神を斃《たお》さないのか？　お前、あれだけ女神を憎んで、嫌っていたのに」

「今だって大嫌《だいきら》いだ。吐《は》き気がするよ。……でも、ジルが僕を守ってくれるから、僕はジルが笑ってくれる未来を選ぶ。ここは――」

一度だけ言葉を迷ったのは、きっと葛藤《かっとう》だろう。弟は何もかも許したわけではない。

だがハディスはまっすぐにヴィッセルに天剣の切っ先を突《つ》きつけて、宣言した。

「ここは、僕の国だ。そして僕は、皇帝ハディス・テオス・ラーヴェ！」

汚れた顔で、傷だらけの手で、ハディスがまっすぐに未来を選ぶ。

「僕の決定に従えないなら、天剣で斬《き》る。手向《たむ》けだ」

叔父《ゲオルグ》と同じように。そう気づいて、ヴィッセルは足元に視線を落とした。

「……もう私は、いらないか」

「ほしいよ」

即答《そくとう》されて、顔をあげた。天剣の切っ先はぶれない。

でも、ハディスは口の端《はし》に力をこめて、何かをこらえている。

「だって兄上は僕を大事にしてくれた。本当に大事なのは兄上の理想の竜帝で、理想と相容《あいい》れない僕の弱さを嫌ってても、僕は兄上がいてくれるだけで嬉《うれ》しかった。でも僕はもう、兄上に僕の弱さの肩代《かたが》わりをさせたくない。それが僕の理想の竜帝だからだ」

今度こそ言葉を失った。何か言わなければいけない。なだめる言葉をかけて、説得して、考え直させて。でも、何も出てこない――と思ったら、背後から突然《とつぜん》、蹴《け》られた。

「弟にここまで言わせているんだ、わかったの一択《いったく》だろうがこの馬鹿《ばか》兄が――――!!」

「リ、リステアード殿下！」

「はいと言え、今すぐ！　ハディスを泣かせる気か!?　それでも兄か！」

忌々《いまいま》しい異母弟《いぼてい》が胸倉《むなぐら》をつかんでがくがくゆさぶってくる。それを横からこれまた忌々しい少女が止めにかかった。

「もう、陛下に内緒《ないしょ》でついてきたんですよ！　飛び出しちゃ台無し……」

「……ジル」

ハディスに名前を呼ばれた少女が、びくっと背筋を伸《の》ばして振り返る。

「……き、聞いてたの……？」

「えっ⁉　わ、わたしは……その、なんにも、聞いてないです、よ！」

「ほ、ほんとに？　聞いてない？　絶対？」

「は、はい！　わ、わたしのためにクレイトスと和平、とか……！」

言いながら真っ赤になった少女につられたのか、ハディスの頬も赤く染まっていく。そしてふたりそろって両手で顔を覆《おお》って隠してしまった。恥《は》ずかしいらしい。なんの茶番だ。

「おい、聞いているのかヴィッセル！」

「やめろリステアード、お前のせいで全部台無しだ」

さらには異母姉《いぼし》まで出てきて、リステアードを引きはがしてくれた。

「それで、兄弟喧嘩《げんか》はここまででいいか？　答えは決まってるんだろう」

優柔不断《ゆうじゅうふだん》なくせに、こういうときだけ頼《たの》もしく見える。ヴィッセルは唇《くちびる》を引き結んだ。

（理想の竜帝。弱さの肩代わり……そんなふうに思わせていたなんて）

弟と自分の願いが、理想が、いつの間にかずれていた。それを寂《さび》しいと思う——けれど。

「……ハディスが望むなら、しょうがないでしょう。ハディスは私の弟だ」

「本当か⁉　なら今後、ハディスを自分の思いどおりにしようとはしないな⁉」

「そんなふうに企《たくら》んだことはないですよ。――ところでご存じですか、リステアード様」

にっこり笑ったヴィッセルに指を突きつけられ、リステアードが勢いを止める。

「私はあなたより一年四ヶ月年上です」

エリンツィアが小さく噴《ふ》き出した。顔を赤らめたリステアードが反論しようとする。

「な、なんだ！　だからって僕は――」

「ええ、安心してください。兄面《あにづら》しようなんて思いません。私とあなたの血筋は、大変相性《あいしょう》が悪い。特にあなたの兄のことは、虫唾《むしず》が走るほど気に食わなかった」

「お、お前に、兄上の何がわかる！」

「わかりませんよ。図書館に引きこもる末端の皇子にわざわざ話しかけにきて、同母の立派な弟がいらっしゃるのに私も弟だなんて綺麗事を本気でほざき、自分が死ねば必ずハディスが呼び戻されるからあとは頼んだなんて言って死ねる、そんな馬鹿のことは」

返事に詰《つ》まってしまったリステアードとは対照的に、エリンツィアは目を細めた。

「それは、お前の天敵みたいなラーヴェ皇族だな」

意外ときちんと弟たちを見ている、情の深い異母姉だって天敵だ。

（ただ愚かだと笑って殺せれば、楽だった。ハディスも迷わなかっただろう）

そう、ヴィッセルはラーヴェ皇族が憎かった。自分を、弟を否定するこの国を蹂躙《じゅうりん》してやりたかった。弟も同じことを望んでいたはずだ。全部敵にしたかったはずだ。でも。

「ハディス」

しゃがんで地面にぐりぐり人差し指を押し当てていたハディスが顔をあげた。すぐさま横から少女が——弟の嫁《よめ》、すなわち義妹《ぎまい》が立ちはだかる。守っているつもりらしい。生意気だ。

「わかった。お前がそう望むなら、お前が幸せになれるなら、私はお前の選択《せんたく》に従うよ」

ぱっとハディスの頰《ほお》が喜色に染まる。こういうところは変わらない。

「ほ、ほんとに？　兄上はそれでいい？」

「いいよ。私は竜帝《りゅうてい》であるお前にふさわしい兄になりたかっただけだから」

虚《きょ》をつかれたように黙《だま》った弟と同じ高さに、しゃがみこむ。

「だからお前と一緒《いっしょ》に頑張《がんば》るよ。クレイトスと和平を結べというならそうするし、三公を押さえて国を平定しろというのなら、やってみせよう」

「な……なら、ジルとの結婚は⁉　認めてくれる⁉」

「別に認めてもらわなくていいですよ、陛下。竜妃《りゅうひ》の神器も手に入れましたし、金の指輪も戻《もど》りました。もうわたしを竜妃じゃないなんて言えないはずです」

ヴィッセルに対する不信感をまったく隠さず、少女が言う。

ここは自分が大人の態度を取るべきだ。可愛《かわい》い弟のためなのだから。

「もちろん、彼女のことも認めるよ。皇帝のお前に妃《きさき》がいないのは問題だ。帝都に戻ったら早急に結婚式の準備を始めよう。三百年ぶりの竜妃様だ。盛大にしないとね。そうそう、結婚式で竜帝が持つ手袋《てぶくろ》の刺繍《ししゅう》も完璧《かんぺき》にこなしてもらわないといけない」

ハディスの隣で少女が青ざめる。自分の勘《かん》が当たっていたようで、笑《え》みを深めた。

「礼儀《れいぎ》作法にダンス、刺繍、詩、妃教育に花嫁修業《しゅぎょう》だ。できないとは言わせない」

「こ、この小舅《こじゅうと》……って陛下!?」

ぐらりと傾《かたむ》いたハディスの体を、少女が受け止める。ぶるぶる震《ふる》えながら弟が少女にすがりついた。

「き、気が抜《ぬ》けて……さ、さむ……体温がさがっ……死ぬ……!」

「し、しっかりしてください！　ラーヴェ様、中に入って陛下をあっためて！　担架《たんか》！」

あの少女は竜神も見えるのだ。

(竜妃なら当然か)

倒《たお》れた弟を助けようとリステアードが、エリンツィアが、わらわらと人がよってくる。もうヴィッセルが呼ばなくても集まるのだ。

その光景を見たいような見たくないような気分で、ヴィッセルは後始末の指示を出すためにその場を離《はな》れる。

ラーデアの復興、帝国軍の再編制、ハディスの味方と断言できない三公の調整、クレイトスとの交渉《こうしょう》、方針が百八十度転換《てんかん》しても仕事は山積みだ。ハディスを裏切る輩《やから》はこれからも出るだろう。変わったことなど何もない気がする。

ああでも、いつか始末するつもりで一度も会ったことのない婚約者殿《どの》に会ってみようか。

朝日が昇《のぼ》り夕日が沈《しず》む世界も、やはり変わらない。でも、自分の手で変えられるものもあるのだからと、ヴィッセルは空を見あげた。

ラーデアの人々はたくましく、そして親切だった。ハディスが倒れたと知るや否《いな》や、城の中でいちばんいい部屋を掃除《そうじ》し整えて、湯浴《ゆあ》みから食事まで準備してくれたのだ。半分がハディスをパン屋と勘違《かんちが》いしたままである。途中《とちゅう》で皇帝だと知れて混乱も起きたが、今はただ静かなだけの夜だ。とても今朝まで戦場だったとは思えない。

ハディスの寝室《しんしつ》のバルコニーにそっと足をおろし、ジルは出入り口に手をかける。おりている内側の錠《じょう》は、気づかれないよう魔力《まりょく》で持ちあげてはずした。

そうっと、音を立てないよう部屋の中に入りこむ。

室内は誰《だれ》もいない。警備の甘さにいつもなら眉《まゆ》をひそめるが、人手も足りていないだろうし皆《みな》の疲《ひ》労《ろう》を考えれば、致《いた》し方ない。

(だから陛下と一緒の部屋でいいって言ったのに、あの小舅め)

たとえ婚約を認めても、結婚《けっこん》前。間違いがあったらどうするとヴィッセルは主張し、周囲もそれに同調して、寝室をわけられてしまったのだ。決定権を持つハディスは意識を失っていたので、ジルの反対は見事黙殺《もくさつ》された。

「わたしがいいって言ってるのにおかしいだろう」

ろくに動けなくなっているハディスをひとりにするほうが大問題だ。不満をつぶやきながらジルはそうっと寝台に近づく。

ハディスは眠《ねむ》っていた。ラーヴェの姿が見えないから、中で一緒に休んでいるのだろう。呼吸は安定していて、顔色も悪くなさそうだ。でもそっと指先でふれた頰が冷たい。

寝間着《ねまき》できて正解だった。

ハディスを起こさないように、シーツを端《はし》から持ちあげて中に入りこみ、もぞもぞ這《は》って枕《まくら》があるあたりで顔を出す。体を起こしてハディスにずれた毛布をかけ直そうとすると、金色の目と目があった。

「……何してるの、ジル」

「陛下⁉　お、起こしちゃいましたか。すみません……」

「いいよ、昼間はずっと寝てたし……それよりどうしたの。今、夜だよね？」

「陛下をあっためようと思って。一緒に寝ましょう」

ハディスが固まったと思ったら、ごろりと背中を向けて両手で顔を覆う。

「そ、そんな、心の準備が……っ」

「……何を言ってるんですか、今更《いまさら》。ずっと一緒に寝てたのに」

「そうだけど！　そうだけど、その、こな、こないだからは……初めてだしっ」

こないだ。はてと思ったが、すぐに思い出した。ヴィッセルがくる前夜、恥ずかしくて互《たが》いに背中を向けて寝た日だ。ハディスの責めるような視線に、ジルの顔の温度も上がる。

「も、もうずいぶん前じゃないですか！　それにあのときだって、一緒には寝たし……！」

「じゃあひっついて寝るの!?」

「そ、そりゃあ、その、あったためにきたので……」

ひっつかないと意味がない。もごもごするジルの前でハディスがまた顔を両手で覆《おお》った。

「むり」

「そ、そんなこと言ってたらいつまでも一緒に寝られないじゃないですか！」

「……ぼ、僕と一緒に寝たいの？　そんなに？」

シーツで半分顔を隠《かく》してハディスが期待した目を向ける。この、とジルは再度、羞恥《しゅうち》と怒《いか》りで顔を赤くした。

「わたしと一緒に寝たいのは陛下のほうでしょう!?」

「僕はそんなこと言ってないよ！」

「ローが！　散々他《ほか》の人に可愛がってもらったあと、わたしにべったりひっついて一緒の布団《ふとん》で寝ようとしました！」

「あの馬鹿《ばか》竜……！」

ちなみに熟睡《じゅくすい》しているローは、ちゃんと籠《かご》に入れて毛布をかけておいた。続きの部屋にカミラとジークがいるし、問題ないはずだ。

「だからわたしは陛下がさみしいんだなって思ってきたんですけど!?　……それとも」

急に不安になって唇《くちびる》がうまく動かなくなった。膝《ひざ》の上の服をつかんで、うつむく。

「あ、会いたかったのは……そばに、いたいのは、わたし、だけですか」

なんとも言えない沈黙《ちんもく》が落ちた。言うんじゃなかったと思ったとき、むくりとハディスが起き上がってびっくりする。

「陛下、寝てないとだめです」

「ただいま、ジル」

じんとお腹《なか》の底をとろかすような甘い声だった。答える声がついうわずってしまう。

「お、かえりなさい、陛下……」

「ほんと、今回は疲《つか》れた。もう何回、君のところに帰りたいって思ったか」

大きな溜《た》め息を吐《は》きながら、こてんとハディスが首筋に頭を傾けてくる。妙《みょう》な気恥《きは》ずかしさもあって、ジルは唇をまげた。でも、頑張ったことは知っているから、ハディスの頭をそっとなでておくのは忘れない。

「なら、帰ってきたらよかったじゃないですか……」

「それじゃかっこ悪いじゃないか。そもそも今回のことは僕が始めたことなのに」

「別に、かっこ悪くてもいいですよ。わたしの前だけでなら」

ハディスがジルの首筋に顔を埋《うず》めたままくつくつと喉《のど》だけで笑う。

「そういうわけにはいかないよ。君ばかりかっこいいんじゃ、僕の立つ瀬《せ》がない。僕は君の夫で、大人なんだから」

「お、大人なんて年齢《ねんれい》を重ねただけの子どもなんじゃなかったんですか」

ハディスの長い指が、肩《かた》のあたりに落ちているジルの髪先《かみさき》をいじり出す。だんだん落ち着かない気分になってきた。

「うん。だから今、お嫁《よめ》さんに甘えてる」

甘えていると言いながら、ジルを見あげる目も声色《こわいろ》も全然、子どもっぽくない。

（タチ悪いな、この夫！　知ってたけど！）

かっこよくても悪くても、子どもっぽくても大人っぽくても、ジルを翻弄《ほんろう》する。悔《くや》しいのですぐ近くにあった枕をハディスの顔に押しつけて、寝台に沈めてやった。

「誤魔化《ごまか》そうとしてもだめです！　今後、わたしに黙《だま》って出て行くのは禁止ですからね！」

「それは時と場合に……ちょ、ジル、苦しい。苦しいって」

「陛下が言ったんじゃないですか！　わたしが女神《めがみ》から守ってくれるんだって」

押さえつける力を緩《ゆる》めると、枕の下からハディスが顔を出した。その金色の目に臆《おく》さないようにハディスの胸の上に馬乗りになって、鼻先に人差し指を突《つ》きつけてやる。

「なら、陛下はわたしのそばで、わたしに守られてなきゃだめです」

一拍《いっぱく》あけたのち、ハディスが両手で口元を覆った。

「ぼ、僕のお嫁さんがかっこいい……無理！」

「……。はい陛下、もう寝ましょう。まだ熱さがってないですよね」

「なんでいきなり冷たくなるの!?」

「陛下がいつも通りかっこ悪くて安心したので」

「ひどい！　そういうこと言うなら、僕にだって考えが——」

うるさい口を手でふさいで、その上から唇を重ねた。先制攻撃《こうげき》だ。

心臓は飛び出しそうだけれど、満月みたいに丸くなった金色の目が愛《いと》しくて小気味いい。

「文句、ありますか？」

手を離《はな》すとぐいっとシーツの中に引っ張られて、ハディスの腕《うで》の中に閉じこめられた。

「あるよ。僕が死んだらどうするの」

笑ってジルは両腕をその背中に回す。心なしか、ハディスの体が温かくなってきている気がした。同じくらいどきどきしているのかもしれない。

（だったらいいな）

ちゃんと恋《こい》をしている感じがする。

「やっぱり寝室、わけるべきかな……」

「？　何か言いましたか、陛下」

「なんでもないよ。おやすみ、ジル」

まだ話したいことも問題もたくさん山積みなのに、優《やさ》しい声と一緒《いっしょ》に額に口づけを落とされると条件反射みたいに眠くなってきてしまう。

そして朝はおはようと一緒に口づけを落とされて、目をさますのだ。

終章

ちくりとまた針が指先を攻撃してきた。宿敵を見るような眼差《まなざ》しでジルは針をにらむ。

「贈《おく》り主に似てなんてこしゃくなやつなんだ……」

「ジルちゃーんそろそろ時間よー」

「また戦ってんのか、針と」

あつらえられたばかりの竜妃《りゅうひ》の騎士《きし》服を着たカミラとジークが、そろって控《ひか》えの間にやってくる。ふかふかの長椅子《ながいす》に座っていたジルは、部屋の柱時計を見た。

既《すで》に日は沈《しず》んでいる時間だ。だが本日の帝都《ていと》は明るい。帝城はその筆頭で、使わない部屋も灯《あか》りをつけているそうだ。皇帝ハディスの即位《そくい》以来の慶事《けいじ》だからである。

「ほんとだ。もう時間ですね。どんな様子ですか、会場は」

「満員御礼《おんれい》。竜妃様のお披露目《ひろめ》にみんな興味津々《きょうみしんしん》よ」

「いえそうじゃなくて警備です、陛下の。あやしい奴《やつ》らはいませんか？」

「君が心配することじゃないよ」

扉《とびら》をあけて次の客人ならぬ小舅《こじゅうと》が入ってきた。控えめなグレーではあるが夜会用の正装をすると、この男が皇太子だったことを思い出す。

「君は手順をとちらないかを心配したほうがいいんじゃないかな。刺繍《ししゅう》はまだ時間がある」

ひょいっとジルの手から練習用の布を取ったヴィッセルがふっと笑った。

「これはクレイトスの新しい魔術《まじゅつ》かな？」

「どうしてそうなるんですか、どこからどう見ても陛下の名前でしょう！」

「だから、名前と見せかけた呪《のろ》いの魔術だろう？」

失礼なと震《ふる》えるジルにヴィッセルがそっと練習用の布を返した。

「君の刺繍の才能が目覚める日がくるよう、願ってるよ。でないと私が贈った裁縫《さいほう》道具が、呪いの道具になってしまう」

相変わらず人の神経を逆撫《さかな》でする男だ。だが、今回の夜会でジルをハディスの婚約者《こんやくしゃ》としてお披露目できるようにしたのはこの男である。ジルが今使っているこの裁縫道具も、婚約の祝いだという形で贈ってくれた。絶対に嫌《いや》みだが。

「ところでロー坊《ぼう》はどうしてんだ。ソテーとハディスぐまで遊んでないだろうな？」

「おなかいっぱい食べてジルちゃんの部屋で熟睡してるわよ。あの子、相変わらず飛ぼうとしないわねー実は竜だっていう自覚がないんじゃないの？」

「ジル、準備できた？」

ひょっこり顔を出したハディスに、真っ先にヴィッセルがしかめっ面《つら》になる。

「ハディス。お前も準備しないと駄目《だめ》だろう。着替《きが》えは？　リステアードはどうした、ハディスの面倒《めんどう》ひとつみられないのかなんのために存在してるんだ何が兄だ弟だ役立たずか」

「息継《いきつ》ぎなしで呪詛《じゅそ》を吐《は》くな聞こえてるぞ！　ハディス、うろちょろ動き回るんじゃない」

ハディスの首根っこをつかまえたリステアードが、ジルを見てむっとした。

「君も早く準備に入りたまえ、ハディスがそわそわして落ち着かない。フリーダやナターリエはもう準備を終えているぞ」

「えっそうなんですか」

慌《あわ》てて外に出ると、衣装《いしょう》部屋からちょうどナターリエとフリーダが出てきた。深い赤で染められた生地《きじ》を何枚も重ねた花びらを思わせるナターリエのドレスは、皇女らしい気品を漂《ただよ》わせていた。一緒に出てきたフリーダは対照的に、柔《やわ》らかいクリーム色を基調としてフリルとリボンに彩《いろど》られた可愛《かわい》らしいドレスを着ている。だが髪を飾《かざ》る深紅《しんく》の花が彼女が決して甘いだけの皇女ではないことを知らしめていた。

「あなた、まだ準備してないの？　まさか、ハディス兄様も？」

「……。えっ？　あ、うん……」

まだナターリエに兄様と呼ばれ慣れていないハディスが、遅《おく》れておずおずと頷《うなず》く。

「皇帝なんだからちゃんとしてよ、見目はいいんだし。ヴィッセル兄様もよ、皇太子でしょ」

同じく呼ばれ慣れていないヴィッセルに至っては、無言と無表情だ。

ふんと勝ち誇《ほこ》ったように笑って、ナターリエはフリーダに向き直った。

「いくわよ、フリーダ。エリンツィア姉様は警備で走り回ってるし、私たちだけでもちゃんとしなきゃ皇女としての……フリーダ？」

フリーダがもじもじしている。するとはっとハディスが顔をあげて、さっと懐《ふところ》からクッキーの入った袋《ふくろ》を取り出した。フリーダもはっと顔をあげる。

皆《みな》が見守る中、互《たが》いの間にある距離《きょり》の中間あたりまで進んだハディスが廊下《ろうか》にクッキーを置いて、そのまま戻《もど》ってきた。そうすると今度はフリーダがそろそろと廊下を進み、クッキーを拾ったと思ったらぱっと駆《か》け出してナターリエのうしろに隠《かく》れる。

ぐっとハディスが拳《こぶし》を握《にぎ》り、ヴィッセルが光をなくした目でつぶやいた。

「なんなんだ、餌付《えづ》けか。常に持ってるのか、まさか」

「……フリーダ、拾うのは行儀《ぎょうぎ》が悪い……というか堂々とわたせ、ハディスも」

「み、見てるところに置くだけで精一杯《せいいっぱい》だよ……！」

ハディスに同意するように遠くでこくこくとフリーダも頷いている。

呆《あき》れ顔になったナターリエがフリーダの背を押して会場へ向かい、眉間《みけん》に指を押し当てたリステアードはハディスを引きずっていった。今は説教より時間が惜《お》しいのだろう。ヴィッセルもジルを衣装部屋に送ると、支度《したく》に向かっていった。

（もう少し時間がかかるかなぁ、陛下とフリーダ殿下《でんか》は）

ずらりと並んだ女官たちが、てきぱきと準備を進めていく。化粧《けしょう》水です、乳液です、と塗《ぬ》りたくられていくが、子どもに化粧は少々早すぎないだろうか。でも、少しでも大人っぽく見せるためには必要だ。踵《かかと》の高い靴《くつ》もそのためのもの。

ラーヴェ皇帝の婚約者として、侮《あなど》られないために。

「ジル・サーヴェル嬢《じょう》、ご入場！」

見上げるほど高い大広間の扉が開いた。天井《てんじょう》から吊《つる》されたシャンデリアも蠟燭《ろうそく》の灯りも、磨《みが》き上げられた大理石の床《ゆか》に反射して輝《かがや》いている。くるくると広がるドレスは、色とりどりの花のよう。指揮棒に合わせてヴァイオリンが奏《かな》でる三拍子《さんびょうし》のワルツとステップは、思わず踊《おど》り出したくなるほど軽《かろ》やかで華《はな》やかだ。

その中で、軍靴《ぐんか》のヒールを響《ひび》かせる。

ナターリエとフリーダに相談し、エリンツィアにも意見をもらってデザインを決めた、新しい竜妃の正装だ。黒のリボンとレースで彩った深紅のドレスは機能的で動きやすく、黒のマントと軍帽《ぐんぼう》をつけると軍服のように見えるのがいい。ボタンや袖口《そでぐち》のカフスがハディスの瞳《ひとみ》と同じ金色で、ひそかに気に入っている。

「まだ子どもではないか」

「ですが、皇帝陛下と一緒に軍を率いてラーデアを救ったのだとか……」

「裏切り者の帝国兵やサウス将軍のことを皇帝陛下がお許しになったのは、竜妃殿下の進言によるものだそうよ」

「ラーデア領にも既に大公として就任されて、大変な人気なのですって」

ラーデア領で起こった反乱は竜妃の神器を狙《ねら》ったラーデアの補佐官《ほさかん》がたくらんだことと公表され、クレイトスが関《かか》わっていたか否《いな》かは不明で処理された。クレイトスと和平を結ぼうというときだ。ルーファスのことは有耶無耶《うやむや》にするしかない。被害《ひがい》を受けたラーデア領民の不満が心配だったが、クレイトスかぶれで有名な補佐官が嫌《きら》われていたおかげで「全部あの補佐官のせいだ」でおおむね片づいた。何より、竜帝と竜妃が自らラーデアを救いにきた現実が功を奏した。帝国兵を率いて戦う竜帝の姿と竜妃が神器を使う歴史的瞬間《しゅんかん》を見たという高揚感《こうようかん》が、ラーデア領民の不安を押し流してしまったのだ。こうなると十一歳の少女がラーデア大公に就任しても、自分たちの領地と時代が特別なのだという期待感しか抱《いだ》かない。

竜妃の神器を手に入れ、ラーデア大公として歓迎《かんげい》された少女。少々幼かろうが、それもいずれ時間が解決することだ。見た目や装《よそお》いにひそめられる眉《まゆ》、扇《おうぎ》に隠された声と好奇心《こうきしん》に満ちた視線も、気にすることはない。堂々と胸を張って進む。

正面には一段ずつ段差をつけて、席が用意されていた。まずは、きらびやかな美女ばかりが並ぶ前皇帝の後宮の妃《きさき》たちの席。出席を渋《しぶ》っていたらしいが、ヴィッセルから「出なくていいですよ、実家に帰ってくだされば」と言われて大半が贈り物持参で出席を決めたらしい。あの小舅、本当に小舅なだけに頭と口が回る。

その次は、皇子や皇女の実母である妃と、三公の席だ。きらびやかな一段目よりも威厳《いげん》がある。誰《だれ》が誰かジルにはわからないが、三公は全員出席だと聞いている。内心ではどうであれ、ひとまずジルを竜妃として認めることにしたらしい。

三段目は、皇帝ハディスの兄弟姉妹《しまい》の席だ。リステアードは姿勢正しく座っている。その横でお行儀《ぎょうぎ》良く座っているフリーダは、少し緊張《きんちょう》しているのか顔が赤い。怒《おこ》っているナターリエの横にエリンツィアが慌てて座るのが見えた。警備から戻ってきたようだ。

その一段上は、ヴィッセルだけが静かに座っていた。本来ならば皇帝ハディスの皇子と皇女たちの席なのだが、今は皇太子であるヴィッセルがそこに座るしかない。

(すぐ一段下にさげてやる)

そこを通りすぎてようやく最後の段に辿《たど》り着いた。最上段の玉座に腰《こし》かけているのは、この国の皇帝《こうてい》。今夜からジルの婚約者だ。

さあ、ここからは何を言っているのかよくわからない面倒な儀礼《ぎれい》的な挨拶《あいさつ》と問答だ。

(えっと。まずはわたしから挨拶。ラーデアの件で陛下に偶然《ぐうぜん》呼ばれたみたいにして)

考えている間にハディスが立ちあがった。それどころかジルの前にひざまずいた。

「僕は妻にはひざまずくと決めている」

え、とジルはまばたく。手順が違《ちが》う。

「綺麗《きれい》な紫《むらさき》水晶《すいしょう》の目をした姫君《ひめぎみ》、どうか僕をしあわせにしてくれ」

だが聞き覚えのある言葉に、ハディスのいたずらっぽい目に、ジルは噴《ふ》き出してしまった。

「はい。あなたを一生をかけて、しあわせにします」

「わかった。では君を妻に。……今更《いまさら》、嘘《うそ》ですって言い出したりしない?」

「しませんよ。……大好き、陛下」

誰にも聞こえない声でそっと返すと、ハディスもささやくように短く答えた。

「僕も。——さあ、紹介《しょうかい》しよう。今夜から彼女が僕の婚約者。三百年ぶりの竜妃《りゅうひ》だ!」

ハディスに抱きあげられると同時に、左手の指輪に魔力をこめて、会場中に金色の光を降らせる。ちょっとした演出——そう、竜妃の祝福とでも言っておこうか。

ヴィッセルが立ちあがって真っ先に拍手《はくしゅ》をした。笑ったエリンツィアが、しかめっ面《つら》のリステアードが、呆れ顔のナターリエが、目をきらきらさせたフリーダが続き、またたく間に会場に拍手と歓声《かんせい》が広がる。

「ご婚約《こんやく》おめでとうございます、竜帝と竜妃に幸いあれ！」

「ラーヴェ帝国、万歳《ばんざい》！」

祝いの鐘《かね》が一斉《いっせい》に鳴り響き、花火が打ち上げられ、帝都の街並みから歓声があがる。

なおこの日、天空都市ラーエルムの灯《あか》りと祝いの花火で光る夜空に、立派な紫目の黒竜と若い金目の黒竜が番《つがい》で旋回《せんかい》する姿が目撃《もくげき》され街中から喝采《かっさい》を浴びたが、後日詳細《しょうさい》を質問された竜帝と竜妃は苦笑いのみで公式回答を差し控《ひか》えている。

婚約のお披露目《ひろめ》といえど、結局は社交の場だ。十一歳という年齢《ねんれい》からいっても長居はできない。かといってすぐさま退出するのも外聞が悪い。手を振《ふ》って歓声に応《こた》えたあと、ジルは会場の端《はし》にある分厚いカーテンで遮《さえぎ》られたテーブルとソファがある場所で、エリンツィアとナターリエ、フリーダに囲まれて退出までの時間をやりすごすことになった。一方のハディスは皇帝らしく、リステアードとヴィッセルに囲まれて、皆の挨拶を受けている。

社交の場でのハディスを見るのは初めてだ。ジルの心配をよそに、ハディスは挨拶にやってくる人々を見事にさばいていた。皇帝の威厳を崩《くず》さず、かといって威圧《いあつ》しない優雅《ゆうが》さ。にこっと笑いかけられ、父親の横で年頃《としごろ》のご令嬢がぼうっと見あげるのもしかたない。

「あの子、妾妃狙《しょうひねら》いだからね」

背後からナターリエにそっと耳打ちされて、びっくりした。

「わ、わたしのお披露目じゃなかったですっけ、今日。なのにもう？」

「そうよ。建前は娘《むすめ》を竜妃様の侍女《じじょ》にどうでしょうって形で今から売りこむわけ」

「たくましいですね……」

感心してしまう。するとナターリエは呆れた顔をした。

「焦《あせ》りなさいよ、少しは。つまらないじゃない」

「ジルおねえさまは、ハディスおにいさまと、とっても仲良しだから……寵愛《ちょうあい》って、いうんだってみんな……お部屋もずっと一緒《いっしょ》だし……」

ぬいぐるみがなくて手持ち無沙汰《ぶさた》なのか、指をもじもじさせながらフリーダが言う。軽食を運ばせたエリンツィアが、正面の席に腰かけて脚《あし》を組んだ。

「そのことなんだがジル。今晩からは自分の寝室《しんしつ》を使ったらどうだ？　帝国兵も戻ったし警備の手も足りている。君とハディスは婚約したがまだ未婚だし、クレイトス王国への正式な報告と挨拶はこれからだ。そろそろ外聞にも気をつけるべきだろう」

「ヴィッセル殿下にも同じことを言われましたが、だめです。わたしがひとりで侵入《しんにゅう》できるくらい警備が甘いんですよ」

帝都に戻ってすぐ、ジルはハディスの婚約者として立派な部屋を用意された。だが、簡単にハディスから目を離《はな》すわけにはいかない。ジルが毎晩叩《たた》きのめすので、ハディスの寝室の警備はどんどん強化されていっているが、未《いま》だジルにとって素通《すどお》りと同じ甘さである。

「無茶《むちゃ》を言わないでくれ。君を止めるには一個師団必要だ。サウス将軍——いや、もうサウス軍務卿《きょう》か。頭を抱《かか》えていたぞ。毎晩、竜妃殿下にしてやられると」

「いい訓練じゃないですか。わたしも寝《ね》る前のいい運動になってます」

「だが、ハディスは君より強いんだぞ。そこまで守らなくても」

「知ってます。でもわたし、もうぜったい、陛下を逃《に》がさないって決めたんです。また逃亡《とうぼう》されたら、追いかけてつかまえるのわたしですよ」

ジルのじっとりとした目に、エリンツィアが押し黙《だま》る。エリンツィアとジルを見比べるフリーダの横で、ナターリエがクッキーをつまんで言った。

「それじゃ逆効果でしょ」

「え？」

「ハディス兄様を逃がさない方法よ。逃げられまいと追い回すなんて子どもっぽい。あなたが追いかけるんじゃなく、追いかけさせてこそ本命ってやつでしょ」

本命。その単語に心引かれるものはあるが、ジルは頷《うなず》けない。

「でも、わたしが家出するわけには……ちゃんと陛下におかえりを言える妻がいいです」

「家出なんてしなくてもできるわよ。ただの男女の駆《か》け引きなんだから」

「だ、男女の駆け引き……ですか。でもわたし、そういうの苦手で」

「何言ってるの。まさか婚約して安心してないでしょうね？　たとえ夫婦《ふうふ》になったって夫を翻弄《ほんろう》するのは妻の大事な仕事よ」

いつの間にやら話が変な方向に向かっている。だが、なんだかそわっとしてしまった。フリーダも興味津々《きょうみしんしん》で聞き耳を立てている。妹たちの心理を見透《みす》かしたようにナターリエが小声になった。

「しかたないわね。とくべつに教えてあげる。こう言ってみなさいよ。――――……」

「ジル、そろそろ部屋に戻《もど》っても大丈夫《だいじょうぶ》だってヴィッセル兄上が……どうしたの」

分厚いカーテンの隙間《すきま》をそっと広げたハディスが、皆《みな》からの注視を受けてまばたきする。その肩《かた》を立ちあがったエリンツィアが叩いた。

「頑張《がんば》れ。女は怖《こわ》いぞ。というかうちの妹が怖い」

「う、うん……？　ええと、ジル。まだここにいる？　今なら僕が送っていけるけど」

「へ、部屋に戻ります、陛下！」

慌《あわ》てて立ちあがったジルに、ナターリエはにんまりと笑い返し、フリーダは励《はげ》ますように拳《こぶし》をぎゅっと握《にぎ》ってみせてくれた。

挨拶もそこそこに、ハディスに抱きあげられて会場から退出した。この体勢は子どもっぽいのではないかという心配よりも、ナターリエに言われたことを吟味《ぎんみ》してしまう。

「僕はまた戻らないといけないから」

そう言って、ジルに用意された部屋の扉《とびら》の前で、ハディスはおろしてくれた。

「今日は僕、戻ってくるの遅《おそ》いから先に寝ててね。寝室に戻らないかもしれないし……」

そういえばハディスは最近、ジルと一緒に寝ると騒《さわ》がなくなった。寝室をわけろというヴィッセルの苦言にも反対しなかった。

「それに今日くらいは、警備を休ませてあげてもいいと思うよ。君だって疲《つか》れてるだろうし」

それどころかこんなふうに、ジルを遠ざけるようなことを言い出す。

ジルが離れないと信じてくれたことからくる余裕《よゆう》なのだろう。それは単純に喜ばしい。

「あ、もちろん僕の部屋で待っててくれてもいいけど」

――だが、なぜだろう。

(ものすごく、面白《おもしろ》くない)

「わかりました、待たずに自分の部屋で寝ます。今日からもう陛下の寝室には行きません」

宣言したジルに、言い聞かせる口調だったハディスが面白いほどうろたえだした。

「な、なんでまたいきなり!? き、昨日までは、絶対ヴィッセル兄上の言うとおりになんてしない、僕と一緒に寝るんだって警備を突破《とっぱ》してきたのに、なんで」

「よく考えると小舅《こじゅうと》の言うことにいちいちむきになるのも子どもっぽいですよね。陛下と婚約できましたし、ちょうどいい機会です。別々に寝ましょう」

「ま、待ってジル！　僕、何かした!?」

不安がらせたいわけではないので、ぎゅっと抱《だ》きつくと、ハディスは静かになった。

「でも、陛下が夜這《よば》いできるように、テラスの鍵《かぎ》はあけておきます」

ナターリエに教わった言葉をそのまま伝えると、ハディスがびしっと音を立てて固まった。

奇妙《きみょう》な優越感《ゆうえつかん》で笑い出してしまう前にジルは急いで部屋の扉をあける。扉をしめる前に、隙間からちょっと覗《のぞ》くと、ハディスはまだ固まっていた。

「あんまり待たせないでくださいね、陛下」

背中で扉を閉じたあとに、なんだか足元からむずむずしたものがこみあげてきた。

婚約者が夜、寝室に忍《しの》びこむのを待つ。これぞ、大人の恋《こい》の駆け引きだ。

(わたしの恋愛《れんあい》の練度、あがったかな!?)

じっとしていられなくて、一回も使ったことがないベッドに飛びこんだ。

さっきのハディスの顔を思い出すと、ばたばた足が動いてしまう。愛も恋もわからないと言った美貌《びぼう》の男をあんなふうに惚《ほう》けさせるなんて、恋ってすごい。今後も恋愛戦闘《せんとう》力は高めていこう。

「絶対に逃がさないからな」

ハディスはどうするだろう。少なくともこの部屋にローはいるから、本当はジルと一緒に寝たいはずだ。でも大人の対応をするなら、忍びこんでこられない。

想像だけで楽しくてたまらず、ジルは枕《まくら》を抱えたままごろごろと左右に転がった。

「――ラーヴェ」

「俺は理《ことわり》と空の神だ、自分で解決しろ」

「するよ！　するけどあんなのずるい！　あんな、顔」

途中《とちゅう》で口を手でふさぐ。今になって熱くなってきた顔を隠《かく》すように、ハディスはその場でしゃがみこんだ。

あんな笑顔《えがお》も誘《さそ》いも反則だ。夜這いという言葉の破壊《はかい》力もすごい。

ジルは気づいているのだろうか。抱《だ》きしめてくれたとき、頭の高さがハディスの心臓に近くなっていたこと。

扉を閉める寸前の顔が、とても綺麗《きれい》で、おとなびていたこと。

（……あと何年だっけ……短くて三、四年？）

待たせるなってどういうことだ。待っているのは自分じゃないのか。何がなんだかわからなくなって、めまいがする。

「……ああもう、つかまえておかないと」

さて今晩は彼女の寝室に忍びこむのが正解か、不正解か。

ハディスは立ちあがった。

その足が向かった先は、愛でも理でも解けない、ふたりだけの秘密だ。

あとがき

初めまして、またはお久し振《ぶ》りです。永瀬《ながせ》さらさと申します。
旦那《だんな》幼女と嫁皇帝《よめこうてい》のお話も三冊目となりました。WEB版より加筆修正もしております。楽しんで頂けたら幸いです。

今回はハディスが（いい意味で）ひとりで頑張《がんば》る話になっております。ところどころまだあぶなっかしいところも残ってますが、ジルがやってきたことの集大成です。
WEB連載《れんさい》開始当初からヒロインならまだしも（？）通報皇帝だいや概念《がいねん》幼女だと散々言われてきたハディスですが、このまま立派なヒーローになれるよう、見守って頂けたら嬉《うれ》しいです。ヒーローですよ！　ヒーローですからね⁉（大事なことなので二度）
他にも今回は素敵な特典がついているようなので、公式サイトなどのチェックを宜《よろ》しくお願い致《いた》します。
また、柚《ゆず》アンコ先生によるコミカライズも月刊コンプエース様にて連載中、コミックス1巻も発売中です。柚先生のコミカライズは本当に素敵《すてき》なので、ぜひ手に取ってください！　柚先生には本当にいつもお世話になっております、有り難《がと》うございます。

それでは謝辞を。

藤未都也《ふじみつや》先生。今回も素敵なイラストを有り難うございました！　ローが表紙でも挿絵《さしえ》でも可愛《かわい》くて可愛くて悶《もだ》えてます。

担当様。調整諸々《もろもろ》、お世話になっております。これからも宜しくお願い致します。

他にも校正様、編集部の皆様《みなさま》、デザイナーさんや営業さん、印刷所の皆様、この本に携《たずさ》わってくださった全《すべ》ての方々に、厚く御礼《おれい》申し上げます。WEB連載中にいただける感想やコメントなどは、毎日の活力にさせてもらってます。

最後に、この本を手に取ってくださった皆様。ジルたちをいつも応援《おうえん》してくださり、有り難うございます。願わくは、この物語の続きをまたお届けできますように。

それでは、またお会いできることを祈《いの》って。

永瀬さらさ

「やり直し令嬢は竜帝陛下を攻略中3」の感想をお寄せください。
おたよりのあて先
〒102-8177　東京都千代田区富士見2-13-3
株式会社KADOKAWA　角川ビーンズ文庫編集部気付
「永瀬さらさ」先生・「藤未都也」先生
また、編集部へのご意見ご希望は、同じ住所で「ビーンズ文庫編集部」
までお寄せください。

やり直《なお》し令嬢《れいじよう》は竜帝陛下《りゆうていへいか》を攻略中《こうりやくちゆう》3

永瀬《ながせ》さらさ

角川ビーンズ文庫　22583

令和3年3月1日　初版発行
令和6年8月30日　7版発行

発行者――山下直久
発　行――株式会社KADOKAWA
〒102-8177　東京都千代田区富士見2-13-3
電話 0570-002-301（ナビダイヤル）
印刷所――株式会社KADOKAWA
製本所――株式会社KADOKAWA
装幀者――micro fish

ISBN978-4-04-111135-2C0193 定価はカバーに表示してあります。　◆◇◇